金陵全書

乙編·史料類

建康實録（一）

（唐）許嵩 撰

南京出版社

圖書在版編目（CIP）數據

建康實録 /（唐）許嵩撰. 建康實録校記 / 鄺承銓撰. -- 南京：南京出版社，2010.8
ISBN 978-7-80718-621-2

Ⅰ. ①建…②建… Ⅱ. ①許… ②鄺… Ⅲ. ①中國—古代史—魏晋南北朝時代—編年體 Ⅳ. ①K235.043

中國版本圖書館CIP數據核字（2010）第142482號

書　　名　【金陵全書】（乙編・史料類）
　　　　　建康實録・建康實録校記
編 著 者　（唐）許　嵩　撰　（民國）鄺承銓　撰
出版發行　南京出版社
　　　　　社址：南京市成賢街43號3號樓　郵編：210018
　　　　　網址：http://www.njcbs.com
　　　　　聯系電話：025-83283871（營銷）　025-83283883（編務）
　　　　　電子信箱：njcbs1988@163.com
統　　籌　杞　勇　樊立文
責任編輯　吴新婷
裝幀設計　楊曉崗
責任印製　孫偉實
制　　版　南京新華豐制版有限公司
印　　刷　南京凱德印刷有限公司
經　　銷　全國新華書店
開　　本　889 x 1194毫米　1/16
印　　張　78.75
版　　次　2010年8月第1版
印　　次　2010年8月第1次印刷
書　　號　ISBN 978-7-80718-621-2
定　　價　1200.00元（全二册）

《金陵全書》編輯工作領導小組

顧　　問　朱善璐　季建業

組　　長　葉　皓

副組長　王咏紅

成　　員　李　濤　李　恕　張　俊　陳光亞　尹玉蘭　李　蘭
葉南客　張玉寶　朱慶葆　李海榮　馬　寧　馬恒東
劉　凡　曹謙榮　蘇　鄭　顔一平　朱勁松　黄唯佳
劉　玲　董　偉　金安凡　杭　韜　黄亦武

《金陵全書》編輯出版委員會

主　　編　葉　皓

副主編　王咏紅　陳　剛

編　　委　張　俊　方標軍　尹玉蘭　李　蘭　李海榮

執行編委　朱同芳　章世和　盧海鳴

《金陵全書》學術顧問

蔣贊初　茅家琦　梁白泉　薛　冰

賀雲翺　胡阿祥　楊永泉　王明發

徐憶農　夏　蓓　許廷長　盧海鳴

《金陵全書》乙編·史料類

分　部　主　編　方標軍

分部副主編　全　勤

分部執行主編　薛　冰　徐憶農

總序

南京，俗稱金陵，中國著名的四大古都之一，是國務院首批公佈的國家歷史文化名城。

南京有着六十萬年的人類活動史，近二千五百年的建城史，約一千七百年的建都史，享有『六朝古都』、『十朝都會』的美譽。南京歷史的興衰起伏在某種程度上可以説是中國歷史的一個縮影。在中華民族光輝燦爛的歷史長河中，古聖先賢在南京創造了舉世矚目、富有特色的六朝文化、南唐文化、明文化和民國文化，爲中華民族文化的傳承和發展作出了不朽貢獻。然而，由于時代的遞遷、戰争的破壞以及自然的損毁等原因，歷史上南京的輝煌成就以物質文化形態留存下來的相對較少，見諸文獻典籍的則相對較多。南京文獻内涵廣博，卷帙浩繁，版本複雜。截至一九四九年中華人民共和國成立，南京文獻留存下來的有近萬種，在全國歷史文化名城中名列前茅。以六朝《世説新語》、《文心雕龍》、《昭明文選》，唐朝《建康實録》，宋朝《景定建康志》、《六朝事迹編類》，元朝《至正金陵新志》，明朝《洪武京城圖志》、《金陵古今圖考》、《客座贅語》，清朝《康熙江寧府志》、《白下瑣言》，民國《首都計劃》、《首都志》、《金陵古蹟圖考》等爲代表的南京地方文獻，不僅是南京文化的集中體現，也是中華民族優秀傳統文化的重要組成部分。這些南京文獻，積淀貯存了歷代南京人民的經驗和智慧，翔實地反映了南京地區的社會變遷，是研究南京乃至全國政治、經濟、軍事、文化、外交和民風民俗的重要資料。

歷史上的南京文化輝煌燦爛，各類圖書典籍琳琅滿目。迄今爲止，南京文獻曾經有過三次不同程度的整理。

第一次是距今六百多年前的明朝永樂年間，明朝中央政府在南京組織整理出版了《永樂大典》。《永樂大典》正文二萬二千八百七十七卷，凡例和目録六十卷，分裝成一萬一千零九十五册，總字數約三億七千萬字。書中保存了中國上自先秦、下迄明初的各種典籍資料達七八千種，是中國古代最大的類書。

第二次是民國年間，南京通志館編印了一套《南京文獻》。《南京文獻》每月一期，從一九四七年元月至一九四九年二月共刊行了二十六期，收入南京地方文獻六十七種，包括元明清到民國各個時期的著作，其中收録的部分民國文獻今天已經成爲絶版。

第三次是二〇〇六年以來，南京出版社選取部分南京珍貴文獻，整理出版了一套《南京稀見文獻叢刊》點校本，到目前爲止，已經出版了二十四册五十種，時代上起六朝，下迄民國，在學術普及方面作出了一定的貢獻。

新中國成立六十年來，尤其是改革開放三十年來，南京的政治、經濟、文化建設飛速發展，但南京文獻的全面系統整理出版工作一直没有得到應有的重視，這與南京這座歷史文化名城的地位頗不相稱。據調查，目前有關南京的各類文獻主要保存在南京圖書館、南京市檔案館，以及全國各地的高等院校、科研院所、圖書館、檔案館、博物館，少數流散于民間和國外。一方面，廣大讀者要查閲這些收藏在全國各地的南京文獻殊爲不便；另一方面，許多珍貴的南京文獻隨着歲月的流逝而瀕臨損毁和失傳。南京文獻的存史、資治、教化、育人功能没有得到應有的發揮。

盛世修史（志）。在中華民族和平崛起和大力弘揚民族傳統文化、全力發展民族文化事業的大背景下，在建設『文化南京』的發展思路下，中共南京市委、南京市人民政府于二〇〇九年十二月作出决定，將南京有史以來的地方文獻進行全面系統的匯集、整理和影印出版，輯爲《金陵全書》（以下簡稱《全書》），以更好地搶救和保護鄉邦文獻，傳承民族文化，推動學術研究，促進南京文化建設；同時，也更爲有効地增加南京文獻存世途徑，提昇南京文獻地位，凸顯南京文獻價值。

爲編纂出能够代表當代最高學術水平和科技成就，又經得起時間檢驗的《全書》，我們將編纂工作分成三個階段進行。第一個階段爲調研階段，主要對南京現存文獻的種類、數量、保存現狀以及收藏地點等進行深入細緻的調研，召集專家學者多次進行學術論證和可操作性論證，撰寫出可行性調查報告，爲科學決策提供依據，此項工作主要由中共南京市委宣傳部和南京出版社組織完成。第二個階段爲啓動階段，以二〇〇九年十二月二十四日召開的『《金陵全書》編纂啓動工作會』爲標志，市委主要領導親自到會動員講話，市委宣傳部對《全書》的編纂出版工作作了明確部署。在廣泛徵求專家學者意見的基礎上，確定了《全書》的總體框架設計，確定了將《全書》列爲市委宣傳部每年要實施的重大文化工程，確定了主要參編責任單位和責任人，并分解了任務。第三個階段爲編纂出版階段，主要在全國範圍内進行資料的徵集、遴選和圖書的版式設計、複製、排版及印製工作。

爲了確保《全書》編纂出版工作的順利進行，中共南京市委、南京市人民政府成立了專門的編纂出版組織機構。其中編輯工作領導小組，由中共南京市委、市政府領導以及相關成員單位主要負責人組成；《全書》的編纂出版工作由市委宣傳部總牽頭；學術指導委員會，由蔣贊初、茅家琦、梁白泉等一批全國著名的專家學者組成，負責《全書》的學術審核和把關。

《全書》分爲方志、史料和檔案三大類。自二〇一〇年起，計劃每年出版十册以上。鑒于《全書》的整理出版工作難度較大，周期較長，在具體操作中，我們採取了分工協作的方式。市委宣傳部和南京出版社負責《全書》的總體策劃，其中方志部分，主要由南京市地方志編纂委員會辦公室承擔；史料部分，主要由南京圖書館承擔；檔案部分，主要由南京市檔案局（館）承擔。《全書》的編輯出版，得到了江蘇省文化廳、江蘇省新聞出版局、江蘇省檔案局（館）、南京大學、南京圖書館、南京市文廣新局、南京市社科聯（社科院）、南京市文聯、南京市博物館、金陵圖書館以及各區、縣委宣傳部和地方志辦公室等單位及社會各界的熱情鼓勵和大力支持，尤其是得到了中國國家圖書館和全國各地（包括港臺地區）高等院校、科研院所、圖書館、檔案館、博物館等藏書單位的鼎力相助，在此表示深深的謝意！

我們相信，在中共南京市委、南京市人民政府的長期不懈支持下，在各部門、各單位的積極配合和衆多專家學者的共同努力下，這項功在當代、利在千秋的傳世工程一定能够圓滿完成。

《金陵全書》編輯出版委員會

二〇一〇年七月

凡例

一、《金陵全書》（以下簡稱《全書》）收録的南京文獻，依内容分爲方志、史料和檔案三大類。

二、《全書》按上述三大類分爲甲、乙、丙三編，以不同的封面顔色加以區分；每編酌分細類，原則上以成書時代爲序分爲若幹册，依次編列序號。

三、《全書》收録南京文獻的範圍，以二〇一〇年南京市所轄十一區（玄武、白下、秦淮、建鄴、鼓樓、下關、浦口、六合、棲霞、雨花臺、江寧）二縣（溧水、高淳）爲限。

四、《全書》收録的南京文獻，其成書年代的下限爲一九四九年。

五、《全書》收録方志和史料，盡量選用善本爲底本。《全書》收録的檔案以學術價值和實用價值較高爲原則，一般選用延續時間較長、相對比較完整的檔案全宗。

六、《全書》收録的南京文獻底本如有殘缺、漫漶不清等情況，必要時予以配補、抽換或修描，以保證全書完整清晰；稿本、鈔本、批校本的修改、批注文字等均保留原貌。

七、《全書》收録的南京文獻，每種均撰寫提要，置于該文獻前，以便讀者了解其作者生平、主要内容、學術文化價值、編纂過程、版本源流、底本採用等情況。

八、《全書》所收文獻篇幅較大時，分爲序號相連的若干册；篇幅較小的文獻，則將數種合編爲一册。

九、《全書》統一版式設計，大部分文獻原大影印；對于少數原版面過大或過小的文獻，適當進行縮小或放大處理，并加以説明。

十、《全書》各册除保留文獻原有頁碼外，均新編頁碼，每册頁碼自爲起訖。

提要

《建康實録》二十卷，唐許嵩撰。

許嵩生平事迹不詳，本書自序署郡望高陽（今河北高陽），當屬祖籍。據書中作者對建康城地理的描述，可知其曾經實地踏勘，很可能長期居住於此。書中兩度以唐肅宗至德元年（七五六年）爲時間參照點，則至德元年應即作者撰著本書時間。且書中徵引典籍不及唐玄宗、肅宗朝以後者，據此估計許嵩當生活於唐玄宗、肅宗時代。另《宋史·藝文志》著録『許嵩《六朝宫苑記》二卷』，今已不傳，亦未見於他處著録。

《建康實録》是記述都於建康的吳、東晉、宋、齊、梁、陳六朝史事的專書，始於漢獻帝興平元年（一九四年）孫吳起事，終於陳禎明三年（五八九年）後主失國，前後約四百年，其中六朝四十帝實際都建康時間三百二十一年。本書卷一至四記吳，卷五至十記東晉，卷十一至十四記宋，卷十五、十六記齊，卷十七、十八記梁，卷十九、二十記陳，叙各代興廢大端、君臣行事，尤注重六朝遺迹的記載，保存了唐代以前大量建康史地資料，對於研究六朝史，特别是南京地區歷史地理，有重要的參考價值。

作者在自序中説到本書撰著情況：『嵩述而不作，竊思好古，今質正傳，旁采遺文』，所記六朝史事，當是以不同史書爲藍本。吳、晋兩朝所依爲編年紀事體舊史，諸臣事實附載於薨卒條下；劉宋一朝大率采蕭子野《宋略》，前爲編年體，後附紀傳體功臣傳，陳朝與此相類；齊、梁兩朝則全用紀傳體，梁後且附不都於建康的蕭詧後梁，遂致體例不純。然本書貴在於正史之外，能旁徵博引。魏晋南北朝時期史學繁榮，官私纂述甚衆，而歷久漸散佚。許嵩所見尚多，《建康實録》引用唐初及唐以前典籍五十餘種，今多不存，幸賴此書保存了大量後世不傳的資料，故《四庫全書總目》論其『引據廣博，多出正史之外，唐以來考六朝遺事者，多援以爲徵』，足以補遺闕、訂訛誤者不勝枚舉，亦是研究建康都城的重要觀照。作者又説，『若土地山川，城池宫苑，當時制置，或互興毁，各明處所，用存古迹，其有異事别聞，辭不相屬，則皆注記，以益見知』，亦非虚言。其廣搜地記史料，兼加實地考察，書中記述六朝遺迹達一百多處，詳實可信，成爲後世研究六朝遺迹的重要依據。如《六朝事迹編類》幾乎有一半引用此書，《景定建康志》所記六朝古迹全部承襲《六朝事迹編類》，《至正金陵新志》又轉承《景定建康志》。

《建康實録》唐宋時流傳頗廣，官私書目多有著録，元明兩代未見傳刻記載，清乾嘉以降，復爲世所重，轉抄刊印。現存最早刊本爲南宋高宗紹興十八年（一一四八年）十一月荆湖北路安撫使司重刻遞修本，書尾有重雕校勘官韓軫等銜名九行。此本書尾且保存了北宋仁宗嘉祐年間刊本情況：『江寧府嘉祐三年十一月開造《建康實録》，并案《三國志》、東西《晋書》并南北史校勘，至嘉祐四年五月畢工，凡二十卷，總二十五萬七千五百七十七字，計一十策』，及校正官張庖民等銜名七行。紹興刊本中遇仁宗名『禎』不刻，注『御名』二小字，尚保留嘉祐本原貌；遇高宗名『構』不刻，注『今上御名』四小字；又有遇『構』字不刻注爲『太上御名』者，因知此書在孝宗年間曾補板重修。惜嘉祐本早已不傳，官私書目均未見著録。紹興刊本今亦僅存孤本，曾經毛晋、季振宜、徐乾學、周錫瓚、汪士鐘、楊以增等大家收藏。二十世紀三十年代流入北京琉璃廠書肆，爲周叔弢先生購得，後捐予國家，現藏於中國國家圖書館。

此書重要鈔本，首推顧廣圻乾隆五十三年（一七八八年）所得朱奂滋蘭堂鈔宋本。顧氏借周錫瓚藏宋本校改，認爲此本即鈔自該宋本；復據正史校補，遂稱佳善。嘉慶四年（一七九九年）顧氏轉售黄丕烈。嘉慶十一年（一八〇六年）貽訓堂主人向黄丕烈借得此鈔本，翻刻及半，歸板于張海鵬；張海鵬依原式續刻，於嘉慶十三年（一八〇八年）完成。張氏跋稱此係宋以來第三刻本。

乾隆年間編撰《四庫全書》，收江蘇巡撫採進本《建康實録》。另見於各家著録的，有王鳴盛藏鈔本、彭元瑞鈔本、丁丙藏鈔本、周星詒鈔本、劉承幹鈔本、甘元焕鈔本等，均源自宋紹興本。

光緒二十三年（一八九七年），甘元焕復得張海鵬刻本，與原藏鈔本互校，立意翻刻，未成即病故。其子曾沂纘承先志，亦未及杀青而逝。後由其表侄葉樹南重加校勘，光緒二十八年（一九〇二年）始藏事，書後附校勘一卷。中華書局點校本即以此爲底本。

《建康實録》一書，《新唐書·藝文志》列入雜史類，《四庫全書總目》列入別史類。歷代鈔刻版本雖繁，其源則一，即現存孤本宋紹興刊本。後出之本雖經校勘，多依正史改訂，而此書之可貴，正在與正史相異處。兩存勝于偏廢，現後出之本易得，紹興刊本難見，故選定宋紹興刊本（中華再造善本版本）爲底本，原大影印。

此本因刷印較晚，不無模糊損字之處；流傳彌久，至明代已有失頁，現卷四、八、十、十一、十五、十六、十七、十九均有缺，然瑕不掩瑜，且無可替代。至于刊刻誤字，在所難免，且亦有後本誤而此本不誤者。現將酈承銓《建康實録校記》二卷一并收入，以便研究參考。

薛　冰

東郡楊紹和印

世德雀環子孫潔白

建康實録叙

高陽許嵩撰

司馬子長善叙事古稱良史然班固嫵其踈略是非頗謬於聖人言論數篇以為所蔽嵩述而不作竊慕好古今質正傳旁採遺文始自吴起漢興平元年終于陳末禎明三年而吴黄龍巳前雖引漢厯二十餘年其實吴之首事及晉平吴太康之後三十餘載復涉西晉之年洎瑯瑯東遷太興即位元年始爲東晉首年東晉一十一帝一百二年而禪于宋宋八帝六十年而禪于齊齊七帝二十四年而禪于梁梁五帝五十六年而入于陳陳五帝三十三年止隋開皇元年陳建首号梁之末年梁稱元年齊之季年齊初即

位宋之餘年則四家終始共用三年而吳六帝五十九年南朝六代四十帝三百三十一年通西晉革吳之年并吳首事之年摠四百年間著東夏之事勒成二十卷名曰建康實録具六朝君臣行事事有詳簡文有機要不必備舉若土地山川城池宮苑當時制置或互興毁各明處所用存古跡其有異事別聞辭不相屬則皆注記以益見知使周覽而不煩約而無失者也

吳大帝在武昌七年梁元帝都江陵三年

其實建康宮三百二十一年

建康實録卷第一

建康者本楚金陵邑秦改爲秣陵吴改爲建業晉愍帝諱業改爲建康元帝即位稱建康宫五代仍之不改故其書舉南朝之事

吴太祖上

建康者古之金陵地案周禮牽牛婺女之野尚書禹别九州曰淮海惟揚州分爲越國立爲揚州此則揚州之分域春秋元帝命包曰牽牛流爲揚州分爲越國立爲揚山又云厥土下濕而多生攝沵以爲名其地北據淮東距海顔介曰南方水土柔和其音清舉而切天下之能言惟金陵與洛下耳昔周大王長子太伯與次弟仲雍讓少弟季歷位俱奔江南百姓從而君之自號勾吴太伯所築勾吴故城在梅里平墟今常州無錫

縣東三十里故吴城是也太伯卒無子百姓共立仲雍爲君仲雍已下至周章四代皆君於吴武王尅紂因而封之故春秋時其地屬吴自周章已後十八代吴王夫差即位無道立二十三年當春秋魯哀公二十二年冬十一月爲越王勾踐所滅其地乃屬越案周書元王四年即越王勾踐四年當春秋之末越既滅吴盡有江南之地越王築城江上鎮今淮水一里半廢越城是也案越范蠡所築城東南角近故城望國門橋西北即吴牙門將軍陸機宅故機入晋作懷土賦曰望東城之紆餘即此城在三井岡東南一里今瓦棺寺閣在岡東偏也勾踐後七代一百四十三年越王無疆即位元年當周顯王三十六年越覇中國與齊楚爭強爲楚威王所滅其地又屬楚乃因山立號置金陵邑也楚之金陵今石頭城是也或

去地接華陽金壇之陵故號金陵楚威王後一百一十餘年當秦始皇二十四年秦滅楚兼諸侯分天下作三十六郡案秦本紀渭南河上中山[illegible]川三川河東南陽南郡九江鄣郡會稽碭郡泗水薛郡東郡[illegible]瑯邪齊郡上谷漁陽右北平遼西遼東代郡鉅鹿邯鄲上黨平原雲中太原鴈門上郡隴西北地漢中巴郡蜀郡已上三十六郡也以金陵爲鄣郡於故鄣屬今吳興郡浙江以東爲會稽郡楚亡已後一十三年當始皇三十六年始皇東巡自江乘渡望氣者云五百年後金陵有天子氣因鑿鍾阜斷金陵長隴以通流至今呼爲秦淮其淮本名龍藏浦其上有二源一發自華山經句容西南流一發自東廬山經溧水西北流入江寧界二源合自方山埭西注大江其二源分派屈曲不類人功疑非秦始皇所開古老相傳方山西瀆江十里山三十里是秦皇開又鑿石硊山西而瀆決此浦後人因名秦淮也乃改金陵邑爲秣陵縣秦之秣陵縣城即在今縣城東南六十里秣陵橋東北故城是也秦乃罷周時諸侯置

郡縣宰守，以秣陵屬鄣郡。漢武帝元封二年，廢鄣郡置丹陽郡，而秣陵縣不改。始效虞舜置一十二州刺史以領天下諸郡，則虞書所謂咨十有二牧，揚州是其一焉。自漢初置揚州，治無定所。案漢地志：漢揚州初理歷陽，後理壽春，靈帝末時揚州刺史劉繇為袁術所逼，又徙曲阿也。去太晉永嘉中，王敦始為建康創立州城，今江寧縣城所置在其西偏，其西即吳時冶城，東則運瀆吳大帝所開，今西州橋水是也。案晉書：孝武太元末，會稽王道子為揚州刺史，治東第，時人呼為東府，因呼此城為西州，故傳云東府西州是也。橋逼州城東南角，因以為名焉。王莽改丹陽為宣亭郡，後漢初還為丹陽郡，郡治於苑陵，統一十七縣，而揚州因漢不改，所統六郡，為九十二縣也。案前漢初置丹陽郡，郡治苑陵，於潜、江乘、春穀、秣陵、故鄣、句容、涇縣、石城、胡孰、陵陽、蕪湖、黝、溧陽、末城、丹陽、歙縣等一十七縣，後漢仍之不改，州所領郡亦依舊焉。

吴太祖上　太祖下　廢帝　景帝　後主

太祖大皇帝姓孫氏諱權字仲謀吴郡富春人也其先出自周武王母弟衛康叔之後武公子惠孫曾耳爲衛上卿因以孫爲氏春秋時孫武爲吴王闔閭將因家于吴帝乃孫武之後也祖鍾父堅（案祥瑞志鍾家于富春早失父幼與母居性至孝遭歲荒儉以種瓜自業忽有三少年詣鍾乞瓜鍾厚待之三人曰此山下善可葬當出天子君望山下百步許顧見我去即可葬處也鍾去三四十步便返顧見三人並成白鶴飛去鍾記之後死即葬其地地在縣城東冢上常有光恠雲氣五色上屬於天及堅母孕堅夢腸出繞吴閶門以告鄰母鄰母曰此夢安知非吉祥也）堅生容皃奇異仕漢爲破虜將軍長沙太守靈帝末董卓作亂堅乃自長沙舉兵討卓破卓軍於陽夏長驅入洛修營漢陵廟屯軍城南甄官井上見五色氣使人入井得漢傳國璽文曰受命于天既壽永

昌方圓四寸上紐交五龍龍一角缺案吳書後漢記云初黃門張讓等作亂劫天子出奔左右分散掌璽者投於井中其璽者是漢元后爲王莽逼太后擲璽於地而損之也後堅攻劉表於荊州爲江夏太守黃祖伏兵射之於峴山兄子賁於堅喪還葬弁曲阿收其衆歸袁術於淮南案英雄記與此說不同云堅以獻初平四年正月七日討劉表爲表將呂公引兵緣山向堅堅尋山討公兵士下石中堅應時死別傳云堅攻荊州刺史劉表使江夏太守黃祖拒於樊鄧間祖伏將士代射殺堅於峴山中二錄差爾堅字文臺少爲縣吏年十七與父鍾共載經錢塘艶里遇海賊胡玉劫商人物於艶里岸上分之堅望之而啓父曰彼可取因登岸遂指揮東分似部領奮賊見大驚將有軍衆遂散走堅獨追一騎收財物而還堅生四子策權翊匡案吳志孫堅生五子策權翊匡吳氏所生仁即戚子策時年十七父亡後往見廣陵人張紘諮世務策言雪先君之恥於黃祖辭切意正涕泣横流紘心奇之助成其事策因委以母及諸弟徑往壽春見袁術涕泣而言亡父昔從長沙入討董卓與明使君同盟結好於南陽不幸遇難勳業不終策感惟先人舊恩欲自憑結願明使君察其深誠術甚異之以其父衆千人配焉袁術爲漢折衝校尉使破廬江太守陸康時漢獻帝興平元年也明年冬術以策爲殄寇將軍初袁術表策舅吳景爲丹陽太守及術據壽春而揚州刺史劉繇走渡江遂逐景奔歷陽策因詣術征繇領兵千餘騎數百定賓客樂從者數百人興平二年十二月發自壽陽比至歷陽衆已五六千

於横江大破劉繇牛渚營追敗繇於曲阿轉鬬千里郡縣歸伏遂東破嚴白虎於會稽白虎走義士許昭昭匿之程普請討昭策曰昭有義於舊君有誠於故友此丈夫之志也遂捨昭引軍屠東冶白虎降殺之分置官吏鎮於會稽破太史慈於涇口復任之以舅吴景復領丹陽太守南討豫章廬陵定之時袁術將僭大號於江北策乃使張紘爲書絶之自領會稽太守以張昭張紘等爲腹心謀主遂調時節貢賦於漢曹操乃表策爲討逆將軍封吴侯策雖外見受官内懐三分之計及袁術敗死其部曲將術家屬歸廬江太守劉勳策既定江東遂引兵與周瑜西渡襲皖城大破劉勳於廬江取袁術乘輿百工器物而歸以李術爲廬江太守守皖初荆州刺史劉表使黄祖子射來救劉勳策轉破射於西塞之水而追殺其將劉虎韓晞於沙羡縣還定豫章走華歆以從兄賁領豫章太守留賁弟輔將兵住南昌策謂賁曰僮芝自署廬陵太守兄今據豫章是扼其咽喉而守其門户也但當伺其形便因令國議杖兵而進一舉可定矣策江表傳後孫賁聞僮芝病卽如策計討周瑜上巴丘外爲形勢遂與其弟輔進廬陵而據之時曹操既扼袁紹而不能禁因與策爲婚以弟女配策小弟匡復爲子章取策從兄賁女爲夫人建安五年四月廣陵太守陳登治射陽陰遣間使以印綬與嚴白虎餘黨於會稽圖取策策密知之討登至丹陽聞曹操與袁紹相拒於官

渡將欲謀渡江迎獻帝初吴郡太守許貢見策英傑乃表策勇蓋天下驍雄似項羽請朝廷徵入不然必爲後患策微知使人遮得其表而召貢責之令武士絞殺及此兵屯江上因出獵馬駿去從騎遠爲貢客許昭伏刺之傷面時瑯琊道士于吉有道術往來吴中言事多驗諸將委策拜吉三分之二策惡之既至丹徒責其水旱事誅吉自後每獨坐常見吉在左右及許昭所傷治瘡方差策性剛取鏡照面見所傷瘡乃怒曰大丈夫將建功業而今面如此遂擲鏡大叫瘡裂而死時年二十六案搜神記既殺于吉每照鏡見吉在鏡中顧而不見如是再三因擲鏡大叫瘡裂須臾而死也以後事付弟權託長史張昭張紘輔佐之臨終顧

張昭勸權入伐曹軍與年事

謂權曰舉江東之衆決機於兩陣之間與天下爭衡卿不如我舉賢任能各盡其心以保江東我不如卿言終而卒權臨喪未及息張昭謂權曰夫為人後者貴能負荷先軌克昌堂（御名）以成勳業方今天下鼎沸豺狼滿道此寧哭時猶開門揖盗未為仁也乃改權服扶上馬使出巡行軍伍（案江表記堅為下邳丞生權廣頷大口目有精光堅異之以為有大貴隨兄策征伐每立奇謀策顧權謂衆曰此真諸君將軍也）是時吳始有會稽吳郡丹陽豫章廬陵等郡深險之地猶未盡從而天下英豪布在州郡賓客之士以安危去就為意未有君臣之固權既統事以周瑜程普呂範等為爪牙將軍魯肅諸葛瑾步隲陸遜為腹心賓客招延英俊而分部諸將鎮撫

山越討不從命使太史慈領海昏韓當周泰呂蒙爲劇縣長建安六年春策所置廬江太守李術聞策死遂不從命乃與權書曰有德見歸無德見叛不應還權怒自征之梟首屠其城徙其部曲二萬人從東渡江八年以弟翊代吳景領丹陽太守九年大會僚屬以事誅沈友友字子正吳人也弱冠好學博聞明贍善文詞多有口辯時人以友筆妙舌妙刀妙三妙過人權至吳徵禮之共論王霸大略當世之務友性忠謇立朝正色爲衆所毀權亦以終不爲己用故殺之十年春往椒丘使都尉賀齊討上饒分置建平縣是歲丹陽都督嬀覽郡丞戴員等與邊洪謀殺太守孫

翊翊妻徐寄與翊親近孫高傅嬰等謀覽貞伏刃殺之盡誅其黨以覽貞首祭翊墓十一年建昌都尉太史慈卒　慈字子義東萊黄人少好學仕郡奏曹史會郡與州有隙曲直以先聞者善時州章已去郡守甚恐求可使者慈年二十一選行懷郡章晨夜取道到洛陽詣公車門見州吏紿而取章因得毀之説吏與俱亡出城潛還通郡章慈由是知名旣而避州隙之遼東北海相孔融聞名義之饋其家問訊老母及黄巾賊圍孔融母急召慈還令赴融慈單行徑至都昌伺隙入見融言老母感遇之意請以求外援無損府君之兵以却賊因而開城詭習馬射伺賊之懈便

突圍出求救於劉備以解都昌之圍而還啓其母母曰我喜汝有以報孔北海也後揚州刺史劉繇渡江慈隨之曲阿會孫策討繇慈單騎出偵卒遇策於神亭策從韓當宋謙黄蓋等一十三騎慈便前獨鬬正與策對策刺慈馬而攬得慈項上手戟慈亦得策兜鍪會兩家兵來乃解與繇俱奔豫章道自蕪湖亡入山中稱丹陽太守立屯府於涇縣尋爲策所破執之捉其手曰寧識神亭時也若卿爾時得我何如慈曰未可量也策大笑曰天下之事當與卿共之拜門下都督從還吴遷折衝中郎將深委任之每與計議聞劉繇死於豫章士衆萬餘人未有所附策謂

慈曰劉牧往責吾爲袁氏攻盧江其意頗猥理恕不
足何者先君手下兵數千人盡在公路孤志在立事
不得不屈意在公路求索故兵再往纔得千餘人乃
令孤攻盧江爾時事勢不得不爲行但其後不遵臣
節自棄作邪僭事諫之不從丈夫義交苟有大故不
得不離孤初交公路及絶之本末如此今劉公喪亡
恨不及其生與論辯之且兒子在豫章不知華子魚
待遇何如其部曲復依隨之否卿則州人昔又從事
誠能往視兒子并致孤意於部曲部曲樂來者便與
俱來不樂者且安慰之并觀子魚所牧御方規視盧
江鄱陽之民親附之否卿手下兵所將多少自由意

慈對曰慈有不赦之罪將軍量同桓文待遇過望古人報生以死其於盡節沒而後已今此使行不宜多兵數十人自足往還左右聞策使慈皆密諫慈難測遣之非計策曰諸君語皆非也孤料詳矣太史子義雖勇烈非縱横人也其心有士謨義重然諾一意許知已死生不相負諸君勿憂之自出餞於閶門把腕別曰何時當還荅曰不過六十日如期歸告於策曰子魚非籌略之才但自守而已今廬陵鄱陽皆不受子魚之命海昏上繚約有六千餘家結聚作宗伍惟輸租布於郡爾發召一民不可得策撫掌大笑遂有并兼之心乃拜慈爲建昌都尉治於海昏焉督諸將

以拒劉表從子磐慈身長七尺七寸美鬚髯猨臂善
射弦不虛發嘗從策討麻保賊於屯裏緣樓上行詈
以手持樓棼慈引弓射之矢貫手著棼圍外萬人莫
下稱善曹操聞其名遺書以篋封之慈發省無所道
但貯當歸及權統事以慈能制劉磐專委南方之事
卒時年四十二
十二年太夫人吳氏薨合葬高陵夫人吳郡錢塘人
早失父母與弟景居孫堅聞其才貌求而娉之夫人
初孕策夢月入懷既而生策及權在孕又夢日入懷
以告堅堅曰日月陰陽之精極貴之象吾子孫其興
乎後堅薨夫人家于舒撫育孤幼嚴於母訓及策統

殺黄祖

衆夫人助治軍國至多々補益（案吴書堅漢初平四年薨與五十三年策見表術討堅亡時策年十六(二)）策功曹魏滕有罪將欲殺之時左右憂恐計無所出夫人乃倚大井召策曰汝新造江南其事未集方當優賢禮士捨過録功功曹在公盡規汝今殺之他人明日皆叛汝矣吾不忍見汝禍及當先投此井策大驚遽釋滕罪夫人智略事多如此存下甚得衆心臨薨引見張昭張紘等屬以後事秋鄱陽有山賊彭虎等聚黨數萬使將軍董襲討之襲身長八尺武力絶人聲發若雷賊帥望旗散走

十三年春征黄祖於江夏屠其城邑生獲祖梟首於軍門虜其男女數萬口而歸分歙置始新新定黎陽

休陽以六縣爲新都郡秋曹操征劉表於荊州時表已死子琮舉荊州降時劉備自袁紹南連劉表在荊州操既平荊土因追破備備走當陽操乃多修舡舫遣書於權曰今治水軍八十萬衆方與將軍會獵於吳權得書召示群臣張昭等議皆勸權迎之魯肅竊諫不可時命周瑜使鄱陽行途未遠請追瑜任以軍事權召瑜瑜還意與肅同權廷論未能決因起入周瑜趨後密說權曰今拒操破之必矣若破操天下可鼎峙而立荊州上流當吳有也權許之乃密使魯肅上往觀釁肅至遇備已敗遂便止傳權意見備於當陽長坂切陳成敗事勢將合謀以拒操權始自吳遷

周瑜破曹操

於京口而鎮之案地志吴大帝親自吴遷朱方築京城南面西面各開一門即今潤州城也因京峴立名號爲京鎮在建業之北因爲京口或云漢時已有京口未詳按史記秦始皇三十七年東渡江使赭衣三千鑿朱方京峴山東南隴因名丹徒今潤州見有徒兒浦即始皇將徒人過此浦因名焉備乃使諸葛亮詣權權乃使周瑜程普將兵二萬隨亮與備南拒操權自將中軍一萬繼之瑜以黄蓋爲先鋒取蒙衝鬭艦數十艘實以薪草灌以魚膏裹以帷幕上建旌旗龍幡前遣書報曹操紿其欲降時東南風急因取草艦最著前繫走舸於後中江舉帆俱前操軍士皆延頸觀望去北軍二里餘同時火發火烈風猛舡往如箭悉燒北舡延及岸上營落飛埃張天瑜率輕鋭雷鼓同進大破曹操軍於赤壁江口操走僅獲免北歸留曹仁守江陵瑜與程普等追

破仁軍於南郡瑜爲流矢中其右脇瘡甚卧仁乃勒兵逼瑜乃自起輿行軍陣間仁聞收軍退走權以瑜領南郡鎮江陵

十四年權居京口劉備詣京口見權求荆州周瑜聞之密上書諫留備處於吳莫遣還時彭城太守吕範進說權曰劉備雖窮迫見歸得雨非池中物請及今困留之權不納遥表漢以備爲荆州牧使治公安自餞備於江上觀望久之謂備曰孤與公掃清逋穢迎帝定都事寧之日願與公乗舟遊滄海耳備對曰此亦備之志也按劉備傳備既辭謂左右曰孫車騎精爽周瞻其難爲下吾不得再見之矣遂日夜兼行上公安也時曹操聞權以荆州資劉備大懼方作書不覺筆墜於地也

周瑜死

十五年分豫章置鄱陽郡分長沙置漢昌郡以魯肅爲太守治於陸口以南中郎將步騭爲交州刺史騭到殺劉表所置蒼梧太守吳巨以徇諸郡表士燮交阯太守兼左將軍南土賓服自此始也是歳偏將軍南郡太守都亭侯周瑜卒　瑜字公瑾廬江舒城人少有姿皃與孫策同年策父堅初起義兵討董卓徙家于舒瑜見策善相友待推道南大宅舍之策升堂拜母有無與同及策領父衆將東渡至歷陽瑜從父尚爲丹陽太守瑜往省之策馳書報瑜瑜將鄉里數人候策策大喜遂共定江東諸郡累遷至江夏太守從征剋皖城因得橋公二女皆國色策納大者瑜納

小者江表傳策嘗從容戲瑜曰橋公二女雖流離得吾二人爲壻亦足歡矣及權統事太夫人勅權以兄事瑜拜中護軍時權位在將軍諸賓客爲禮尚簡惟瑜獨盡敬而執臣節性度恢廓權甚委之與張昭等共掌衆務大小關之及鎮江陵聞益州劉章爲張魯侵寇乃自詣京說權進取蜀得蜀使魯肅固守其地北與馬超結援瑜與將軍還據襄陽以蹙曹操北方可圖權許之瑜歸江陵治行道病卒於巴丘時年三十六權素服舉哀流涕而言曰公瑾有王佐之才今忽短命孤何賴焉及喪還自至蕪湖迎之喪事費度一爲供給著令曰故將軍周瑜賓客皆不得問瑜有二男一女女配太子登男脩尚公主拜駙馬都尉瑜少

精意於音樂雖三爵之後其有闕誤必知之知之必顧時人謠曰曲有誤周郎顧瑜嘗有恩信著於吳中人皆呼為周郎也案江表傳程普頗以年長數凌侮瑜瑜折節容下之普後自敬服乃告人曰與周公瑾交若飲醇醪不覺自醉其謙讓服人如此初曹操聞瑜年少有美才謂可遊說動之乃[redacted]下揚州遣九江蔣幹往見之幹有容儀以才辯見稱獨步江淮間莫與為對乃布衣葛巾自託私行詣瑜瑜出迎之立謂幹曰子翼良苦遠涉江湖為曹氏作說客耶幹曰吾與足下州里中間別隔遙聞芳烈故來叙闊并觀雅規而[redacted]說客無乃逆詐乎瑜曰吾雖不及夔曠聞絃賞音足知曲也因延入設酒食畢遣之出就別館後三日瑜請幹與周觀營中行視倉庫軍資器仗訖還飲宴示之侍者服飾珍玩之物因謂幹曰丈夫處世遇知己之主外託君臣之義內結骨肉之恩言行計從禍福共之假使蘇張更生酈叟復存吾猶撫其背而折其辭豈足下幼生所能移乎幹但笑終無所言幹還稱瑜雅量高致非言辭所間魏人多之瑜威聲既著劉備曹操互疑謗之瑜籌略萬人英也觀其器度廣大恐不久為人臣曹操亦有書與權云赤壁值軍疾疫燒舡自退橫使周瑜虛獲此名權終委信無別

十六年權始自京口徙治秣陵

十七年城楚金陵邑地號石頭改秣陵為建業是歲初作濡須塢於江西以拒曹操時操以步兵號四十萬列營出濡須口權以七萬當之使甘寧夜突入操

營斬數級而還操軍大駭軍中鼓譟權聞笑曰以復驚老子

十八年權自與操相持於濡須使將軍常雕等以兵五千乘油舡夜入中洲權使將軍嚴圭朱桓等率水軍擊破之梟其將諸葛虔并虜三千人而還權數挑戰操堅守不出權乃乘輕舟入濡須操軍士以為挑戰欲擊之操不許曰此孫權欲觀吾軍部伍也勅左右嚴仗不得妄動權行五六里迴作鼓吹而歸操見權舟舡器械整肅嗟曰生子當如孫權劉景升兒子若豚犬耳案魏書孫權乘大舡來觀曹公軍曹公使弓弩亂發箭著其舡舡偏重將覆乃迴舡復以一面受箭箭勻舡平乃回此說不同權乃為書與操曰春水方生公宜速去又別紙曰

足下不死孤不得安乃引還操恐江濱郡縣爲權所
掠徵令内移入轉相驚自廬江九江蘄春廣陵戶十
餘萬皆東渡江江西遂虛合肥以南唯有皖城
十九年夏五月權又征皖城取之獲太守朱光魏軍
盡退克寧江表而楊州所統丹陽吳興新都東陽臨
海建安豫章鄱陽臨川安城廬陵南郡等一十四郡
合一百四十八縣是歲劉備入蜀定益州使關羽鎮
襄陽
二十年權使諸葛瑾往詣備求荆州備不與權征之
置南三郡守使呂蒙討定其民蜀將關羽盡逐出之
權大怒自上鎮陸口使漢昌太守魯肅南討時曹操

又入漢中備懼操逼遂遣使與吴求和乃分荆州長沙江夏桂陽四郡屬吴冬折衝將軍外城督甘寧卒寧字興霸臨江人也少爲吏輕財重士嘗聚健兒年少好持弓弩帶鈴民聞鈴聲即知寧來也出入陸則連騎水則輕舟與人相遇待之甚厚乃與交歡不爾即放而奪之自劉表敗歸吴周瑜薦之以驍果從權嘗曰孟德有張遼孤有興霸可以敵也

二十一年權自陸口引兵還合淝營於津北魏遣將軍張遼拒之久不戰權乃徹軍過津南自留千人殿後與軍將舉酒樂飲前部渡將欲盡遼知之密使人斷橋以輕騎來襲權策馬至津橋橋南已拆丈餘給事

谷利在後令權持鞍緩控利加鞭助馬勢遂得超渡魏人追逼之利與別部司馬凌統以死苦戰身被數瘡賀齊等廻軍津南列陣以待之權既免至大軍垂泣嚙指出血以爲終身之戒封谷利等爲都亭侯張遼素不識權權去後因得吴降人問云向者紫髯將軍長上短下者是何人荅曰孫將軍遼惋愕久之舉軍歎恨

二十二年春權令都尉徐祥詣曹操詐降將謀息兵操信之使修好結婚是歲偏將軍都亭侯凌統卒統字公績吴郡餘杭人也年十五以父功舉爲別部司馬攝領父兵嘗有宴會部下將陳勤性剛勇飲酒

使氣凌轢一座統面折之勤怒及其父母統流涕不
答罷出勤於道又咒悖辱統統不能忍引刀斫勤數
日乃死時人多之每隨權征伐從陸口還遂合淝率左
右苦戰免權津北之難而還悲慟親近者皆沒無返
者權引袂拭面曰公績亡者已矣但使卿在何患無
人因留之常使出入卧內統為人性好接物親賢愛
士輕財重義有國士風年二十九卒權聞之驚起哀
不自勝使張承作誄致祭有二子列封皆幼弱權收
養於宮中年八九歲令葛先授書十日一教乘馬射
呼為吾家虎子
二十三權如吳親乘馬射虎於庱亭虎傷馬長史

張紘執轡諫曰足下繼兄父之業不宜輕脱逞英雄於猛獸萬一不虞則大事去矣權乃止秋横江將軍益陽侯魯肅卒　肅字子敬臨淮東城人生而失父家富於財常散以賑窮乏結豪士得鄉邑之心時廬江周瑜爲居巢長聞之往求資糧肅時有米二囷各三千斛直指一囷與瑜瑜益奇之乃結僑札之交袁術聞而徵之肅見其無綱紀乃就周瑜於居巢相與携老弱渡江任曲阿見孫策英傑遂定議共事之策死權統事周瑜乃薦肅才宜佐時權引肅合榻對飲因密議曰今日漢室傾危四方雲擾孤承父兄遺業思有桓文之功君既惠顧何以佐之肅對曰昔漢高

帝區區欲尊事義帝而不獲者以項羽爲害今之曹操猶昔之項羽將軍何由得爲桓文乎肅竊料之漢室不可復興曹操不可卒除爲將軍計惟鼎足江東以觀天下之釁竟長江所極據而有之此自無嫌也權甚重之及曹操破荆州軍勢盛群臣議多勸迎之唯肅與周瑜不聽立計破操定荆州後周瑜向江陵道疾篤上表以肅自代進奮武將軍封邑兵仗器械部伍盡瑜之舊屬焉改授横江將軍在荆州甚得物情衆至萬餘肅爲人方直嚴毅寡於玩飾内外節儉治身整齊在軍手不釋卷善屬文思略弘遠卒時年四十六權舉哀素服蜀諸葛亮聞之亦發哀三日

二十四年秋權表漢天子自率陸遜呂蒙等西征關羽至大桑浦拜呂範爲建武將軍領丹陽太守封宛陵侯使鎮建業謂之曰前從卿言無今日之勞也今當取之卿好爲我居守也八月劉備稱漢中王冬十一月大破關羽定荆州釋魏將于禁因歸之羽退守當陽麥陵城請降權召太史吳範問之範曰彼有走氣言降詐耳密使潘璋等徑路邀之令朱然納降覘者還曰關羽已遁去範曰雖去不免權曰何時得之答曰明日日中權立表下漏待之及日中不至範曰尚未正中頃之有風動帷範拊手曰羽至矣須臾外稱萬歲傳言得羽是日潘璋部將馬忠擒羽及子平於章

鄉還誅之案虞翻傳關羽既敗帝令翻筮之得節之臨翻曰不出二日當斷其頭果如其言帝謂翻曰卿不及伏羲可與東方朔爲比也按蜀志關羽字雲長河東解人也與張飛共事劉備爲禦侮者也漢天子以權爲荊州牧領車騎大將軍封南昌侯權遣梁寓入貢於漢以觀曹操是歲漢昌太守孱陵侯呂蒙卒蒙字子明汝南富陂人也少小江南依姊夫劉當年十五六每隨當征討其母不許答曰貧賤難可居誤有功當得富貴且不探虎窟安得虎子母聽之後因表雄見孫策奇之使居左右及權統事張昭薦之從征黃祖立功拜橫野中郎將與周瑜追曹仁仁圍甘寧於夷陵急蒙說瑜進解寧圍先遣三百人寨斷險道賊走可得其馬及破仁仁夜遁走遇寨道皆捨馬步走蒙蹙之獲馬

數百疋拜偏將軍鎮上屯時蜀將龐肅舉軍來附周
瑜表分其兵與蒙蒙上書勸權來歸者宜益不宜奪
權從之時上屯戍將徐碩宋芝等二人皆死子弟小
弱權以其衆並付蒙蒙固陳其功勞不可弃廢宜立
其子乃擇師傅訓其子弟天下義之後代魯肅領漢
昌太守屯陸口權因上陸口與議今北取徐州以廣
疆埸蒙曰此計未當縱得徐州亦不能守不如西取
關羽以據長江權從之竟破羽定南郡進封孱陵侯
遇疾權使舁入宫内自醫之每爲不食又不能頻見
恐其起動常穿壁伺之見少可則喜笑如不能則悲
不自勝治護萬方募國内有愈蒙者賜千金蒙爲人

不懷宿怨如有讎隙毀嫌者皆擢用之性不好書權常使人勸令學問以自益年四十卒於宫中權哭之慟置守冢三十家助田五十頃子霸襲爵初權與陸遜論周瑜魯肅及蒙曰公瑾雄烈膽略兼人遂破孟德開拓荆州邈焉難繼君今繼之公瑾昔要子敬來東致達於孤孤與宴語便及大略帝王之業此一决也後孟德因獲劉琮之勢張言率數十萬衆水陸俱下孤普請諸將咨問所宜無適先對至子布文表俱言宜遣使脩檄迎之子敬則駮言不可勸孤急呼公瑾付任以衆逆而擊之此二决也且其决計策意出張陳遠矣後雖勸吾借玄德地是其一短不足以損

二長也周公不求備於一人故孤忘其短而貴其長
常以比方鄧禹又子明少時不辭劇易果敢有膽而
已及長學問開益籌略奇正可以次於公瑾但言議
英發不及耳圖取關羽勝於子敬子敬荅吾云帝王
之起皆有驅除羽不足忌此内不能辦外爲本耳孤
亦恕之不苟責也然其作軍屯營不失令行禁止部
界無廢負路無拾遺其法亦美矣

二十五年春正月魏王曹操薨太子丕即位改漢建
安爲延康元年秋魏將梅敷使南陽長史張儉送款
以南陽陰酇筑陽山都中廬五縣五千家歸附權納
之明年冬十月曹丕代漢稱魏號黄初元年而權江

吳王受魏封號

東猶稱建安
二十六年其年始置丹陽郡自宛陵理於建業
二十七年夏四月劉備稱帝號於蜀即黄初二年也
時權在公安聞之自公安下都鄂改鄂爲武昌召問
知星者將定三分之計五月甘露降於建業秋八月
城武昌下令諸將出入從兵仗以自防冬十一月魏
使邢貞至冊命權九錫爲吳王貞入國門猶乘車軍
師張昭怒其無禮責之曰君謂江東無寸刃可爲法
耶何輕慢之甚貞遽下車拜謝群臣見冊命至議以
爲宜稱漢上將軍九州伯不應受魏封權曰九州伯
於古未聞昔沛公亦受項羽封爲漢王此蓋時宜爾

吳大夫
趙咨使
魏應答
如流

復何損也遂遣中大夫趙咨使魏魏文帝問曰吳王何等主對曰聰明仁智雄略之主問其狀咨曰納魯肅於凡品是其聰也拔呂蒙於行陣是其明也獲于禁而不害是其仁也取荆州兵不血刃是其智也據三州虎視天下是其雄也屈身陛下是其略也又問吳王頗知學乎咨曰吳王浮江萬艘帶甲百萬任賢使能志在經略脫有餘暇博覽史籍而採奇異不効書生尋章摘句而已又曰吳可征乎咨曰大國有征伐之兵小國有備禦之固又曰吳難魏乎咨曰帶甲百萬江漢爲池何難之有又曰吳如大夫者幾人咨曰聰明特達者八九十人如臣之輩撥群驅隊不可

勝數文帝善其對厚禮之咨還説權曰吾觀北方終
不能守盟朝廷承漢四百之餘應東南之運宜改年
號正服色以應天順人權納之拜騎都尉是年劉備
怨殺關羽大舉兵自來伐至巫山誘武陵五溪蠻夷
反權使大將軍陸遜拒之南郡太守諸葛瑾時駐公
安使人送牋論是非以解於備或有讒瑾别遣親人
與備相聞陸遜知之表明瑾無此宜散其意權書報
遜曰子瑜與孤從事積年恩如骨肉深相明究其爲
人也非道不行玄德昔遣孔明至孤孤語子瑜卿與亮
同産且弟隨兄於義爲順何以不留子瑜荅孤云孔
明與人委質定分義無二心弟之不留猶瑾之一不往

也其言足貫神明今豈有此乎孤前得妄語文疏即
封視子瑜并手筆與之得其報論天下君臣大節一
定之分孤與子瑜可謂神交非外言可間也知卿意
至輒封來表以示子瑜使知孤意
二十八年春正月蜀軍前後連五十餘營分據險地
進外馬鞍山陸遜督諸將隨輕重應接四面攻圍閏
正月大破蜀軍於五屯斬將褰旗追奔逐北盡敗諸
營投降者萬餘盡得其糧食器物備走遜部將孫植
斬上兜道截其徑路要備備踰山險僅得免入於白
帝城二月權以破蜀事使報魏魏遣侍中辛毗尚書
桓階來盟誓并徵任子權辭不受秋九月魏命曹休

張遼等諸軍大出數道來逼權令呂範諸葛瑾等緣江守備拜陸遜爲輔國大將軍領荊州牧封江陵侯假黄鉞渡江拒魏以將軍朱桓爲濡須督封新城亭侯魏帝遣大司馬曹仁步騎數萬向濡須欲襲取桓乃僞揚聲東攻羡溪桓分兵將赴羡溪既發卒得仁進軍拒濡須七十里桓遣追還羡溪兵未到而仁奄至城下桓時兵吏在者五千人因勅偃旗卧鼓外示虚弱以誘之仁使子泰來攻自將萬人留爲後拒桓分步兵當仁身自拒破泰泰燒營走追斬數千級仁退諸軍乘勝破曹休張遼等魏引退鎮西將軍陸遜等率諸將進表勸權即王位冬十一月權就吴王位於

武昌大赦改年號爲黄武元年初置丞相以陽羡侯孫劭領之立子登爲王太子十一月蜀使致書於權引躬自責求修舊好十二月遣太中大夫鄭泉聘劉備於白帝始報通好焉泉至蜀蜀主問曰吴王何以不荅朕書將無以朕正名不宜乎泉曰曹操父子凌轢漢室終奪其位陛下託以宗室有維城之重不荷戈執殳爲海内率先而因是自名未合天下之義是以寡君未復書爾備甚慙　泉字文淵陳郡人博學有姿望而性嗜酒每閑居曰願得美酒滿五百斛船以四時甘脆置兩頭反覆没飲之憊即住而啖餚饌酒有斗升減隨而益之不亦使乎臨卒謂同類曰必

葬我於閶家側庶百歲後化成土見取爲酒壷是歲改夷陵爲西陵詔楊州置牧以丹陽太守呂範爲楊州牧以東征將軍高瑞領丹陽太守復自建業徙治蕪湖時楊州所統一十四郡一百四十八縣而丹陽領一十九縣

二年春正月城江夏武昌宮改四分用乾象曆自以土行代漢建寅爲歲首三月魏軍盡退疆界寧息夏四月丞相孫劭大將軍陸遜率群臣上表稱天命符瑞勸王即帝位王再讓未許謂群臣曰漢家堙替不能存救亦何心覺焉案江表記權謂將相曰往年寡人以玄德方向西鄙故先命陸遜選衆以待之聞北部分兵欲以助寡人寡人內嫌其狀若不受其拜是相折辱而趣其速發便當與西俱至二處受敵於國爲劇故自抑就其封王低屈之趣諸君未盡今故相解耳

蜀主劉備薨於白帝王使立信都尉馮熙弔于蜀五

月甘露降曲阿冬十一月蜀使鄧芝以馬二百疋歸千端來聘自是之後聘使來往爲常各致方物奬其厚意

三年秋九月魏大軍來寇曹丕自出廣陵臨大江兵十餘萬旌旗數百里王使諸將謀以拒守安東將軍徐盛設計築圍作薄落圍上設假樓江中浮舟多張旗幟於山險而又縛草爲人衣以甲冑自武昌至于京口烽煙相望諸將以爲無益王然之魏文帝臨江不敢渡久之歎曰天固隔我吳魏彼有人焉便退吳將孫劭先屯於江北聞魏軍退遣將高壽率敢死士五百人夜於徑路要之魏帝驚敗遁走壽春獲副車

羽蓋而歸冬十月晦日有蝕之四年夏五月丞相孫
劭薨謚曰肅　劭字長緒北海人身長八尺初爲北
海相孔融功曹融以爲廊廟之才漢末隨劉繇過江
歸國累拜車騎長史爲吴首相封陽羨侯初劭之薨
也群臣衆望舉婁侯張昭爲丞相王曰寡人豈爲子
布所惜但丞相事煩而此公性剛所言不從怨咎將
興非所益也六月以太常顧雍爲丞相封醴陵侯以
尚書陳化爲太常　化字元耀汝南人少博覽衆書
氣幹剛毅長七尺九寸雅有威容初拜郎中使魏魏
文帝因酒酣謔化曰吴魏峙立誰將平一海内化曰
易稱帝　出乎震加聞先哲知命舊説黄旗紫蓋運在

東南帝曰昔文王以西伯王天下豈復在東乎化曰周之初基太伯在東所以文王興於西帝笑然以難心奇其詞厚禮送還王以奉命光國遷犍爲太守尋追入遷尚書頃之拜太常兼尚書立朝正色勑子弟廢田桑絶治産業仰官廩禄不與百姓争利妻早亡以古事爲鑒不復娶王聞而貴之以其年壯勑宗正以宗室女妻之固辭不受年七十上䟽乞骸骨爰居章安卒於家子熾嗣　雍字元凱吴人也少從蔡伯喈學琴慕其爲人因改名雍初以州郡表薦累遷至尚書封陽遂鄉侯拜侯還家而家人不知雍爲人不飲酒寡言語朝廷憚之自爲丞相其所選用各隨能

所任心無適莫訪人間及政職所宜密以言聞見納
則歸於主上不用終不泄言以此見重秋七月皖口
言木連理又地連震
五年大將軍陸遜奏所在無寇令諸將廣農畝王許
之稱善孤自率子弟親受田車八牛爲四耦與衆等
均其勞也夏五月魏文帝崩秋七月蒼梧鳳皇見是月
置東安郡治富春冬十一月陸遜以便宜奏施德緩
刑寬賦息調王答善之乃令有司寫利害科條使中郎
褚逢齎就遜令與諸葛瑾同損益之衛將軍交阯太
守龍編侯士燮卒　燮字威彦蒼梧廣信人也少好
學漢察孝廉補尚書郎以公事免尋舉茂才除巫令

累遷交阯太守漢末交州刺史朱符爲夷賊所殺州郡擾亂燮乃表弟司徒掾壹領合浦太守次弟徐聞令鮪領九真太守鮪弟武領南海太守兄弟並在列郡雄據一州偏在萬里威尊無上出入鳴鐘磬備鼓吹車騎滿道胡人夾轂焚香者常有數十人妻妾乘輜軿子弟從兵騎當時貴重震服百蠻燮體氣寬和謙虛下士中國人物避難多往依之每公事稍闕輒習書傳注解左氏春秋尚書古文大義時天下亂四方隔絶而燮不廢貢賦及王使步隲定南土率兄弟奉承節度每使貢雜香細葛明珠大貝琉璃玳瑁翡翠犀象珎奇異果無歳不至在郡四十餘年年九十

卒主以交趾懸遠乃分合浦已北爲廣州拜呂岱爲刺史交趾已南爲交州拜戴良爲刺史以陳時代燮爲交趾太守良與時至合浦而燮子徽自署爲交趾太守發宗兵拒良不許入王勑呂岱與良等討平之誅徽傳首武昌

六年春正月韓瑺子綜以衆叛降魏

七年罷東安郡夏五月鄱陽太守周魴以詐誘魏將曹休獻休事七條密表於王八月王自幸皖口使大將軍陸遜督中軍全琮朱桓爲左右三邊俱進大破魏軍於夾石亭俘數萬計盡收其騾馬輜重曹休僅免冬十月王下令軍中諸將有三罪然後議之以將

軍翟舟有過亡入魏故也是歲改合浦爲珠官郡大
司馬南昌侯呂範薨 範字子衡汝南細陽人少爲
縣吏有容儀姿皃而家貧縣有富人劉氏女有美色
範求之母不許女曰豈有如呂子衡長久貧耶遂與
爲婚後避亂住壽春將客百餘人過江東孫策異之
遣往江都迎太妃還策待以親戚共升堂飲於太妃
前求退任爲都督整齊其衆因進言於策曰捨本土
而託將軍者非爲妻子欲與將軍共濟世務猶同舟
涉海事不成則俱受其敗乃授偏將軍内外委任焉
王統事深重之嘗與嚴畯論衡方於吴漢進領彭城
太守與周瑜同破曹操於赤壁以功進平南將軍屯

大桑尋入守建業黄武元年遷楊州牧七年拜大司馬改封南昌侯印綬始下而薨王素服舉哀黄龍元年將下都建業自過範墓祭以太牢執酒呼曰子衡隨我言及流涕左右皆垂淚範性耿介有威儀好奢靡然勤公奉法王深委之案江表傳權嘗謂嚴畯曰呂子衡忠篤亮直性雖好奢然以憂公爲先不足爲損避袁術自歸於兄兄作大將別領部曲故憂兄事乞爲都督辦護修整吾軍加之勤恪與吳漢相類故方之皆有趣非孤私也

建康實録卷第一

建康實録卷第二

吴中

太祖下

黄武八年春正月公卿百司連上表勸王正尊號王猶謙讓再三夏四月黄龍鳳皇見武昌夏口並言之甲午公卿再請王曰群臣百辟咸以寡人上副天心寡人敢辭甲申立壇于南郊即帝位柴燎告天禮畢法駕旋武昌宮陞太極殿大赦改元黄龍元年建黄龍大牙常在中軍令諸將進退向之詔侍中胡綜爲賦其畧曰乃律天時制爲神軍取象太一五將三門疾則如電遲則如雲進止有度約而不煩四靈既布黄龍中央周列日月實曰太常傑然特立六軍所望

玄云　綜字緯則汝南固始人也少孤將母避亂江東年十四爲孫策門下客好學攻文黄龍初蜀使修好帝令綜作盟文文義宛美自黄龍後詔誥册命隣國答書皆綜所爲與是儀徐祥同典機密丁酉追尊父堅爲武烈皇帝廟號始祖陵曰高陵母吴氏爲武烈皇后兄策爲長沙桓王立子登爲皇太子内外文武百司皆即位行賞邊軍征防各賜勲五轉鰥寡孤獨量給穀帛百姓並免今年租賦天下賜酺五日初漢末興平中童謡曰黄金車　斑蘭耳開閶門出天子閶門即吴西郭門也夫差所造帝即吴人六月蜀使衛尉卿陳震來慶踐位帝乃立壇與蜀使盟　約滅魏

吳遷都建業

中分天下以幽豫青徐兗鄆冀并凉屬蜀其司州之土以函谷關爲界有害於吴蜀伐之有害於蜀吴伐之凡百之約皆如載書有渝此盟創禍先亂時童謡云寧飲建業水不食武昌魚寧就建業死不就武昌居秋九月帝遷都於建業案江表傳漢建安中劉備嘗宿於秣陵觀江山之秀勸帝居之初張紘謂帝曰秣陵楚威王所置名金陵地勢岡阜連石頭古老云昔秦始皇東巡會稽經此縣望氣者云金陵地形有王者都邑之氣因掘斷連岡故名秣陵今據所見存地有其氣象天之所會今宜爲都邑帝深善之後聞劉備語曰智者意同故即帝位聞謡言而思張紘議乃下都之又案吴録劉備曾使諸葛亮至京因覩秣陵山阜曰鍾山龍盤石頭虎踞此乃帝王之宅也以陸遜爲上將軍詔輔太子登留守武昌冬十月至自武昌城建業太初宫居之宫即長沙桓王故府也因以不改今在縣東北三里晉建康宫城西南今運瀆東曲折内池即太初宫西門外池吴

宣明太子所創爲西苑案其地今在惠日寺後僧相傳呼爲果師墩初吴以建康宫地爲苑其建業都城周二十里一十九步十一月右長史張紘卒遺令戒子孫無爲不善　紘字子綱廣陵人少游學京師還本郡舉茂才公府辟皆不就漢末避亂江東桓王初起委質於紘紘爲謀主每出入諫王持重不宜輕脱建安四年奉使許昌宫時曹操爲司空辟爲掾兼侍御史紘心戀昔恩思還返命未果桓王薨而帝統事操欲紘輔帝内附拜紘爲會稽東部尉帝不以紘北任介意至因爲長史與張昭二人爲左右腹心一人從征一人居守及帝都秣陵辭還東迎家道病卒年六十一留牋勸帝修德納善

帝省書流涕久之子玄清介高行官至南郡太守

二年春正月詔立國學置郡講祭酒二月使將軍衛溫諸葛直下海求亶夷二洲得夷洲數千人而還（案二洲皆在海中長老傳云秦皇遣方士徐福將童男女數千人入海求蓬萊神山及仙藥遂遇風皆止此洲不還世世相承有數万家時有會稽東縣人行海遇風至夷洲其亶洲絶遠不可得到故溫只往夷洲人還也）

三年夏五月建業有野蚕爲繭大如鳥卵由拳生野稻詔改由拳爲禾興縣冬十月始平言嘉禾生十二月丁卯大赦改明年爲嘉禾元年春丞相顧雍奏宜修郊廟社稷以承天意詔答未許二月皇子建昌侯慮薨 慮字子智太祖次子性聰敏才兼文武黃龍初大臣等奏宜進爵爲王使出鎮任以光大業帝許

之假節開府鎮軍大將軍臨湘遵奉法度恭納師友深見寵愛薨時年二十帝爲之降損夏六月皇太子登歸自武昌留省侍以太子少傅鄱鄉侯是儀爲侍中 儀字子羽北海營陵人本姓氏少仕郡郡相孔融謂曰氏字民無上可改爲是乃從焉後避地隨劉繇過江太祖統事徵用之專典機要性謇諤帝以爲趙之周舍累官至侍中遷少傅輔皇太子鎮武昌隨還復拜侍中轉僕射爲人儉讓不治產業又受恩施宅在西明門外甚卑陋雖處尊官弊衣單食帝聞之幸其宅求視蔬飰親嘗之對而歎息有所增益皆讓而不受時或進達未嘗言人之短卒時年八十一冬十月

魏遼東太守公孫淵叛魏使校尉宿舒閬中令孫綜來奉表稱藩請援并獻方物帝進公卿議輔吴將軍張昭及丞相顧雍等率大臣切諫淵反覆難信無嶮路遥遠願勿納之帝不信遣太常張彌執金吾許晏將軍周賀賀達校尉裴潛將兵一萬浮海應接并齎珎寶九錫備物封淵爲燕王領幽青二州十七郡諸軍事二年三月漢獻帝崩率公卿舉哀三日公孫淵果反爲魏魏將田預要擊破周賀裴潛等於成山而淵殺張彌許晏賀達三人分其部伍秦旦杜德等走於玄兎八月旦等自玄兎走句驪句驪王見旦德等甚敬之曰此天子邊人也乃發皂衣使二十五人送

歸兼表獻方物豹皮千枚鶡鷄皮十具帝喜句麗大怒公孫淵將自征遼東尚書薛綜等率大臣切諫帝猶怒選曹尚書陸瑁上疏曰古來荒服慌忽無常不可保也夫兵革者前代所以誅暴亂滅四夷然皆姦雄已除天下無事從容廟堂之上以議之至於中夏鼎沸九域盤牙之時深根固本愛力惜費務自將養以待隣敵之闕者有遠征於此時也捨近馳遠疲於軍力願陛下少思之帝乃止冬十月詔使中書郎陳恂謝宏往拜句麗王宮爲單于并賜衣服恂至句麗已受魏幽州牧諷旨不受詔賜遂郊止吳使令主簿笮資帶固往與恂宏相見恂等怒乃縛資固爲質使

譴句麗句麗王謝罪獻馬百疋乃釋貢等令奉詔賜物而將馬還

三年夏六月帝率六軍親征合淝別使大將軍陸遜諸葛瑾等屯江夏沔口張承孫韶等將兵往廣陵淮陽魏明帝自東出拒之帝還軍九月朔旦隕霜傷穀誅不由君上之應也時典校事呂壹專威福帝任之群臣無敢言是歲復曲阿爲雲陽丹徒爲武進

四年秋七月魏使以馬二百疋求易珠璣翡翠帝曰此朕不用之物乃與交易八月雨雹又隕霜雹者陰之脅陽佞臣小人專任之應

五年春議鑄大錢一當五百詔吏民輸銅畀直設盜

鑄之科三月武昌甘露降於禮賓殿夏旱自去冬不雨至于五月秋七月輔吴將軍婁侯張昭薨遺令幅巾素棺斂以時服帝素服臨吊祭以太牢謚文成侯

昭字子布彭城人好學善談論能隷書從白侯子安受春秋衆書與趙昱王朗俱發名友善與朗共論舊君諱事處士陳琳善之舉茂才不應徐州刺史陶謙以爲輕已將拘之趙昱救免乃避難江南及桓王創業爲府長史一事已上並委之陞堂拜母如舊好焉桓王臨薨以後事託昭輔帝帝即位以昭爲軍師將軍每以直諫整齊德行帝甞於武昌宫臨釣臺飲酒大醉使人以水灑群臣曰今日酣飲唯醉墮臺中爲

止耳昭正色不言出外坐車中帝使人呼還謂曰作樂公何爲怒昭對曰昔紂爲糟丘酒池長夜之飲當時亦以爲樂不以爲惡也帝慙而止黄龍初與孫劭滕胤鄭禮等採周漢故事定朝儀帝即尊號拜輔吳將軍封婁侯食邑萬戸在宅無事嘗著春秋左氏傳解及論語孝經注每有隣國使命昭輒折之時帝遣張彌許晏應接公孫淵昭諫曰淵背魏懼討遠來求援非本意也若淵改圖欲自明於魏兩使不返司取笑天下帝不納昭切諫止之帝揁刀於膝上大怒曰吳之士大夫入則拜朕出則拜卿朕之敬卿亦爲至矣而數於衆中折朕失計何也昭孰視帝面良久進

曰誠知言不見用每竭愚衷者誠以太后臨崩呼老臣於床下遺詔顧命之耳因即涕泣横流帝投刀於地與昭對泣然竟遣彌晏昭忿言不見用杜門稱疾不朝帝數召起昭稱疾篤帝恨塞其門昭於内又自以土封之帝後悔過親至門呼昭昭猶稱病帝燒其門以恐之昭更閉戶帝使人滅火自責良久昭諸子共扶昭起載而還宫昭進謝帝跪止之坐定仰而言曰昔太后桓王不以老臣屬陛下而以陛下屬老臣是以思盡臣節以報厚恩使泯没之後有可稱述而意慮愚淺違逆盛旨自分幽淪長棄溝壑不圖復蒙引見得奉帷幄然臣愚心事國志忠畢命而已若乃變心

易慮偷榮取容此目所不能也帝謝之昭爲人容皃矜嚴有威風帝常曰孤與張公言不敢妄發舉邦憚之案江表傳初帝於群臣皆呼字唯呼昭曰張公張紘曰東部初建安中吳太后臨崩以江外多虞召昭與張紘受遺託孤深委寄之而命帝以師父事昭故昭盡忠輔成王業薨時年八十一長子承少以才學知名爲人壯毅忠謹甄識人物拔萃款謝景於寒微並爲國士封侯其妻諸葛恪妹也見恪歎曰敗諸葛氏者元遜也性勤於進賢篤於物類庶幾之流無不造門焉案丹陽記大長干寺道西有張子布宅在淮水南對瓦官寺門張侯橋所也橋近宅因以爲名其長干是里巷名江東謂山隴之間曰干建康南五里有山南其間平地民庶雜居有大長干小長干東長干並是地里名小長干在瓦官南巷西頭出江也冬十月彗星見于東方

六年春正月詔曰郎吏者宿衞之臣古之命士間者所用頗非其人自今選三署皆依四科不得虛司相飾夏用左執法胡綜左節度顧譚議定法長吏不許奔喪詔曰遭喪不奔法非古也蓋隨時之宜以義斷恩自今已後長吏不得奔喪廢職有犯者大辟行治冬十二月赤烏群集前殿大赦改明年爲赤烏元年春正月侍御史謝宏奏更鑄大錢一當千以廣貨帝許之二月追拜夫人步氏爲皇后　后諱練師臨淮淮陰人也隨母徙廬江廬江爲桓王所破皆東渡夫人以美麗得幸於帝生二女魯班魯育性不嫉妬多推進故久見愛寵冠後庭及帝即位數次欲立爲后

青徐汝沛等軍事及帝下都建業朝見帝問其土人物韶荅屯戍遠近人馬衆寡將帥姓名盡識之身長八尺儀皃都雅帝喜曰吾不見汝久不圖進益乃爾拜右將軍夏四月使衛將軍全琮征魏掠淮南決芍陂燒安城邸閣收其人民中郎將秦偲等與魏將王陵大戰芍陂中斬獲千餘人車騎將軍朱然圍樊大將軍諸葛瑾取湘中地時零陵太守殷禮上書於帝曰今天棄曹氏國内虎爭幼童涖事取亂侮亡且於今日願陛下親自御戎舉荆楊之衆盡彊弱之數彊者執戟羸者轉運西命益州軍于隴右授諸葛瑾朱然大衆指事襄陽陸遜朱桓別征壽春大駕方入淮

泗淩轢青徐襄陽壽春困於受敵長安以西務對蜀軍許洛之師勢必分散掎角瓦解民必内應將相對向或失宜便一軍敗績三軍離心便當秣馬脂車踐踏城邑乘勝逐北以定華夏若不悉軍動衆循前輕舉則不足大用易於屢退民疲威竭非出兵之策也帝善之不能用　禮字德嗣雲陽人幼而聰穎過人顧劭拔於微賤之中累遷郎中與輔義中郎將張温使蜀蜀諸葛亮見而歎曰江東菰蘆中生此奇才使還守郡卒於官五月皇太子登薨帝聞驚惋哀不自勝詔曰國喪明嫡百姓何福下有司謚爲宣明太子太子字子高帝長子性謙讓好學旣居儲位以諸葛

公卿意在太子母徐氏帝不得已依違十餘年薨追思之至是年追拜之後合葬蔣陵秋七月典校事呂壹坐姦事伏誅帝深慙亂法使中書郎袁禮以誅壹事謝四方諸大臣兼手詔一一條件而問時事損益并責不直言切諫八月麒麟見武昌

二年春正月魏明帝薨夏五月城沙羡

三年春詔曰蓋君非民不立民非穀不生下州郡勸治農桑農桑時不得役事夏四月大赦諸郡縣治城郭起樓穿塹發渠以備非常冬十一月詔開倉賑給貧民

十二月使左臺侍御史郗儉監鑿城而南自秦淮北倉城名運瀆按建康宫城即吳苑城城内有倉名曰苑倉故開此瀆通轉運於倉所時人亦呼爲倉城晉咸和中修苑城爲宫惟

倉不毁故名太倉在西華門内道北

四年春正月大雪平地三尺鳥獸死者太半三月右將軍孫韶卒　韶字公禮父河本姓俞氏吴人常隨栢王征代立功賜姓孫初邊鴻與嬀覽等殺丹陽太守孫翊河往苑陵詰鴻覽戴員貟等懼罪又殺河韶年十七收河衆歸治京城樓櫓以備禦帝聞之將還吴引軍夜至城下試攻之韶皆乘城傳檄備警讙聲動地帝使人諭止明日召見深器之拜爲校尉統河部曲食曲阿丹徒二縣自置長吏帝即尊號遷鎮北將軍在邊十數年善待士卒得其死力常以警疆埸遠斥候爲務故鮮有敗軍之事帝在武昌韶屯京[illegible]

恪爲左輔張休爲右弼顧譚張承爲都尉是爲四友謝景范慎刁玄羊衜等爲賓客每侍講東宫號爲多士登接師友同布衣之禮常與共帳同輿及鎮武昌遊獵出入不踐良田頓息又擇空闊之地而不煩民曾乘馬出有彈丸過其側左右求之見一人操彈佩丸咸以爲詞對不伏從者欲捶之登使求過丸比之非類乃釋之所生母徐氏廢在吴而日夕思戀及立爲太子辭曰本立而道生欲立太子宜先立后帝曰卿母何在對曰在吴中帝默然每有賜衣皆沐浴以服之立二十一年年三十三臨終上表進賢勸善寬刑省賦皇子和仁孝聦哲德行清茂願早建置以副

民望諸葛恪張休顧譚謝景皆通敏有識斷入宜膓心出可爪牙范慎華融矯矯壯節有國士之風羊衜有專對之才刁玄裴欽蔣修虞翻志節分明凡此諸臣或宜廊廟或堪將帥明習法令守信固義有不可奪之志此皆陛下日月所照選置臣官備知情素敢以陳聞帝覽之摧感初葬句容後三年移葬鍾山西蔣陵置園邑奉守次子英嗣封吳侯閏六月大將軍豫州牧諸葛瑾薨　瑾字子瑜瑯琊陽都人也性寬緩容皃思度于時伏其弘雅少遊學博聞有孝德漢末避難渡江弘咨薦於帝帝善之為人善譚論諫諭未甞切諤人主粗陳指歸有未合則言他事物類相

求帝亦解悟瑾兄弟三人各事一方每使往來兄弟相見言於公庭曾無私語帝即尊位進拜大將軍豫州牧封陽都侯臨終遺令素棺斂以時服長子恪自得侯次子融襲封振威將軍統部曲鎮方外融多佼藝好會賓客在軍每休假令吏卒不遠千里造焉常訪問賓客其言能者隨其書史樗蒲弓彈犬馬分部別類與之任性融乃繼進甘果酒肉自巡牀周流看省終日不倦吏士親附疆無外事[案江表傳孫峻害諸葛恪遣使無難督施寬等上取融融不之知忽聞兵至猶豫不決及寬等圍城遂飲藥死三子見殺先是公安有靈鼉鳴時謡曰白鼉鳴龜背平南郡城中可長生守死不去義無成及此融果刮金印龜服之而死也]秋八月陸遜城郛冬十一月詔鑿東渠名青溪通城北塹潮海[潮溝亦帝所開以引江潮其舊跡在天竇寺後長壽寺前東發青溪西行經都古承明廣莫大夏等]

三門外西極都城牆對今歸善寺西南角南出經閶闔西明寺二門撥運瀆在西州之東南流入秦淮其北又開一瀆在歸善寺東經栖玄等門北至後湖以引湖水至今俗爲運瀆其實古城西南行者是運瀆自歸善寺門前東出至青溪名曰潮溝其溝東頭今已堙塞纔有處所西頭則見通運瀆北轉至後湖其清溪北源亦通後湖出鍾山西今建元寺東南角度溪有橋名募士橋吴大帝募勇士處其橋西南角過溝有埭名雞鳴埭齊武帝早遊鍾山射雉至此雞始鳴因名焉其溝是吴都儉所開在苑陵後晉修苑城爲建康宫即城北塹也也東自平昌門西出經閶闔門遶運瀆今東頭見在建元寺門西頭出今夏公亭前蔦路西至孝義橋入運瀆運瀆舊有六橋孝義本名覺子橋次南有楊烈橋宋王僧達觀鬬雞鴨處次南出有西州橋今縣城東南角路東出何后寺門次南有高曄橋建康西尉在此橋西今延興寺北路東度此橋次南運瀆臨淮有一新橋對禪靈渚渡今之過淮水橋名新橋本名萬歲橋其清溪上亦有七橋最北樂遊苑東門橋次南有尹橋今潮溝大巷東出度此橋次南有雞鳴橋即與地志所謂今新安寺南東度開聖寺路度此橋次南有募士橋次南有蕪首橋一名走馬橋橋東燕雀湖湖連齊文惠太子博望苑隋末輔公祏築其地爲城寓朝陸彦恭爲江寧令開金華坊坊於郭東東逼清溪乃廢蕪首橋路而於興業寺門前東度溪立橋名金華橋次南有清溪中橋今湘宫寺門前巷東出度溪東有桃花園是齊太祖舊宅即位後修爲園亦名芳林園下[illegible]長曲水詩序云載懷平圃乃睠芳林即此園也次南青溪大橋今縣東出向句容大路經北橋東即陳五兵尚書孫瑒宅西即陳尚書令江揔宅與瑒對夾青溪俱在路北陶季直京都記云午時京師鼎族多在清溪左及潮溝北俗說郗僧施泛舟青溪每一曲作詩一首謝益壽聞之曰清溪中曲復何窮盡也

五年春正月立子和爲皇太子大赦改禾興縣爲嘉興縣二月群臣奏請立皇后及皇子爲諸侯王詔曰今天下未定民物勞瘁有功未録飢寒未恤猥割土壤以封子弟崇爵位以寵妃妾朕不取焉三月海鹽言黄龍見夏四月旱詔禁獻御減太官膳秋七月有司又奏立皇后諸侯王八月立子霸爲魯王九月遣將軍陸凱討定朱崖儋耳郡

六年春騶虞見新都冬十一月丞相顧雍薨時年七十六是月太子太傅都鄉侯闞澤薨　澤字德潤會稽山陰人家世農夫幼好學居貧常與人傭書以供紙筆所寫既了誦之亦過究竟典籍兼通歷數察孝

廉累遷吏部尚書時蜀使張奉來聘帝命公卿宴奉於座別澤姓名嘲譏澤不能對時太子少傅薛綜因行酒至奉代澤荅曰蜀者何也有犬爲獨無犬爲蜀横目苟身蟲入其腹奉曰不當復列吴耶綜應聲曰無口爲天有口爲吴君臨萬國天子之都衆座歡笑奉無以對澤性謙恭小吏對問皆與抗禮人有非短口未嘗言容皃似不足者然所聞少窮嘗以賈誼過秦論進帝欲方便諷諭以明治亂十二月扶南國獻樂人是歲諸葛恪大破六安殺魏將謝景收其民而還魏司馬懿率軍入舒恪遷于柴桑

七年春二月以大將軍陸遜爲丞相秋嘉禾生宛陵

八月詔曰督將士殺其妻子是使妻去夫子弃父也甚傷義教自今勿殺之車騎將軍朱然驃騎將軍步騭等各上疏言自蜀還者言蜀欲背盟與魏交通多作舟舡繕治城郭又前蔣琬守漢中聞司馬懿南向不出兵乘虛以掎角之反委漢中還成都事已彰露的無所託宜爲之備帝良久曰不然吾待蜀不薄聘享盟誓無以負之何以致此又司馬懿前來入舒旬日便退蜀在萬里何知緩急而便出軍昔魏入漢川此間始戒嚴亦未舉制會魏還而止蜀寧可復以此爲疑也且人治國舟舡城郭何得不護今此間治軍豈欲禦蜀人言昔不可信朕爲諸君破家保之果如

帝言而蜀竟無謀

八年春二月丞相江陵侯陸遜薨　遜字伯言吴人也本名議世爲江東大族妻桓王女也遜年二十始仕幕府歷東西曹令史出爲海昌屯田尉領縣事海昌今之鹽官也時旱遜開倉賑窮百姓懷之及帝統事而遜策定山賊帝用爲帳下都督時會稽大守淳于式表遜枉法擾亂人民遜入乃薦式爲佳吏帝曰式表卿卿何稱善對曰式意欲養民是以白且更毁之是亂聖聽帝以爲長者後吕蒙卧疾因上表言意思深長才堪負重觀其規慮終可大任帝納之累遷護軍鎮西將軍代吕蒙爲右部督征關羽尅公安

定南郡封華亭侯持節楊州牧多所辟舉及帝定荆州上表勸帝薦拔英異以進南土人深納其言黄武初大破劉備於馬鞍山尋敗曹休于夾休發背死遜還軍振旅凱歌入武昌帝授遜輔國將軍郢州牧改封江陵侯敕左右以御蓋覆之出入殿門凡所賜與皆御物上珍群臣莫比嘉禾中都護諸軍與諸葛瑾等征襄陽定安陸石陽及爲丞相詔領楊州牧都督如故時帝寵魯王覇欲廢太子和遜上書諫曰太子正統宜有盤石之固以副至尊不宜動摇生惡人心表三四上帝怒以重臣未即加法使人責之遜不勝憤恚而薨性忠梗出言無私立朝肅如也帝常以諸子

委遜教誨故建昌侯慮曾於堂前作鬪鴨欄遜見責之即令毀除學士南陽謝景與劉廙之談講以先刑後禮遜引大義訶之曰禮長於刑久矣何以細辯而詭先聖之教若此之論不須講也左右失色爲人素儉知足時年六十三死之日家無餘財夏五月震宫門及南津大橋茶陵縣洪水溢出漂損二百餘家秋七月帝遊後苑觀公卿射征西將軍馬茂符節朱真牙門將朱志無難都督虞欽等謀逆欲劫公卿襲帝事覺夷三族八月大赦使校尉陳勳作屯田發屯兵三萬鑿句容中道至雲陽西城以通吳會舡艦號破崗瀆上下一十四埭通會市作邸閣仍於方山南截

淮立埭號曰方山埭今在縣東南七十里案其瀆在句容東南二十五里上七埭入延陵界下七埭入江寧界初東郡舡不復行京行江也晉宋齊因之梁太子祠改爲破墩瀆遂廢之而開上容瀆在句容縣東南五里頂上分流一源東南三十里十六埭入延陵界一源西南流二十六里五埭注句容界上容瀆西流入江寧秦淮後至陳高祖即位又堙上容而更修破崗至隋平陳乃詔並廢此瀆

九年夏四月甘露降武昌宮秋九月以驃騎大將軍步騭爲丞相車騎大將軍朱然爲左大司馬衛將軍全琮爲右大司馬鎮南將軍呂岱爲上將軍諸葛恪爲大將軍時用大錢物貴百姓不便詔除大錢畀物價使收其錢鎔爲器

十年春適南宮案輿地志南宮太子宮也宋置欣樂營其地今在縣城二里半吳時太子宮在南故號南宮改爲太初宮詔移武昌材瓦有司奏武昌宮作已二十

八年恐不堪用請別更置帝曰大禹以卑宮爲美今軍事未已所在多賦妨損農業且建康宮乃朕從京來作府舍耳材柱率細年月久遠恐朽壞今武昌材木自在且用繕之冬十月大赦死罪是歲胡人康僧會入境置經行所朝夕禮念有司以聞帝曰昔漢明帝感夢金人使往西方求之得摩騰竺法蘭來中國立經行教今無乃是其遺類乎因引見僧會其言佛教滅度已久唯有舍利可以求請遂於大内立壇結靜三七日得之帝崇佛道以江東初有佛法遂於壇所立建初寺帝初好道術有事仙者葛玄嘗與遊處或止石頭四望山所或遊於列洲時忽遇風玄船

傾溺帝悲怨久之俄見玄曳履從江上行來衣不濡而有酒色玄性好酒嘗飲醉卧門前陂水中竟日醒乃止帝重之爲方山立洞玄觀後玄白日昇天今方山猶有玄煑藥鐺及藥臼在案輿地志赤烏二年爲玄於方山立觀又吳録云有術人姚光自言火仙帝焚之火滅光坐灰中手持一卷帝看之不識初在武昌日衛方士會稽介象者帝爲立第給御帳號爲介君帝每從學隱形法前後所言皆驗帝曾問象鱠魚何者爲上象曰鯔帝曰海中魚不可卒得且言近者象曰易得因堀地灌水其中釣之得鯔以爲鱠仍請使往蜀市薑爲虀初作鱠而去欲了而還使者於蜀見張溫張溫因附家書而歸

十一年春正月朱然城江陵三月太初宮成周迴五百丈正殿曰神龍南面開五門正中曰公事門東門曰昇賢門左掖門西曰明陽門右掖門正東曰蒼龍門正西曰白虎門正北曰玄武門起臨海等殿夏四

月雨雹此有德遭遇險誅伐過深之應也雲陽言見五月鄱陽言白虎仁帝曰符瑞之應表德也朕臻於茲書云雖休勿休公卿百司勉修所職以匡逮宜各勵精思朕過失秋丞相冀州牧番禺侯步騭薨

騭字子山臨淮人性寬雅深沉能降志辱身研博道藝靡不貫覽漢末渡江單身窮困與廣陵人衛旌種瓜自給晝則耕斸以勤四體夜則端坐讀誦經書吴録會稽焦矯嘗爲征羌令君一方豪也騭旌等共修刺奉瓜以謁矯矯遇之甚薄旌恥之騭辭色自若及食矯自饗大案飯騭等小盤菜茹而已旌不能食騭飽食訖辭出旌怒曰何能忍此騭曰吾等貧賤主人以貧賤遇之固其宜也復何恥乎旌字子璜位止尚書帝初統事召騭爲主簿與諸葛瑾嚴畯等並著英聲於吳中累遷位持節征南中郎將交州刺史徵爲驃騎將軍領冀

州牧時皇太子登在武昌與騭書問遠近士君子先後之宜具條答于時建業人物在荊州界者諸葛瑾陸遜朱然程秉潘濬裴玄夏侯承衛旌李肅周條石幹等一十一人甄別行狀因上疏奬勸曰聞人君不親小事百官有司各任其職是以舜命九賢而天下治齊桓用管仲則國治漢祖攬三傑以興帝業西楚失雄俊以喪成功汲黯當朝淮南寢謀郅都守塞匈奴竄遁且賢人所在折衝萬里信國家之利器崇替之所由也方今王化未被於漢北河洛有僭逆之醜誠覽英拔俊任賢之時願明太子重以經意則天下幸甚尋代陸遜為丞相封侯督西陵事在府舍誨育

門人手不釋卷被服居處有如儒生喜怒不形於色寛弘得衆内外肅然帝深重之前後所薦達屈滯救患難書數十上并條疏時事帝並採用

十二年春三月左大司馬朱然卒　然字義封本姓施氏丹陽人安國將軍朱治姊子也治初未有子啓栢王養爲嗣時年十三栢王許焉命召以羊酒賀之嘗與同學結好及帝統事年十九初爲餘姚長建安二十四年從討關羽立功遷昭武將軍假節代呂蒙鎮江陵與陸遜破劉備斷後道拜征北將軍封永安侯魏將夏侯尚曹真等圍江陵内外縣絶真等鑿地道立樓櫓起土山日夕臨城上弓弩雨射城中將士

皆失色然神用自若意氣方厲率吏卒伺間出攻破
賊兩屯攻圍凡一百八十日而撤還威振敵國改封
當陽侯授左大司馬右軍師寢疾二年帝日夜不安
醫藥相望於道卒時年六十八帝素服舉哀子績嗣
夏四月兩鳥啣鵲墜於東觀丙寅詔驃騎將軍朱據
領丞相燎鵲以祭此羽蟲之孽又黒祥視不明聽不
聰之罰也東觀典校之府寔天意焉六月戊戌寶鼎
出臨平湖秋八月癸丑白鳩見於章安冬右大司馬
全琮卒　琮字子璜吴郡錢塘人父柔舉孝廉累遷
尚書郎桂陽太守嘗使琮將米數千石往吴中有所
市易屬吴中飢荒琮皆散用空舡還柔大怒琮頓首

曰愚以所市非急當令士大夫有倒懸之患故便賑贍不及啓報柔深奇之自是北州人士避地多南依琮居者百數琮傾家給濟之遂名顯遠近建安二十四年劉備東出琮上疏請討關羽帝與呂蒙陰議征之乃擒羽會公安置酒以琮爲偏將軍封當陽亭侯尋與呂範破魏軍洞口遷綏南將軍改封錢塘侯帝以吴地險於富春東安郡使琮爲太守琮到官明賞罰招誘降附得萬餘人徵還尚魯班公主進衛將軍領徐州牧左護軍自爲將勇決當敵臨難奮不顧身及作督養威持重御軍任計不營小利初帝欲使太子登出征大臣不敢言琮上疏諫之爲人恭順善餘

承顏納規言詞未嘗忤旨每進諫爭輒納受宗族賞賜家累千金然尚謙虛接士貌無驕色臨終上書諫帝不征朱崖夷州殊方異域隔絶障海水土氣毒每興多疾病必無所獲萬一之利卒時年五十二帝流涕

十三年夏五月日至夜熒惑入南斗秋七月犯魁第二星而東八月丹陽句容及故鄣寧國諸山崩洪水溢詔曰山陽君也陰百姓也戒君道崩壞百姓將失其所亡亂嗣之應也時宮掖不穆魯王霸權傾太子大將軍陸遜太子太傅吳粲等極諫帝不納　粲字孔休吳郡烏程人也生數歲孤城嫗見之謂其母曰此兒卿相骨也少孤賤爲縣小吏縣令孫河奇之及河

爲將軍表粲爲曲阿丞治有聲丞相孫劭知之舉爲
主簿累拜會稽太守徵入爲太傅粲性忠亮抗直見
魯王大盛上表切諫嫡庶不分非有國之宜魯王怨
因譖於帝帝怒收禁下獄死嗚呼以正喪身悲夫冬
十月全公主魯班與太子母王夫人有隙數譖太子
帝乃幽閉和於省內驃騎將軍丞相朱據進曰臣聞
太子國之本根立性仁孝天下歸心今卒責之將有
一朝之慮帝終不受諫固執廢之掾擁太子拒諫焉
死不退大臣況首再拜而尚書屈晃復進諫曰太子
仁明顯聞四海今三方鼎峙不宜搖動太子以生疑
心願陛下少垂聖恩老臣雖死之日猶生之年因叩

頭流血詞氣不撓帝登白爵觀見其言切惡之勑晃
等曰無事何忽忽遂斥還鄉里無難督陳正五營
督陳象等見帝廢太子乃進諫云昔晉獻公殺申生
奚齊晉國擾亂三代不止帝大怒象等乃族出朱據
爲宜都丞中書令孫弘素惡據耿直譖以偽詔賜死
竟廢太子和爲庶人遷於故鄣賜魯霸死大臣坐誅
者十餘人、朱據字子範吳郡々人有姿貌膂力絕
人善論難才兼文武累至建義校尉黃龍初帝將都
建業召人尚主拜駙馬都尉遷左將軍封雲陽侯領
丞相年五十七見殺十一月立子亮爲皇太子是月
遣軍二萬作堂邑涂塘以淹北道十二月有神人授

書告改年立后帝大赦改明年爲太元元年臨海羅陽縣又有神自稱王表周旋人間言語飲食與人無異而不見其形有一婢名紡績嘗隨侍帝聞之使中書郎李崇齎輔國將軍羅陽王印綬往迎之神一至建業勑於蒼龍門外立第宅所經山川之神輒使與神相聞言吉凶水旱往往有驗帝之納邪拒諫近之矣五月立皇后潘氏八月朔大風江海溢平地水一丈右將軍呂據取大舡以備宮内帝聞之喜是月風拔高樹三千餘株石碑磋動吴城兩門瓦飛落華覈以爲役繁賦重區務不容之効也因條奏之帝曾不省冬十一月幸曲阿祭高陵大赦還風疾驛徵大將軍

悋爲太傅詔省傜役
二年春正月帝卧疾悟和無罪欲徵還孫弘等固諫事不再乃止封爲南陽王居長沙子奮爲齊王居武昌子休爲瑯瑘王居虎林八月大赦天下改元神鳳元年皇后潘氏暴崩於内宫　后謹淑會稽句章人后自織室召入得幸常説夢有似龍頭授已者已以蔽膝受之遂生少帝性陰妬善容媚自始及卒譖害無已既病宫人侍疾不堪勞苦伺其昏卧共縊殺之言中惡尋而事泄坐誅者六七人三月帝疾甚使有司傳詔問神人王表請福表去國之將興聽之於人國之將亡聽之於神夏四月乙未帝崩于内殿遺詔

太子太傅諸葛恪與太常滕胤衛將軍孫峻等輔太
子亮秋七月葬蔣陵今縣東北十五里鍾山之陽
案帝四十即吴王位七年四十七即帝位二十四年
年七十一崩群臣上謚爲大皇帝廟曰太祖　帝屈
身忍辱任才尚計有句踐之奇英故克跨江表成鼎
峙之業然多嫌忌果於殺戮末年滋甚信用讒説竟
廢嫡嗣初桓王定江東遠修貢於漢漢使劉琬加錫
命琬至江東見桓王諸兄弟顧諸人曰孫氏諸子皆
俊傑然壽並不長唯中子孝廉權當有大貴之相骨
體非人臣也壽又最長君試記之後果成帝業何見
知之明也

建康實録卷第二

建康實録卷第三　吳中下

廢帝亮　景帝休

廢帝亮字子明大帝少子母潘皇后赤烏七年生於内殿十三年年七歲冬十一月立爲皇太子神鳳元年夏四月乙未大帝崩丁未太子即皇帝位以太傅諸葛恪輔政太常滕胤副焉進群臣爵有差秋九月桃李花開此割綬之應也初大帝黄龍二年築東興堤以遏湖水後征淮南敗由是廢至此冬十月諸葛恪率諸軍會於東興作大堤左右結山使築兩城各留千人使全端留略守之引軍而歸十二月丙申大風雷電魏恥吳入境築城乃遣大將胡遵諸葛誕等

率衆七萬來攻壞堤遏恪舉衆四萬往救之遵等勅
諸軍爲浮橋渡陣於隄上分攻兩城城所在高峻不
可卒拔恪遣將軍留贊吕據唐咨丁奉等爲前部恪
自繼之時天寒雪魏軍會飲見贊兵等少猶不持戈
戟但兜鍪刀楯倮身緣堤大笑不即嚴兵贊等得上
便鼓譟亂斬魏軍擾亂散走爭渡浮橋橋壞自投於
水更相蹈藉没死者數萬擒故叛將韓綜斬之走諸
葛誕獲車馬驢騾各數千器械資糧山積振旅而歸
加恪都督中外諸軍事荆楊二州牧丞相陽都侯恪
有遷都意更起武昌宫是月武昌端門災改作端門
建興元年春正月大赦改元　立皇后全尚女太[illegible]妻

魯班所生班譖廢太子和而勸太祖立亮以女爲妃及即位立爲后　尚字子真吳郡錢塘人以后父故累遷右衛將軍録尚書事封永平侯時全氏爲侯者五人並典兵馬其爲侍郎都尉左右宿衛甚衆自吳興已來外戚之盛莫過也三月諸葛恪伐魏使司馬李衡往蜀說姜維令同舉兵曰古人有言聖人不能爲時時至亦不可失今敵國政在私門上下猜隔兵挫於外民怨於内今若大舉伐之吳攻其東蜀入其西彼救西則東虛重東則西輕以練實之軍乘輕虛之敵破之必矣維然之恪遂大舉郡邑二十萬衆渡江圍魏新城久不拔民疲士卒多流亡乃引軍還住

江濆欲起屯潯陽朝廷數詔徵還使者相屬秋八月恪至京師陳兵入府召中書令孫嘿責之曰卿何敢妄數作詔嘿懼因病還家恪愈作威嚴多所罪責小大吁怨九月又治兵向青徐左右切諫軍旅不宜數動恪不受諫冬十月大饗公卿因會乃殺恪於殿内以葦席裹尸篾束其腰投於石子崗時年五十一先有童謡云諸葛恪何弱弱蘆單衣篾鉤絡何處求城子閣城子閣反語石子崗也謡言果驗　恪字元遜瑾之長子有才名少鬚眉折額大口高聲發藻岐嶷辯論機捷應答無方時人莫與爲對太祖奇之謂瑾曰藍田出玉眞不虚也自中庶子爲太子賓友左輔

都尉嘗從太祖會群臣歡甚以愔父面長似驢取驢
署曰諸葛瑾示愔愔借太祖筆書之驢二字太祖大
笑以驢賜愔他日又從容問曰卿父與叔父孰賢曰
臣父爲優帝問何故曰臣父知所事叔父不知是以
爲優初置節度典軍糧特令愔代徐祥領之尋爲撫
越將軍丹陽太守父瑾聞之以丹陽山險民多果勁
蜂至鳥竄難以羈絏愔陳安之計時年三十二拜
武騎威儀鼓吹道引到府移書丹陽吳郡會稽新都
壽陽等四郡屬城長吏令各保疆立部伍其從化人
悉令屯居而使諸將羅兵幽阻但繕藩籬不與交鋒候禾稼熟
則縱兵芟刈使無[illegible]田不收士在山之

民飢困自出[illegible]之山越
大治人皆安[illegible]初與陸遜不
和常善與遜[illegible]拜假節鎮武昌
太元末受顧命帝即位獨攬內外事百官總己以聽
於恪恪始為政罷親聽息校官廢逋債除關稅崇
恩澤遠近懽悅每一出入百姓延頸思見其面既而
北伐衆殆人勞侍中武衛將軍孫峻等因人不堪密
與帝謀誅之其夜恪精爽不安及明盥漱聞水及衣
裳血腥將昇車犬又頻頻引其衣恪還坐曰犬不欲
吾行乎少間又出犬復嚙衣牽之恪乃逐犬登車至
宮門散騎常侍張約朱恩等密書與恪恪謂滕胤曰

孫峻小子何能爲也遂入坐定酒數行峻起如厠解
長衣持刀曰有詔收諸葛恪恪驚起拔劍未出而峻
刀交下張約從旁斫峻傷左手峻應手斫斷右臂武
衛皆拔刃欲上殿峻告曰所殺唯恪一人今已死悉
令復刃使收其家家人不知恪侍婢忽然於中堂脚
自離地頂上柱屋梁作聲大公罵孫峻所殺內外驚
擾中子長水校尉竦與弟步兵校尉建車載母建渡
江竦至白都峻遣將軍劉承追斬竦又逐建於江西
戮畢夷三族大赦天下以峻爲丞相大將軍封富春
侯初恪出征淮南時有孝子著縗絰入閤于侍者白恪
恪詰問之孝子曰[illegible]不[illegible]所入中外守備亦不見之

乃出山行後廳棟中折[illegible]衛城從來白虹見其舡又遶其車果是遇害[illegible]宅在[illegible]城東[illegible]南[illegible]十一月有五大鳥見于春申改明年為五鳳元年春正月以大將軍左司馬李衡為丹陽太守自蕪湖又徙治宛陵秋九月魏相司馬師廢其主芳為齊王十二月星孛于牛斗交阯稗草化為稻此草妖也昔三苗亡而五穀變二年春正月驃騎將軍呂據襲壽春魏將文欽降淮南餘衆數萬來奔秋七月孫儀林恂等謀殺大將軍峻事覺伏誅陽羨黑山石自立曰當有庶人為帝之祥案京房易傳曰石自立於山則同姓平地則異姓干寶以為孫皓承廢得立或大孫休見立之應大旱使衛尉馮朝城廣陵以將軍吴穰為廣陵太守

三年春正月，新作太廟，遷太祖神主，大赦，改太平元年。二月，用魏將文欽計，大舉兵伐魏。八月，遣欽爲先鋒，以呂據、朱異、劉纂、唐咨等自江都引衆軍入淮泗以繼之。諸軍將發，孫峻餞於石頭，因入呂據營，見軍御整齊，惡之，乃稱心痛而歸，遂夢諸葛恪擊之，因病甚。表弟偏將軍綝輔政。九月丁亥，峻薨。峻字子遠，武昌皇帝靖之曾孫，父恭位散騎常侍。峻少便弓馬，精果膽決，累遷侍中、武衛將軍，受遺與諸葛恪輔少帝。旣誅恪，督中外諸軍事。滕胤以恪子竦妻父辭位，峻曰：「鯀禹罪不相及，滕侯何爲？」封胤爲高密侯。峻性驕矜，多所刑殺，姦亂宮室，與公主魯班私通，而因孫儀

事用讒害魯育公主薨時年三十八戊子以孫綝爲
侍中輔政壬辰太白犯南斗吕據等至江北聞綝代
峻大怒乃表薦衛將軍滕胤爲丞相綝不聽癸卯以
胤爲大司馬據乃竊使使與滕胤謀自廣陵引軍還
討孫綝與胤會蒼龍門是夜風急據不至綝使華容
勒兵攻胤殺之　胤字承嗣父胄能屬文太祖待以
賓禮軍國書疏常令損益潤色之早録其功封胤爲
都亭侯胤爲人厲行有威儀容止可觀每正朔朝會
大臣見之皆歎重之年三十起家中郎累遷丹陽太
守尋轉會稽太守每斷獄訟察言觀色務盡人情理
有窮厄悲苦之言對之流涕太元末與諸葛恪受遺

輔少主恪每出征亂常居守統留後事亂白日接客夜省文書連夜不卧孫峻輔政封高密侯至是遇害

己酉遣將軍施寬劉承等將兵迎呂據左右皆勸據入魏據曰恥爲叛臣遂殺於新州夷三族　據字世議大司馬範次子冬十一月綝爲大將軍封永寧侯

十二月帝使五官中郎將刁玄告亂于蜀

二年春正月乙卯詔分長沙東部爲湘東郡西部爲衡陽郡會稽東部爲臨海郡豫章東部爲臨川郡夏四月帝始臨正殿大赦境内親政事時孫綝有所表奏皆難問之又選子弟十八已下十五已上得三千人以大將軍子弟有勇幹者爲之將帥詔曰朕立此軍欲與之俱長

月於苑中習焉自後常出中書省觀先帝故事詰問左右曰先帝數有特詔令大將軍關事但令我書可耶左右懼無以荅五月魏征東大將軍諸葛誕舉兵保壽春叛魏使將軍朱成詣闕上表稱臣兼子靚與長史吴綱及諸牙門子弟爲質請援秋七月詔使大都督朱異將軍唐咨丁奉全端等精甲五萬據壽春大將軍孫綝自率衆繼之爲魏將司馬昭所破將軍全端錢塘侯全澤等與諸葛宗親十餘人皆降於魏九月綝自淮南歸還軍甲申赦淮南戰死者加爵賞爲舉哀

三年秋七月封齊王奮爲章安侯詔州郡伐宫材自八月沈陰不雨四十餘日帝以綝專恣自固嫌忌之九

月詔黄門侍郎全紀密令與父太常全尚將軍劉承誅綝全紀母公主從姊也其夜知謀以告綝綝懼戊午夜以兵襲宮取全尚遣弟恩殺劉承於蒼龍門綝將廢帝乃召公卿大臣會宮門議曰少帝長病昏亂不可以當大位使光録勳孟宗告宗廟廢之以狀赴近遠尚書桓彝正色不肯署名綝怒殺彝　彝字公長臨湘人也魏尚書令階之弟也累遷尚書以正直見殺　案吴志晉平吴薛瑩入晉晉武帝問吴之名臣答曰桓彝有忠貞之即　庚申使中郎李崇奪帝璽綬爲會稽王帝九歳即位立七年遣將軍孫耽送帝之國從全尚家於零陵遷公主魯班於豫章帝年十六永安二年見殺崩于候官道上晉太康中吴

故少府卿丹陽戴顥上表迎喪歸葬賴鄉　帝幼而聰悟有成人之鑒年七歲爲皇太子見傅相具師資之禮大臣重之及即位政雖非己出而口不戲言諸葛恪之誅也衛將軍孫峻收恪帝大言曰非我所爲及孫綝秉政有奏多所問難綝懼稱疾不朝又曾暑月遊西苑方食青梅使黄門至中藏取蜜黄門先恨藏吏乃取鼠糞投蜜中言藏吏不謹帝即呼吏吏持蜜瓶入帝問曰既蓋之且有掩覆無緣有此黄門非有恨於爾耶吏叩頭曰彼嘗從臣求宫席席有數臣不與帝曰必此也黄門不伏侍中刁玄張邠請收黄門與藏吏付獄帝曰易知耳令破鼠糞糞中猶燥帝

大笑謂玄邠曰若先在齋中中外俱濕今乃爆見黃門所爲也黃門懼即自首伏法左右莫不驚竦矣

景皇帝

景皇帝休字子烈母王夫人年十七太元二年封爲瑯琊王居虎林廢帝即位大將軍諸葛恪不欲令諸王處江濱兵馬之地徙帝於丹陽郡郡守李衡數以事侵帝帝上書求他郡詔徙於會稽嘗夢乘龍上天顧不見後心異之太平三年九月戊午孫綝廢少帝而遣宗正孫楷中書郎董朝往會稽迎帝帝初不信楷等具啓本意帝遂行未至而孫綝悔欲入宮將圖不軌召百官會議於相府皆惶懼失色常侍虞汜進

曰明公爲國伊周處將相之位擅廢立之權上安宗
廟下惠兆民小大踴躍以爲伊霍復見迎王未至而
欲入宫如是則群下揺動衆聽疑惑非所以永終忠
孝揚名後世也綝不悦冬十月帝至曲阿有老翁干
帝曰事久變生天下喁喁願大王速行帝善之即日
進布塞亭武衛將軍孫恩行丞相事率百官以乘輿法
駕迎於永昌亭立行宫以武帳爲便殿設御座巳卯
帝至望便殿止群臣三請再拜陞殿讓不即座戶曹
尚書前即堦下讃奏丞相奉璽綬帝三讓群臣三請
帝曰諸侯將相咸推寡人寡人敢不承命乃受璽綬
即帝位百官以次奉引帝就乘輿群臣陪位孫綝迎

於土山之半野拜于道左帝下車答拜即日入宮御正殿大赦改元爲永安元年冬十月壬午詔以綝爲丞相大將軍荊州牧食五縣以弟恩爲御史大夫弟幹弟闓皆封侯餘功各行賞有差綝乃詣闕上書乞上印綬節鉞退還田里帝不許丹陽太守李衡以前嫌自拘有司表列罪失帝曰夫射鉤斬袪在君爲君乃使還郡封威遠將軍領丹陽太守　衡字叔平襄陽兵家子漢末入吴爲武昌渡長關羊衜有知人之鑒往干之衜曰多事之世尚書郎才也時校事郎吕壹操弄權柄大臣畏之莫有敢言者衜曰此非李衡無以困壹遂共薦爲郎太祖引見喜之衡乃口陳吕

壹姧短數千言太祖有媿色後數月壹事發坐誅衡大
見顯用累遷諸葛恪司馬幹恪府事恪誅求守丹陽太守時
帝為瑯琊王在郡人家活放衡數以法繩之妻習氏
常諫不可衡不從尋而帝立衡憂懼謂妻曰不用卿
言至此今欲奔魏何如妻曰不可君本庶人先帝賞拔
過量既作無禮而復逆自猜嫌逃叛求活北歸何
面目見士大夫乎且瑯琊王素好善慕名方欲自顯
於天下終不以私嫌殺君明矣君可自囚詣獄表陳
前失請罪如此必當逆見優饒非但直活而已衡從
其言衡欲為子孫儲業妻輒不聽曰財聚則禍生衡
遂不言後密使人於江陵龍陽洲上作宅種甘橘子

樹臨死勑兒曰汝母每惡吾治家故窮如此然吾州里有千頭木奴不責汝衣食歲上絹壹疋當足用耳衡亡後兒以白母母曰此當是種甘橘也汝父每欲積財吾常以爲患不許七八年來失十戶客不言所之當是汝父有此故也恒見汝父稱太史公言江陵千樹橘亦可比封侯吾荅云人患無德不患不富貴若貴而能貧方好耳用此何爲令無乃是耶子訪得之案吴志吴末李衡橘園成歲得絹千疋家道殷足至晉咸康中宅上猶有故枯橘樹存焉已丑封故太子和子皓爲烏程侯弟德爲錢塘侯弟謙爲永安侯庚寅群臣奏請立后及太子帝讓不受十一月甲午有風四轉五復蒙霧連日時孫綝既擅廢立權傾人主

門五侯並典禁兵有所陳述帝敬而不違自吴朝未
之有也壬子詔吏家兼役有三人五人者並免父兄
一人永昌亭陪位者加爵一級十二月綝日益橫逆
持牛酒進奉於帝帝不受齎詣左將軍張布布酒酣怨
言曰初廢少主人多勸吾自取之吾以帝賢故迎之
帝非吾不立今上禮見拒是與凡臣無異當須改圖
耳布以言聞於帝帝銜之恐即有變優詔加賞賜有
告綝反者帝付綝綝殺之而心愈懼因孟宗求出武
昌帝許之詔給武庫精甲萬人右軍將軍魏邈言於
帝曰綝不可使居外居外必生變帝不答丙寅武衛
將軍施朔等密表去綝反狀已露帝省表與左將軍

張布鄱鄉侯丁奉密謀因戊辰臘會使公卿執綝將入疑內有變表辭疾帝使彊起之綝不得已令外整兵於府待吾入後起火因是可得速出及赴會百寮陛殿而府中火起綝遽求出看火帝止之曰外兵自多豈勞丞相綝起離席帝目丁奉張布等命左右縛綝綝叩頭求徙交州帝怒曰何不徙滕胤呂據叱送斬之其同謀者皆赦放杖者五千人追殺綝弟幹闓於中江發孫峻塚而剖其棺斲其屍收其印綬大赦天下一切亡官遷徙皆放還詔諸葛恪滕胤呂據等並無罪見害並宜改葬追贈其家復其田宅群臣有乞為恪立碑以銘勳德博士盛沖以為不合帝曰盛夏

出軍士卒傷損無赤寸之功不可謂能受託孤之任死於豎子之手不可謂智沖議是矣遂寢之帝恥與綝等同族勑除屬籍曰故峻故綝云　綝字子通與峻同祖即武烈帝弟靖之玄孫暠之後也暠生二子恭綽恭生峻綽生綝綝輔少主奏請多見推詰懼不自安及救諸葛誕歸便稱疾不朝築室朱雀橋南分遣諸弟入宿衛欲樹諸黨專朝自固少主嫌之因推孫峻殺朱主事將欲誅綝綝乃廢少主迎帝遂乃肆意侮慢人神燒大航及伍胥廟毀壞浮圖塔寺斬道人是月詔初置五經博士一人助教三人

二年春正月諸葛恪故吏臨淮臧均上表論諸葛恪

三世有大功請收其屍改葬帝許之二月備九卿官
下詔勸廣農事進用忠賢以紀亮爲尚書令亮子隲
爲中書令每朝列坐帝以雲母屛風隔之
三年春使五官中郎將薛珝聘蜀求馬還帝問蜀政
得失珝對曰蜀主暗而不知其過臣下容身以求免
罪入朝不聞正言經野民皆菜色臣聞燕雀處堂母
子相樂自以爲安也突决棟焚而燕雀怡然不知禍
之將至是其謂乎帝聞之慄然二月 西陵言赤烏見
秋使都尉嚴密作浦里塘開丹陽湖田衛將軍濮陽
興率兵會成之時會稽謠言王亮當還爲天子而宮
人告亮使巫禱祠有司以聞帝詔黜亮爲候官侯使

之國道上令鴆殺之分會稽南部爲建安郡是年得大鼎於建德縣告太廟作寶鼎歌

四年夏五月大雨水泉溢滿是月魏相國司馬昭殺其君髦八月使周奕石偉行風俗宣慰將吏問民勞苦爲黜陟之詔九月白龍見布山吴人陳焦死埋六日更生穿土而出

五年春二月白虎門北樓災秋七月黄龍見始興八月壬午大風震雷甲午有司奏請立皇后帝乃尊所生王夫人謚爲敬懷皇后改葬敬陵乙酉立皇后朱氏戊子立子𩅦爲皇太子大赦詔自立四子𩅦𩃙壾䙢等名字欲令後世易避冬十月以衛將軍濮陽興

爲丞相丁密孟宗爲左右御史大夫　宗字子恭江夏人性至孝幼從南陽李肅學其母爲作厚褥大被人問其故母曰小兒無德致客客多貧故爲廣被庶可得氣類相接宗讀書夙夜不懈肅奇之曰卿將相器也故長爲驃騎朱據軍吏將母在營既不得志遇夜雨屋漏因泣以謝母母曰但當勉之何當泣也據後稍知之除鹽池司馬能自結網捕魚作鮓寄母母使送還曰汝爲魚官而以鮓寄母非避嫌也尋遷吳縣令時不得將家之官宗在官每得新物未寄母不先食之及母亡時禁長吏不得奔喪宗犯禁奔喪既而詣武昌請拘大將軍陸遜表陳素行請於帝帝特

罪毋性嗜笋冬節將至宗乃入竹林泣笋為之生得以供祭後累遷位至光祿勳御史大夫後主即位宗避後主諱改名仁以張布為中軍督委萬機於布委軍國於濮陽興詔中書郎領博士韋昭依劉向故事校定衆書而帝悦意典籍唯春夏二時出射雉暫廢耳是年遣祭戰往交阯調孔雀大豬案吳録祭戰是吳時官號舊陽都有祭戰巷在今縣城南二里禪衆寺門或云晉庾亮拒蘇峻七戰於此巷亦名七戰巷也詔召祭酒韋昭博士盛中二人入侍講論時張布既典宮省知二人切直恐發陰失譲不許帝譲之布等叩頭謝而昭竟不入

六年春長沙言青龍見慈湖言白鷰見豫章言赤雀見秋七月魏使鄧艾鍾會伐蜀九月蜀以魏見伐來

告詔大將軍丁奉督征西將軍留平將軍丁封施績等諸軍分向壽陽南郡沔中救蜀帝召群臣於前殿議曰司馬氏得政已來大難屢作智力雖豐而百姓未服竭其資力遠征巴蜀兵勞民疲而不知恤敗於不暇何以能濟昔夫差伐齊非不克勝所以危亡者不憂其本況彼之事地乎軍師將軍張悌對曰以臣愚料則不然曹操雖功蓋天下威震四海崇詐杖術征伐無已民畏其威不懷其德丕叡承之繼以蹂虐內興宮室外拒雄豪東西馳騁無歲獲安彼之失人爲日且久司馬懿父子自握其柄累有大功除其煩苛而示平惠爲之謀主以救其疾民歸之亦已久矣

故淮南三叛而腹心不擾曹髦之死而四方不動摧
堅敵如折枯蕩異國如反掌任賢使能各盡其心非
智勇兼人孰能如此威武張矣本根固矣群臣伏矣
姦計立矣今蜀閹宦專朝國無政令而玩戎黷武民
勞卒弊競於外利不修守備彼強弱不同智筭亦勝
因危而伐殆其必剋乎若不剋不過無功終無奔北
之憂覆軍之慮也何爲不可哉昔楚劒利而秦昭懼
孟明用而晉人憂彼之得志我之大患也左右皆嗤
之而未信冬十月大將軍陸抗上表言成都不守蜀
主劉禪降帝聞深憶張悌之言不樂詔丁奉等還軍
癸未災石頭小城西南一百八十丈是月詔分武陵

爲天門郡
七年秋七月海賊破海鹽殺司鹽校尉駱秀使中書
郎劉川發盧江兵討之復分交州置廣州八月癸未
帝遇疾口不能言手書呼丞相濮陽興入令太子𩅦
出拜丞相帝把興臂指𩅦託之丙戌帝崩于内殿十
二月葬定陵年二十四即位在位七年年三十一謚
曰景皇帝

建康實録卷第三

建康實録卷第四

後主　吳下

後主諱皓字元宗大帝孫廢太子和之長子一名彭祖字皓宗景帝永安元年封烏程侯七年八月景帝崩時蜀新亡而交阯數叛國内震懼議立長君而左軍萬彧昔爲烏程令與皓相善稱皓才識明斷是長沙桓王之儔又加之好學屢言之於丞相濮陽興與張布遂言於朱太后欲以後主爲嗣后曰我寡婦人安知社稷之慮苟吳國無殞宗廟有賴則可矣遂定議迎後主庚寅即皇帝位改元興元年以濮陽興爲侍中丞相領青州牧上大將軍施績爲左大司馬丁

奉爲右大司馬張布爲驃騎將軍加侍中諸各增班秩秋九月貶太后爲景皇后稱安定宮追謚父和爲文皇帝改葬明陵置園邑二百家祖母王氏爲大懿皇后母何氏爲文皇后立夫人滕氏爲皇后　后諱芳蘭太常滕胤族女父牧五官中郎將帝爲烏程侯時納爲妃及此拜后封高密侯後寵衰何太后保護常供養昇平宮天紀四年隨帝北遷薨於洛陽冬十月封景帝子𩅦爲豫章王次子𩃎爲汝南王次子壾爲梁王次子𠅨爲陳王以禮葬魯育公主　主字小虎大帝次女步后所生適朱據初全主譖王夫人并廢太子和欲立魯王霸爲嗣朱主不聽全主恨之

及少帝即位，孫儀謀殺孫峻，事覺伏誅。全主因譖朱主，埋於石子崗。案搜神記：後主欲改葬朱主，塚壟相亞，不可識別。而宮人頗有識主亡時衣服，乃使兩巫各住一處，以伺其靈，使察戰監之，不得相近。久之，二巫各見一女，年可三十餘，上著青錦束頭，紫白袷裳，丹綈絲履，從石子崗上半崗，而以手抑膝長息，小住須臾，進一塚上，便止徘徊，奄然不見。二巫不謀而言同，遂開塚，衣服與所言同尔。後主初即位，儉素務優，詔恤民，開倉振窮乏，料出宮女以配無妻者，禽獸擾於苑者皆放之，當時翕然稱為明主。及得志，遂兇暴驕恣，多忌諱，好酒愛殺，小大失人望。丞相濮陽興、侍中張布等竊悔立之。尚書萬彧聞之，而今上御名於帝，帝潛怒，使收興、布等下獄。十一月，詔徙興交州，布廣州，並追道殺之，夷三族。興字子元，陳留人。父逸，漢末避亂江東。興少有名理，太祖時為上虞令，遷尚書左曹、五官中郎

將使蜀還拜會稽太守瑯琊王之在郡興深相結及
王即位徵爲太常衛將軍封外黄侯時嚴密建丹陽
湖田作浦里塘公卿議不定興以爲便就之遷丞相
興中軍督張布爲表裏布小女時爲美人及布誅後
帝從容問美人曰父何在美人荅曰爲賊所殺帝怒又
殺美人後思之問左右左右荅美人有姊適衛尉馮
朝子純即布長女也後主奪之入宫拜爲左夫人極
寵廢朝事十二月司馬昭爲魏相國遣使徐紹齎書
來陳事勢利害
元興二年春正月分吴郡丹陽等九縣爲吴興郡治
烏程二月使光禄大夫紀陟五官中郎將弘璆

報魏書兩頭言白不着姓司馬昭銜之陟之奉使也入境問諱入國問俗至魏魏將王布示之馬射而問陟曰吴之君子亦能此否陟答曰此軍人騎卒之肆業也非士君子之所宜爲也布大慙陟等既至魏司馬昭問來時吴主如何對曰來時皇帝臨軒百寮陪位昭饗陟百寮畢會問陟曰彼戍備幾何答曰自西陵至江都五千七百里昭曰道里甚遠難爲堅固答曰疆界雖遠而其險要必爭之地不過數四猶人雖有八尺之體靡不受患至於防護風寒亦數處耳昭善之厚禮而還夏四月甘露降蔣陵五月大赦改甘露元年秋七月逼殺景皇后朱氏於苑中小屋治喪内

外知其非疾，皆痛之。又遷其四子於吳，道追殺𩅦𩃙二人。后，太祖女魯育公主生。父據，赤烏末，太祖納為瑯琊妃。案吳書：初，孫峻既用全主讒殺朱主，后隨王在郡，王懼，遣后還建業，執手泣别。及至，峻遣后就王。太平中，少帝知朱主為全主譖害，鞠問朱主死意，全主懼，答皆據二子熊、損所白。帝遂殺熊、損。損妻，峻妹也，孫綝益忌，遂謀廢帝，立瑯琊王。王即位，永安五年，立為皇后。七年，景帝崩，群臣上尊號為皇太后。後主即位，貶為景帝后。是年見殺，合葬定陵。九月，西陵督步闡上表，請從都武昌。後主納之。鎮西將軍陸凱見楊土百姓泝流供給為患，又時政多謬，黎元窮匱，乃進表諫帝，言："武昌土地危險墝埆，非王都安國養民，故先帝嫌之，遷都於此。且黃龍初有謡云：'寧歸建業死，不就武昌居。'今陛下動不遵先帝之法，而復苦

即日大駕將發，留御史大夫

建業冬十月使大鴻臚張儼五官中郎將丁忠於魏弔祭司馬文王後主謂儼曰今南北通好以卿有出境之才故相屈行儼對曰皇皇者華臣蒙其榮懼無古人延譽之美謹厲鋒鍔思不辱命旣至晉賈充裴秀皆不能屈羊祜等與結縞帶之好十一月後主至武昌大赦分零陵南部爲始安郡分桂陽南部爲始興郡十二月晉受魏禪

甘露二年春正月張儼丁忠等使晉還儼道遇病卒而忠獨歸言北方無戰備且弋陽可襲而取後主大悦信之因置酒會公卿大飲令左右相嘲爲樂常侍王蕃嘲尚書萬彧曰魚潛於泉出水吹沫何則物有

本性不可橫虧非分或出自溪谷羊質虎皮或答曰唐虞之朝無謀舉之士造父之側無駑蹇之乘由是銜之蕃既沉醉後主興衆因請還蕃爲人有威儀行動自若後主不悦時萬彧陳聲等素嫉爭毁之後主大怒叱左右收殺下斬之太常滕牧征西劉平等苦請不得　蕃字永元廬江人博學多聞自尚書郎去官歸讀書景帝即位與賀卲入爲常侍性切直虧朝謇諤陸凱重之時年三十九案江表傳後主將從武昌問蕃射不主皮蕃不時答後主怒之即於殿上斬蕃出登來山令親近將跳蕃頭作虎狼爭咋頭皆碎以示威使無敢犯者與吳録不同　二月後主既待丁忠定議欲北伐右司馬丁奉言忠不可信師出必無功後主大怒不納大將軍陸凱等固諫不可乃止於是

自絶一於晉秋八月因得大鼎改元爲寶鼎元年大赦以鎭西將軍陸凱爲大丞相常侍萬彧爲右丞相冬十月以永安山賊施但等反劫後主弟永安侯謙爲主出烏程取故太子和陵上鼓吹曲蓋北入建業衆萬餘人丁固諸葛靚等逆討於九里汀之牛屯獲謙耽殺之

謙字□遜太祖孫故太子和次子景帝封永安侯永安今在湖州武康縣案吳錄是歲施但等見後主上武昌遂謀反劫謙至秣陵欲立爲帝將一月使召留從丁固諸葛靚靚乃與丁固等拒破之

初望氣者云荊州有王者天子氣破揚州而建業宮不利故後主之武昌仍使掘荊州界大臣名塚斷其山岡而但等衆反後主自以爲得計聞但平後乃使百餘精甲鼓譟入建業殺但妻子號曰天子使荊州

兵來破揚州賊以獻是歲分會稽爲東陽郡分吴丹陽爲吴興郡以零陵北部爲邵陵郡十一月將欲還建業左丞相大將軍陸凱諫曰臣聞有道之君以樂樂民無道之君以樂樂身樂民者其樂彌長樂身者不久而亡夫民國之根也誠宜重其食愛其命民安則君安民樂則君樂自頃年已來君威傷於桀紂君明暗於姦雄君惠閉於群孽無災而民命盡〻而國財空辜無罪賞無功使君有謬誤之愆天爲作妖公卿媚上以求愛困民以求饒導君於不義敗政淫俗臣竊爲痛心今鄰國交好四邊無事當務息役養士實其廩庫以待天時而更遷徙傾動搔擾百姓民

吏不安大小呼嗟此非保國養民之術也後主大怒發凱前後諫表使近臣趙欽以口詔報凱曰御往表言朕不遵先帝有何不平君諫非也但建業宮不利故避之而西宮甚耗可不得徙乎凱因重上疏言後主不遵先帝二十事曰臣竊見陛下親政巳來陰陽不調五星失晷職司不忠姦黨相扶是陛下不遵先帝之所致夫王者之興受之於天脩之由德豈在宮乎而陛下盛意驅馳六軍流弊縱陛下一身安素百姓愁苦何此不遵先帝一也臣聞有國以賢為本夏殺龍逢殷獲伊摯斯前代之明効今日之師表也常侍王蕃黄中通理處朝忠蹇斯社稷之重鎮大吳之

龍逢而陛下忿其苦詞惡其直對梟之殿堂屍骸暴棄邦內傷心有識悲惋咸以吳國夫差復存以先帝親賢陛下反棄之是不遵先帝二也臣聞宰相國之柱也不可不彊是故漢有蕭曹之佐先帝有顧步之相而萬彧瑣才凡庸之質昔從家隸超步紫闥於彧已豐於器已溢陛下愛其細介不訪大趣榮以尊輔越尚舊臣賢良憤慨智士赫咤是不遵先帝三也先帝愛民過於嬰孩民無妻者以妾妻之見單衣者以帛給之枯骨不收取而埋之陛下反之是不遵先帝四也昔桀紂滅由妖婦幽厲亂由嬖妾先帝鑒之以為身戒故左右不置淫邪之色後房無曠積之女今

中宮萬數不備嬪嬙外多寡夫女吟於內風雨逆度
正□此起是不遵先帝五也先帝憂勞萬機猶懼有
失陛下臨祚已來遊戲後宮眩惑婦女乃令庶事多
曠下吏容奸是不遵先帝六也先帝篤尚樸素服不
純麗宮無高臺物無雕飾故國富民充奸盜不作而
陛下徵調州郡竭其財力土被玄黃宮有朱紫是不
遵先帝七也先帝外仗顧陸步張內近胡綜薛綜是
以庶績雍熙邦內清肅今者外非其任內非其人陳
聲曹輔斗筲小吏先帝所棄陛下幸之是不遵先帝
八也先帝每宴群臣抑損醇醴臣下終日無失慢之色
百寮庶尹並展所陳而陛下拘以瞻視之敬懼以不盡

之酒夫酒以成禮過則敗德此無異商辛長夜之飲是不遵先帝九也昔漢桓靈親近官豎大失民心今高通詹廉羊度黄門小人而陛下賞以重爵權以戰兵若江渚有難烽燧卒起則度等之武不能禦侮明矣是不遵先帝十也今宫女曠積而黄門復走州郡條牒民女有錢則捨無錢則取怨吁道路母子死訣是不遵先帝十一也先帝時養諸王太子若取乳母其夫復役賜與錢財給其資糧時遣歸來視其弱息今則夫婦生離夫故作役兒從後死家唯空　是不遵十二也先帝嘆曰國以民爲本以食爲天衣其次之三者朕存之於心今則農桑並廢是不遵十三也

先帝斷士不拘卑賤任之鄉閭効之於事舉者不虛受者不妄今則浮華者登朋黨者進是不遵先帝十四也先帝戰士不給他役使春惟知農秋惟收稻江渚有事責其死効今之戰士供給衆役廩賜不贍是不遵先帝十五也夫賞以勸功罰以禁邪賞罰不明則士民散今江邊將士死不見哀勞不見賞是不遵先帝十六也今所在監司已爲煩猥兼有内使擾亂其中一民十吏何以堪命昔景帝時交阯之亂實由茲起是爲遵景帝之闕不遵先帝十七也夫校事之吏民之仇讎先帝末年雖有呂壹錢欽尋皆誅夷以謝百姓今復張立校曹縱吏言事是不遵先帝十八

也先帝時居官者咸久於位然後考績黜陟今𣸸政無幾便即徵召遷轉迎新送故紛紜道路傷財害民於是爲甚是不遵先帝十九也先帝每察竟解之奏常留心推按是以獄無冤囚死者吞聲今則違之是不遵二十也若臣言可録藏之盟府如其虚妄治臣之罪願陛下留意焉後主大怒爲其重臣難以法繩忍之十二月還自武昌留衛將軍滕牧鎮武昌

二年夏六月起新宮於太初之東制度尤廣二千石已下皆自入山督攝伐木又壞諸營地大開苑囿起土山作樓觀加飾珠玉制以奇石左彎崎右臨硎又開城北渠引後湖水激流入宮内巡遶堂殿窮極　巧

功費萬倍案輿地志太祖鑿城北溝北接玄武湖後主所引湖内水並解在前卷晉左太沖作吴都賦曰東西膠葛南北峥嵘房櫳對櫎連閣相經閣闥譎詭異出奇名左稱彎碕右號臨研雕欒鏤楶青瑣丹楹圖以雲氣字以仙靈又曰高闈有閌洞門方軌朱闕雙立馳道如砥樹以青槐亘以綠水玄蔭眈眈清流亹亹列寺七里夾棟陽路屯營櫛比廨署棊布横塘查下邑屋隆夸長干延屬飛甍舛互案宮城記吴時自宮門南出夾苑路至朱雀門七八里府寺相屬横塘今在淮水南近陶家渚俗謂回軍毋洑古來緣江築長堤謂之横塘淮在比接柵塘在今秦淮逕口吴時夾淮立柵自石頭南上十里至查浦查浦南上十里至新亭新亭南上二十里至孫林孫林南上二十里至板橋板橋上三十里至烈洲洲有小河可止商旅以避烈風故名烈洲又洲上有小山形如栗亦謂之栗洲吴時烈洲長封洲一百二十步長千巳注解在前卷時大將軍陸凱徐陵亭侯華覈上書諫曰敵國彊大西蜀傾覆深可爲憂臣以爲安撫修德在急而功作無益於時後主不納覈爲兼東觀令領右國史累陳諫表後主使人謂曰東觀儒林之府非名學碩儒無以任其職以卿研精墳典與班張楊蔡爲儔故授何乃謙光而自菲薄秋七月

使大匠卿薛珝營寢堂號曰清廟々十月遣守丞相孟仁太常姚信等備官寮中軍步騎二千人以靈輿法駕東迎神於明陵引見仁等親拜送於庭十二月仁奉靈輿法駕至後主遣中使日夜相繼奉問神靈起居動止巫言見文帝被服顏色如平生後主悲泣悲詔公卿詣闕賜各有差使丞相陸凱奉三牲祭於近郊後主於金城門外露宿明日望拜於東門翌日拜廟薦祭歔欷悲感比至七日三祭倡伎晝夜娛樂有司奏夫祭不欲數數則瀆宜以禮斷情乃止十二月新宮成周五百丈署曰昭明宮開臨硎礬碕之門正殿曰赤烏殿後主移居之是歲分豫章廬陵長沙

是歲左夫人張氏薨後主哀念過甚營葬苑内臨哭數月不出聽事民閒訛言後主已死章安侯奮當立時奮母仲媼墓在豫章豫章太守張俊疑其或然掃除墳塋後主聞之車裂俊夷三族誅章安侯及其五子奮字子陽魯王覇母弟太元二年封齊王居武昌少帝即位大將軍諸葛恪執政不欲令諸王處江濱兵馬地徙於豫章奮不從命恪為書與奮奮權奔南昌逸遊無度恪誅後徑下至蕪湖欲入建業觀變殺傅相坐廢為庶人徙章安太平中又封章安侯至是以訛言見殺

三年春後主大舉將家西上初廢帝太平元年冬刀

玄使蜀還得司馬徽與劉廙論運命歷數事遂詐增其文以誑國人曰黃旗紫蓋見於東南終有天下者荊揚之君乎又得魏人言壽春下童謠曰吳天子當西上是年後主聞之大喜曰此天命也遂載太后已下六宮嬪妾千餘人從牛渚陸道西上呼云青蓋入洛陽以從天命行至華里遇大雪途壞兵士皆被甲持仗百人共引一車寒凍欲死妃后莱色兵一不堪曰若遇敵當便倒戈耳左右進諫皆不納東觀令華覈固爭後主乃還 追前出軍伐晉無功事大司馬丁奉斬之 奉字承淵廬江安豐人少驍勇常從征伐斬將搴旗曾不退 敵累以功遷冠軍將軍封都亭侯

廢帝即位隨諸葛恪拒魏軍於東興爲前鋒將三千銳卒先據要害便令兵人解甲着胄魏軍大笑之不爲備奉乃縱兵擊之大破魏軍進滅寇將軍改封都鄉侯又從孫峻征淮南跨馬挺戈突入其陣取文欽而歸景帝立謀與張布等因臘會殺孫綝遷大將軍領徐州牧後主立進右大司馬至是見譏追過斬之徙家於臨川冬十月蒼梧太守陶璜與監軍虞汜大破晉交阯太守楊稷稷降因定日南九真大赦分交阯爲新昌郡破扶嚴置武平郡十一月鳳皇集西苑大赦改明年爲鳳皇元年秋八月左丞相萬彧以泄禁中語因會飲毒不死自殺是月西陵督步闡反降晉

闡字仲思丞相騭次子以功封西陵亭侯繼業督西陵至是後主徵入爲繞帳督闡以累世在西陵卒見徵命自以爲失職懼讒乃不應召據城降晉使兄子璿往洛陽爲質後主遣大將軍陸抗討擒之夷三族

二年春宮人賊市百姓物司市中郎陳聲收宮人繩以法後主聞之怒以他事燒鋸斷聲頭棄其屍於四望山下

三年春臨海太守奚熙以疑舉兵斷海路爲其部曲所殺傳首建業夷三族（案江表傳後主左夫人死思念之於苑中作大冢葬之使工刻桐人於冢内以爲兵衛多送珍玩之物不可勝計葬後治喪於内半年不出國人見墓大奢皆謂主已崩而今立者何氏子也時後主舅子何都兒似後主是以百姓有此言或云章安侯奮當立故奚熙信訛言欲還建業至是年乃舉兵反）三月司徒丁固卒（固字子

賤會稽山陰人幼孤在繦褓中闞澤見而異之少居
貧色養與宗族同寒暖虞翻深敬異之累著位廷尉
景帝時爲右御史大夫曾夢松生腹上懼問左右或
占之曰　松字十八公後十八年當爲公至是果然
秋九月尚書僕射高陵侯韋昭以嫌收下獄獄中因
吏上書陳所著洞紀自庖犧已下至秦漢爲三卷又
作官訓一卷辯釋名一卷冀以此求免後主覽書怪
其垢汙大怒昭懼因叩頭五百下兩手自縛右國史
華覈率公卿連上表救之流涕進言曰昭學業幽邃
國之良吕年過七十乞一介餘年以成大吴之備典
後主益怒曰欲書朕過耶竟誅之徙家於零陵　昭

字弘嗣吴郡雲陽人少好學善屬文舉孝廉累遷尚書郎太子中庶子侍太子和講在東宮時賓客蔡穎好博弈太子以爲無益命昭著論言得失言詞清妙當世重之及和廢轉黄門侍郎少帝立爲太史修撰吴書與華覈薛瑩等參同其事景帝立進中書侍郎領國子祭酒帝好學詔令依劉向故事校定衆書延入侍講後主立封高陵亭侯遷尚書僕射兼中常侍領左國史時有屢言瑞應後主問昭昭曰此人家筐篋中物耳後主銜之及欲爲父和作本紀昭執不登帝位宜爲傳後主怨猶是漸見嫌責昭恐上表自陳衰老去職以成所造之書後主不聽昭懼成疾因侍宴後主

竟坐率人以酒七勝爲限若不入口
飲不過三勝時或茶茗代之及是衰老見逼憂恐是
酒後又令侍臣折難公卿嘲弄私短爲歡昭以爲外
相毀傷内長尤恨故但示難問經義言論後主以爲
不承用詔命又嫌前答筐篋之言積前後事遂收下
獄死時年七十三秋七月遣使者二十五人分至州
郡料出亡叛户口大司馬荆州牧陸抗薨　抗字幼
節丞相遜嗣子桓王外孫年二十襲封江陵侯累遷
立節中郎將赤烏中自完城與諸葛恪换屯屯柴桑
抗臨去皆更繕完城圍葺其牆屋桑果不得妄伐恪入
屯儼然若新而恪柴桑故屯頗有毀壞深以爲慙後屢

以征伐功拜領軍大將軍益州牧尋遷西陵樂鄉公安等諸軍事因陳時宜於後主一十七條而切言何定弄權閹官專政之事鳳皇初步闡以西陵降晉抗率諸將大破晉軍而梟闡首修理城圍東還樂鄉皃無矜色故得將士歡心時晉以羊祜爲荊州刺史與抗隣境抗祜推僑札之好抗嘗遺祜酒飲之不疑抗有疾祜饋之藥抗亦推誠服之于時以爲華元子反復見於今矣尋加都督大司馬荊州牧鳳皇二年就拜之明年夏病上表勸益兵西陵西陵國之西蕃若有不守非但失一郡則荊州非吳有也如其有虞當傾國爭之至秋遂薨時年五十一晏嗣案吳志抗生四子長晏次景次機次雲

十二月詔分欝林為桂林郡十一月侍中太尉范慎薨　慎字孝敬廣陵人性多純直竭忠知己之君纏綿三益之友時人貴之自侍中出為武昌左部督治軍整齊後主將遷都甚憚之拜太尉慎恨久為將老耄請還軍士戀之隕涕而別案范氏家傳慎著書二十篇號曰矯非是歳大疫

四年春吳郡上言掘地得銀長一赤廣二分上有年月字因赦改元天冊元年吳郡臨平湖自漢末草穢壅塞長老相傳去此湖塞天下亂此湖開天下靜至是湖忽開通或去當太平青蓋入洛後主以問奉禁都尉陳訓訓曰臣能望氣不能達湖之開塞退而謂人曰青蓋入洛將有輿櫬銜璧之事非吉祥也又於湖

邊得石函函中有小石青白色長四寸廣二寸刻上作皇帝字於是又改元爲天璽元年立石刻於巖山紀吳功德案吳録其文東觀華覈作其字大篆未知誰書或傳是皇象恐非在今縣南四十里龍山下其石折爲三段時人呼爲段石崗也秋旱會稽太守車浚以民飢表出倉賑貸後主怒以浚樹恩私遣人就斬之時東湖太守張詠以不出筭緡亦遣就斬之同梟首以徇諸郡中書令賀劭見後主兇暴驕矜信惑群邪政事日弊乃上表極言而諫後主深恨以爲謗毀國政嫌之既而劭忽中惡風口不能言求去職後主疑其託疾收付酒藏考掠千所劭無一言後主大怒燒鋸以截其頭家屬徙於臨海劭字興伯會稽山陰人以奉公貞正親近所憚乃共

譖惡於後主而與樓玄同見殺時年四十九八月京下督孫楷降晉時鄱陽歷陽縣有石山臨水高一百丈其上四十丈有七穿駢羅穿中色黄赤不與本體相似俗謂之石印相傳云石印封發天下當太平下有祠堂巫言石印神有三郎歷陽縣長表言石印文發後主遣使以太牢祭歷山巫言石印三郎言天下方太平使者作高梯上省其印文詐以朱書二十字云楚九州渚吳九州都楊州士作天子四世治太平始遂還以奏後主大喜曰吾當爲九洲都渚乎從太皇逮朕四世太平主非朕復誰遣使以印綬拜石印三郎爲王又刻石銘褒詠靈德以答休祥又吳興陽

羨山有石室長十餘丈在所表爲大瑞後主乃遣兼司空董朝太常周處等往陽羨縣封禪國山大赦改元天紀元年以恊石文
二年夏五月右國史徐陵亭侯華覈卒　覈字永光吴郡武進人起家爲上虞尉以文學召入祕府數以便宜利害事進諫愛民省役後主不納累遷東觀令領右國史卒時年六十秋七月立成紀宣威等十一王王給兵三千人
三年夏四月合浦部曲將郭馬反殺廣州刺史自稱交廣二州刺史安南將軍初有讖云吴之敗兵起南裔亡吴者公孫也後主聞之自文武職位有姓公孫

者皆徙廣州不令停江濱案後主大帝孫亡國之應也聞馬反大懼此天亡也秋七月以張悌爲丞相領軍師將軍率牛渚督何御名滕循等惣戎自東道緣海向廣州以循爲鎮南將軍假節領廣州牧又使徐陵督陶濬等將兵七千會陶璜自西道向廣州東西俱進共討郭馬案吳志馬本合浦太守脩允部曲督允死後部曲兵馬當分給馬等累世舊軍不樂別離遂與何興王族吳述殷興等謀反以攘廣州興攻蒼梧族破始興也八月建業有鬼目草生工人黃狗家依緣棗樹長丈餘莖廣四寸厚三分又有賈菜生工人吳平家高四赤厚三分如枇杷形上圓徑一赤八寸下莖廣五寸兩邊生葉綠色東觀案圖名鬼目草爲芝草買菜爲平慮草遂以爲瑞封狗爲侍芝郎平爲平慮郎皆銀印青綬案干寶傳黃狗者吳之土運承漢後故初有黃

龍之瑞及其末年而有鬼目之妖託黄犄之家黄犄不改而貴賤懸殊即其天道精微之應也冬十月晉軍來伐太將軍司馬伷侵涂中安東將軍王渾楊州刺史周浚逼牛渚建威將軍王戎入武昌平南將軍胡奮入夏口鎮南將軍杜預過江陵龍驤將軍益州刺史王濬廣武將軍唐彬等浮江東下陶濬等討郭馬至武昌聞北軍大舉止而不進時後主不專政事躭荒無度上流征鎮告變曾未爲慮日集公卿内外謡宴皆令沉醉使黄門郎十人不預酒侍立爲司過之吏客罷各奏其失酒後之愆罔有不舉並加威刑采宫女少有一不合意者輙剉殺之又料取大臣將吏子女十五六者具名揀閱揀閱不中乃許出嫁或生剥人面皮

鑿人之目性酷虐多猜忌而任幸岑昏險諛害無日尚書郎熊睦因諷旨微有所諫便使人以刀鐶撞殺之身無完肌侍中張友俊才辯捷以應答高致惡其有能以他事誅之左右側目衆情所苦上下離散晉軍已至無不土崩瓦解者

四年春正月杜預等破荆州晉軍並進殿中親近數百人皆一叩頭請曰今賊將至兵不起刃衆並離心願坐岑昏以謝天下後主始惶懼許之左右遂爭起收昏殺之尋遣追已不及戊辰陶濬自武昌奔歸見後主陳晉上蜀舡小令得二萬精甲乘大艦拒之自足破賊晧授節鉞其夜衆逃散不能禁是月晉王渾

周浚攻陷江西屯戍後主使丞相軍師將軍張悌右將軍副軍師諸葛靚等督丹陽太守沈瑩護軍將軍孫震帥衆三萬渡江逆之至牛渚沈瑩謂悌曰晉治水軍於蜀久矣今傾國大舉萬里齊力如悉益州之衆沿江而下我上流諸軍無有戒備名將皆死幼騃當任恐邊江諸城盡莫能禦晉之水軍必至於此宜蓄衆力待來一戰若勝之日江西自清上方雖壞可還取也今渡江逆戰勝不可保若或摧喪則大事去矣悌曰吳之將亡賢愚所知非今日也吾恐蜀兵來此衆心駭懼不能復整今宜及可用決戰力爭若其敗喪同死社稷無所復恨若其剋勝則此敵奔走兵勢

出也二月王渾周浚等進屯橫江後主聞悌軍沒甚懼自選羽林精甲以配沈瑩孫震等屯于板橋乙未乃自爲書與舅何御名責己曰昔大帝以神武之略奮三千士卒割據江南席卷交廣開拓洪基欲祚之萬代至朕末德嗣守成緒不能懷安黎元多爲咎釁以遺天命災暗之變謂之御名祥致使南蠻逆亂征討未克聞晉大衆遠來臨江庶其勞瘁比晨摧退而張悌不返喪師過半朕甚惆悵于今無聊得陶濬表云武昌已西並復不守不守者非糧不足非城不固乃兵將背戰耳兵之背戰豈怨兵耶朕之罪也天文玄變於上黎民憤歎於下觀此事勢危同累卵吳祚終訖何其

哀哉天匪亡吴朕所招也瞑目黄壤當復何顔見四帝乎公其勗勉奇謀飛筆以聞御名一名植丹陽句容人文皇太后弟也后幼爲太子和妃生後主及和賜死嫡妃張氏亦自殺后曰若皆從死誰當養孤遂撫後主及三弟後主即位尊爲昭獻皇后尋改爲文皇太后稱昇平宫巳未晋龍驤將軍王濬揔蜀兵沿流直止建業琅瑘王司馬伷帥六軍濟自三山遣周浚張喬等破吴軍於板橋瑩等皆遇害後主聞軍相次而敗惶迫乃用光禄勲薛瑩中書令胡冲等計使太常張夔奉牋并進璽綬於伷曰昔漢氏失統九州分裂先人因時際會略有江南遂分阻山川與晋乖隔

今大晉龍興德覆四海闇劣偷安未喻天命至於今者猥煩六軍衡蓋路遠臨江渚舉國震惶假息漏刻敢緣天朝含弘光大謹遣張夔奉所佩印璽委質請命惟垂信納惠濟元元三月辛未後主遣群臣書曰朕以不德忝繼先軌處位積年政教凶勃遂令百姓久困塗炭至使一朝社稷傾覆宗廟無主沒有餘罪孤負諸君事已難圖覆水不可收也壬申王濬舟師先至石頭後主以草縛銜璧舁櫬見濬於軍門濬解縛焚櫬以禮相見癸亥晉瑯琊王伷會諸軍入自都城屯太初宮收其圖籍府庫摠領州郡戶口人吏兵糧舟檝音樂采妓乙亥置酒大會安東將軍王渾

酒酣謂吴人曰諸君亡國之餘得無慼乎無難督周處曰漢末分崩三國鼎峙魏滅於前吴亡於後亡國之慼豈惟一人渾有慙色　處字子隱義興陽羨人父魴鄱陽太守處少孤未弱冠膂力絶人好馳騎田獵不脩細行縱情肆欲州里患焉處聞之慨然有改勵之志謂父老曰今時和歲豐何苦不樂父老曰三害未除何以爲樂處問之答曰南山白額獸長橋下蛟并子爲三害處曰若此吾能除之乃入山射殺猛獸又投水搏蛟蛟或浮或沉行數十里處與之俱三日三夜人謂已死相賀處殺蛟而返聞鄉相慶始知人患已甚乃入吴尋二陸學問時機不在見雲具以

情告欲自脩改而年已蹉跎恐將無及雲曰古人貴朝聞夕改君前途尚遠耳且患志之不立何憂名之不彰邃勵志有文思心存義烈言必思信尅己朞年州府交辟仕爲東觀令累遷太常出督無難案晉書吳平後處入洛遷廣陵太守郡多滯訟有經三十年不決者處一朝決遣之轉楚內史徵拜散騎常侍處曰古人辭大不辭小乃先之楚而郡新經喪亂新舊雜居風俗未一乃敦以教義又檢骸骨無主者收葬之然後就徵遠近稱歎遷御史中丞副梁王肜征齊萬年於關西戰沒死撰默語三十篇及風土記集吳書未成卒三子玘靖禮皆事東晉也

是歲建平太守吳彥聞皓不守以郡降晉彥字士則吳郡人出自寒微有文才身長八尺手格猛獸膂力絶群初爲通江吏時平南將軍薛珝仗節南征軍容甚盛彥觀之慨然而歎有善相者劉札謂之曰以君相貌後當至此不足慕也起家爲小將大

司馬陸抗奇其勇略拔用之患衆情不允乃會諸將密使狂人挾刃跳躍而來坐上諸將懼而奔走唯彥不動舉几禦之衆服其勇累遷建平太守案吳録王濬將伐吳造船於蜀彥覺之表請增兵爲備皓不從彥乃輒爲鐵鎖斷江路及晉師臨境沿江諸城望風降附或見攻拔唯彥堅守攻之不下晉軍退舍禮之及皓亡始晉武帝拜爲金城太守帝常從容問薛瑩孫皓所亡瑩曰皓爲君昵近小人刑罰妄加大臣大將無所親信人人憂恐各不自安敗亡之釁由此而作帝復問彥答曰吳主英俊宰輔賢明帝笑曰何爲亡彥曰天祿永終曆數有屬所以爲陛下擒此蓋天時豈人事也張華在坐謂彥曰始爲名將積有歲年蔑爾無聞竊所惑矣彥曰陛下知我而卿不聞帝甚嘉之位至長秋卿卒於官夏四月遣使送後主於洛陽舉家西遷以武帝太康元年五月丁亥集于洛陽甲午晉帝使詔慰勞封爲歸命侯給衣服車乘田三十頃歲給粟五千斛錢五十萬絹五百匹綿五百斤拜太子爲中郎將諸子爲王者並拜郎中每朝會召後主預之

常指殿謂曰朕爲此殿以待公久矣皓曰臣於江南亦作此座以相待案三十國春秋晉王濟嘗與武帝碁時濟伸腳在局下因問皓曰聞君生剝人面皮何也皓曰人臣無禮於其君者則剝之武子大慙遽縮腳或侍宴武帝曰聞君善歌今唱汝歌皓應聲曰昔與汝爲鄰今爲汝作臣勸汝一盃酒願汝壽千春後二年薨於洛陽葬河南芒山滕夫人自爲哀策文甚酸楚案後主年二十二即位十六年年三十八爲晉所滅入晉爲侯不年薨年四十二子孫相承三代四帝起壬寅終于庚子凡五十九年丈介在武昌五十二餘都建業太初宮初大帝黃武年中魏軍大舉文帝自至廣陵臨江朝廷危懼乃召術人趙達筮之達布筭曰吳衰在庚子今賊無能爲帝問庚子遠近曰後五十八年帝笑曰朕憂當身不及子孫也案吳志達太河南人少好異用異精密知東南有王氣可以避難遂脫身渡江治九宮一筭之術究其微旨是以應機立成對問若神計飛蝗射隱伏無不中効謂太史丞公孫滕曰吾先人得此術欲圖爲帝王師至予三世不過太史郎滕求其法達曰今已亡殁太祖即位令達筭在位幾年達曰漢高建元十二年陛下倍之帝大喜機果如其言常謂知星者曰我不出戶牖以知天道

足下晝夜暴露望氣不亦勞乎帝嘗斷其法然不言及死聞有書發棺求之竟無所得是時吳有黄象字休明善書中國不及嚴武字子卿善圍碁時莫與對宋壽能占夢十不失一曹不興善畫妙動神與衣梭畫屏風誤落筆點因以爲蠅帝以生蠅舉手彈之孤城鄭嫗能相人知吉凶吳範占風氣劉惇明天官太一此八人世謂之八絶也皓在位天紀不有窺上國之心使太卜尚廣筮并天下得同人之頤對曰吉庚子歲青蓋入洛故皓以克平西北爲事下僃其亡時歲實庚子也永安二年三月有異童子年可六七歲着青衣來從群兒戲諸兒畏問之答曰我熒惑星將有告爾曰三公鉏司馬如言訖昇天去漸遠若疋練自後十五年蜀亡六年晉興至是吳爲司馬如滅之

案吳大帝即王位黄武元年壬寅至唐至德元年丙申合五百三十五年矣

建康實録卷第四

建康實録卷第五

中宗元皇帝　晉上

西晉孝武太康元年平吴乃廢建業復爲秣陵分丹楊南郡爲宣城郡還理於秣陵在今縣東南六里渡長樂橋古丹楊郡是也以周浚爲楊州刺史所統十九郡七十四縣太康三年分秦淮水北爲建鄴水南爲秣陵縣仍在秦邑地而建鄴縣在故都城宣陽門内今縣城東二里古御街東太安二年夏五月義陽蠻張昌舉兵[illegible]號漢稱神鳳元年使將軍石冰寇楊州諸郡盡没冰因修建鄴宫居之案曹憲楊州記晉惠永寧二年有石浮來建鄴自入秦淮[illegible][illegible]湖登岸二百餘步百姓咸曰石來石來至明年石冰果入楊州遂據此地冬十二月征東將軍劉準[illegible]

右將軍廣陵相陳敏渡江攻破石冰於建鄴永興二年十二月陳敏又據建鄴自稱楊州刺史假顧榮爲丹楊尹以甘卓周玘爲將軍敏諷寮佐進已爲楚公加九錫之禮時東海王祭酒華譚聞之與榮書陳是非言敏凡才無遠略昔齊之王蠋布衣爾猶不屈於燕況足下名重位彰受恩於國而黨姧邪自相署置榮得書大慙與甘卓等謀曰江東事若濟當共成之然則觀形勢如何敏既常才政令反覆子弟驕矜其敗必矣吾等受其官禄事敗之日使江西諸軍函首送洛陽題曰逆賊顧榮 甘卓之首豈惟一身辱及萬世卓等然之遂與榮謀 遣使密報征東將軍劉凖令

率兵臨江敏令弟昶將兵拒之使甘卓屯横江榮理因卓兵殺陳昶斷橋盡收船於淮水南敏自出軍臨大航岸榮以羽扇麾之敏衆潰散敏單馬北走毘[illegible]追斬於江乘陳敏字令通廬江人少有幹能補尚書倉部令史趙王倫篡逆義兵乏食以敏爲廣陵度支令漕運江淮以濟中州屬張昌亂使石冰趨壽春都督劉準與敏謀破冰等以功拜廣陵相時在惠帝西遷四方交爭敏遂有據江東之心懷帝永嘉元年東海王越秉政秋七月以瑯琊王睿爲安東將軍都督揚州江南諸軍事用王導計渡江鎮建鄴討陳敏餘黨廓清江表因吳舊都城修而居之太初宮爲府舍

按太初宮本吳之舊宮晉平吳後石冰作亂焚蕩盡陳敏平石冰據揚州因太初故基創造府舍中宗初渡江因居此地也置丹陽内
史官以顧榮為軍司馬[illegible]為參佐王敦王導周顗
刁協戴若思為腹心股肱[illegible]禮名賢存問風俗
永嘉五年夏六月劉曜[illegible]京師淪陷懷帝蒙塵
於平陽司空荀藩[illegible]天下推琅琊王為盟主
六年春二月[illegible]琅琊王[illegible]因大發兵以討石勒師
次壽陽勒退河北[illegible]四月丙寅征南將軍荊州刺史
山簡李偕字季倫河[illegible]濤之第五子歷侍
中吏部尚書出鎮襄陽[illegible]儀同三司
歸[illegible]建[illegible]玄[illegible]湖南[illegible]
[illegible]秋七月歲[illegible]太白聚

牛斗十二月散騎常侍顧榮卒榮字彥先吳人世爲
南土著姓祖雍吳丞相父穆宜都太守榮機神朗悟
冠仕吳累遷黃門侍郎吳平與陸機兄弟同入洛
時人號爲三俊拜郎中歷廷尉正恒縱酒酣暢謂
人張翰曰唯酒可以忘憂但無如作病何及趙王
倫篡位以榮爲子虔大將軍府長史榮初與同寮飲
酒見執炙人貌狀不凡榮因割炙反啖之人問其故
榮曰豈有終日執之而不知其味及倫敗將誅榮前
執炙者爲督率衆救榮得免齊王冏以爲大司馬主
簿榮懼禍及終日昏醉不懲府事轉中書侍郎在職
不復飲醉人或問曰何前醉而後醒榮懼復飲酒與

鄉里楊彥明書曰吾爲齊王主簿常慮禍及見刀與繩每欲自殺但人不知耳後果拜常侍以世亂辭不受遂還吳屬陳敏據楊州假榮右將軍丹陽内史時敏使甘卓出鎮堅甲利器盡委之榮因説卓以圖敏明年周玘甘卓與榮及紀瞻等潛謀破敏及瑯琊王睿初鎮江東以榮爲軍司馬加散騎常侍凡所謀畫皆以諮焉多有匡諫王皆納之進薦賢良言賀循等沉潛青雲之士而陸士光金玉之資甘季思紀瞻幹浚殊絶王皆辟用之卒官王哭之慟欲表贈依齊王功臣格吳郡内史殷祐上牋論功贈侍中開府儀同三司榮好琴書及卒家人置琴於靈座吳郡張翰往

哭之既而上床鼓琴數曲歎曰顧生復能賞此否又
慟哭不弔喪主而去子毗嗣初陳敏問方士戴洋曰
人言江南當有貴人顧榮先周宣當是否洋曰顧
不及臘周不見來年八月榮果至其月十七日卒十
九日臘宣玘明年七月薨日亡是歲太子洗馬衛玠
卒玠字叔寶河東安邑人祖瓘司空錄尚書事父恒
尚書郎玠幼而爽異長好玄[illegible]每一言論皆以造微
瑯琊王澄有高名常聞玠言輒歎息絕倒以天下大
亂遂扶老母將家[illegible]章大將軍王敦長史謝
鯤先相雅重相見欣然言論彌日敦謂鯤曰昔王輔
嗣吐金聲於中朝此子[illegible]玉振於江表微言之緒絕

而復續不意永嘉之末復聞正始之音何平叔若在
當復絕倒玠常言人有不及可以情恕非意相干可
以理遣故終身不見喜慍之容以王敦非純臣而不
久留求向建鄴京師人士聞其姿容觀者如堵玠先
有勞疾從此遂甚卒時年二十七葬新亭東今在縣
南十里時人謂看殺衛玠咸和中王丞相導為揚州刺史下令曰衛洗馬明日當改葬此君風流名士
海內所瞻可具薄奠以敦舊好改葬即此地也未委本葬何處
七年夏四月愍帝即位改元建興元年五月使加瑯
瑯王睿左丞相大都督中外諸軍事詔改建鄴為建
康改鄴郡為臨漳秋七月南郡太守周玘卒於蕪湖
玘字宣佩征西將軍處長子性剛毅沉斷有父風而

文學不及閑門絜己不妄交遊士友咸望風而敬憚焉州辟爲從事虛己備禮方乃應命除議郎太安初妖賊張昌丘沉反於江夏惠帝使監軍華宏討之不剋玘密結南平内史王矩及江東人士同起義兵破昌沉既畢玘不言功散衆還家及陳敏據楊州與顧榮甘卓等謀擒敏瑯瑘王初鎮江左以玘爲倉曹屬吳興人錢璯謀反玘率合鄉里義衆與郭逸討之傳璯首於建鄴玘三定江南開復王略王嘉其勲累拜建威將軍吳興太守以玘頻興義兵勲誠並茂乃以陽羨及長城之西鄉丹陽之永世别爲義興郡以彰其功然玘宗族彊盛人情所歸帝疑憚之于時北來

人士左右王業而玘自以為不得調内懷怨望復為刀協輕己乃與東萊王恢陰謀誅諸執政推玘及戴困與諸南士共奉王以經緯世事事泄王秘之召玘為鎮東司馬復改南郡太守既行至蕪湖又進爵為公玘忽知其謀泄遂憂憤發背而卒時年五十六將死謂子勰曰殺我者諸傖汝能復之乃吾子

四年冬劉曜逼長安西郡不守

五年春正月瑯琊王出師路北躬擐甲冑移檄天下徵兵時有玉册見於臨安白玉麒麟神璽出於江寧其文曰長壽萬年日有重暈皆以為中興之象案圖經江寧縣名元帝初過江永嘉中置之在今縣城南七十里南臨浦水其水源出宣州當塗縣下溪村西流入江名江寧浦也二月平東將軍

宋哲至宣愍帝密詔令王攝萬機脩復陵廟將雪大
耻王聞愍帝幽于虜庭王素服出次舉哀慟哭三月
西陽王羕及群寮等勸進王辭不受羕等固請王流
涕曰孤罪人也不能雪天下之耻因歔欷不止令私
奴命駕將返國群臣不敢逼會稽內史紀瞻與長史
王導俱入見王立陳利害瞻進曰今帝失御宗社虛
廢神器去晉于今二年陛下特天所授光闡七廟以
隆中興今欲守匹夫之謙而逆天時違人事失地利
三者一去雖復傾注於將來豈得救祖宗之危急哉
臣等區區之誠不可失也王不許使殿中將軍韓績
徹去御座瞻叱績曰帝坐上應星辰敢動者斬王爲

之改容群臣因請依魏晉故事爲晉王許之三月辛卯瑯琊王即晉王位承制大赦改元建武元年初備百官立宗廟社稷拜諸叅軍百餘人爲奉車都尉駙馬都尉等掾屬時人呼爲百六掾案圖經晉初置宗廟在古都城宣陽城外郭卜遷之左宗廟右社稷去今縣東二里玄風觀即太社西偏對太社右街東即太廟也太廟事已具孝武卷中社立三壇帝社太社各一稷一一本云洛陽社二壇稷一壇今亦合其制宜者也夏四月丙辰立世子紹爲晉王太子進百官行賞以王子宣城公裒爲瑯琊王以王導都督中外諸軍事其餘進班各有差六月丙寅司空并州刺史廣武侯劉琨幽州刺史左賢王渤海公段匹磾等一百八十人遣長史温嶠來上表勸王即尊位王優令荅之以二公共濟艱難同契一致撫寧戎夏勳

静以聞冬十一月進司空劉琨爲太尉初置史官立太學以于寶王隱領國史是歲楊州大旱晋陵内史張闓奏立曲阿新豐塘溉田八百餘頃

建武二年春三月癸丑愍帝崩問至晋王服斬縗居廬丙辰王侯百寮上尊號勸進是日晋王即皇帝位于建康案帝自永嘉元年鎮江左至建武二年積十一年即帝位居舊府舍至明帝亦不改作而成帝業始繕苑城也

帝諱睿字景文宣帝曾孫瑯琊武王伷之孫恭王覲之子初魏明帝青龍三年冬十一月張掖郡丹陽川谷坌溢有石流出立於川中有馬行列而犧牛在後麒麟居東鳳皇處南白虎處西八卦分布成文占者或云牛繼馬後及宣王秉政深以牛氏爲慮因征遼

東還遂爲二榼同一口貯酒酖殺大將軍牛金後恭王妃夏后氏與小吏牛欽私通因産帝咸寧二年生於洛陽有神光滿室所藉藁如始刈及長白毫生於目角之左龍顔隆凖目有精光顧眄煒如也年十五嗣位瑯琊王三十二始鎮建鄴四十二即帝位戊辰大赦改元太興元年文武增位二等庚午立紹爲皇太子夏四月丁丑朔日有蝕之戊寅初禁招魂葬（案晉書東海王越死於鄴屍爲石勒所焚妃裴氏過江乞招魂葬帝雖許之治書侍御史袁瓌與博士傅純議招魂葬是謂埋神不可從也帝然之遂禁斷）五月幽州刺史段匹磾執太尉劉琨因之初王敦見琨勸進表至天祚大晉必將有主主晉祚者非大王而誰敦大怒投表於地曰讀左傳三十年一朝爲劉琨

用却因内憚焉及聞拘繫密使段匹磾殺琨又懼衆反已遂稱有詔收挺琨聞敦有使至不通命知謂其子曰處仲使來而不告我是殺我也死生有命但恨讎恥不雪無以下見二親耳因涕泣悲不能自勝矣丑匹磾縊殺琨并子姪四人時年四十八琨字越石魏昌人漢中山靖王勝之後少負志氣有縱横才善交勝己而頗浮誇與祖逖爲友聞逖被用乃與親故書曰吾枕戈待旦志梟逆虜常恐祖生先吾著鞭累遷位并州刺史愍帝即位拜司空封廣武侯都督冀幽并三州軍事尋爲石勒所破窮蹙歸匹磾遇害初琨在晉陽時嘗爲胡騎所圍數重窘迫無計乃乘月

登樓清嘯賊聞之若皆悽然長歎中夜因奏胡笳賊又流涕有懷土之感向曉並棄圍而去及帝將中興於江東中朝士大夫多過江歸帝朝廷望之怨琨不至王敦仲曰江東地狹不容琨氣六月旱帝親雩詔改丹陽内史爲丹陽尹以薛兼爲之案刺史尹内史太守止是文言晋百官志云王臨州則郡有内史州無王則唯太守尹者正也漢置河南尹晋江左置丹陽尹蓋天子所居則郡以尹爲主者也是月置招諫鼓立誹謗之木秋七月劉聰死子粲嗣位尋爲其臣靳準所滅準自號漢王八月皇太子釋奠于太學冬十月劉曜僭號于赤壁十一月乙卯日夜出高三丈中有赤青珥新作聽訟觀十一月劉聰故將王騰馬忠等誅靳準并送傳國璽於劉曜癸巳詔改吳名賢宜其條

列聞奏是歲武昌太守王諒牛生兩頭八足兩尾共
一腹
二年春正月使冠軍將軍梁堪守太常馬龜等修復
山陵迎梓宮于平陽不剋而還五月壬戌詔去非急
之務非軍事所須皆省之夏六月丙子罷御府及諸
郡丞置博士員五人秋七月乙丑開府儀同三司賀
循卒循字彥先會稽山陰人其先慶普漢世傳禮學
族高祖純後漢侍中避安帝諱爲賀氏父邵吴中書
令循有操尚童齔不群言行進止必以禮讓善屬文
舉秀才後遷武康令陸機表薦累遷南中郎長史不
就歸與鄉里合義討逆及陳敏據江外矯詔以循爲

丹陽内史循辭以脚疾與顧榮等平敏拜吴國内史
帝鎮江左守職尋轉軍司因與循言及時政事遂問
循曰孫皓嘗燒鋸截一賀頭是誰耶循未及言帝悟
曰賀邵也循流涕曰先父遭遇無道臣誠痛深無以
上荅帝甚愧之三日不出及帝承制以爲軍諮祭酒
循稱疾不起帝使與疾至親臨諮以政道循羸疾不
堪拜跪乃就加朝服賜第一區車馬牀帳衣褥等物
一無所受時江東草創循多陳利害言而必從進爲
侍中以討華軼功封都鄉侯固讓不受建武初拜中
書令加散騎常侍宗廟始建舊儀多闕循議定七廟
帝踐位遷太子太傅循自以枕疾廢頓臣節不脩累

表周讓命皇太子親往拜焉後疾篤表乞骸骨詔改授左光祿大夫開府儀同三司帝親臨軒遣使持節加印綬循已不能言指左右推去章服帝執手流涕太子親臨三焉往還皆拜儒者爲榮卒時年六十帝哭之慟贈司空謚曰穆將歸葬於吳皇太子追送近郊望舡流涕子隰嗣（案晉書循少玩篇籍善屬文博覽衆書尤精禮傳雅有知人之鑒擧楊方於卑陋卒成名於世）甲戌以尚書戴若思爲征西將軍都督司兗豫并冀雍六州諸軍事司州刺史鎮合淝丹陽尹劉隗爲鎮北將軍都督青徐幽平四州諸軍事青州刺史鎮淮陰八月肅慎貢楛矢石砮九月鎮西將軍豫州刺史祖逖卒　逖字士稚范陽遒人世吏二千石爲北

州舊姓逖少孤兄弟六人性最豁蕩不修儀檢年十五六猶未知書兄該納等憂之然輕財好俠慷慨有節概每至田舍輒稱兄意散穀帛以賙貧乏之鄉族重之後乃專學博涉書記年二十四舉秀才不行與劉琨俱爲司州主簿情好綢繆共被同寢中夜聞鷄鳴蹴琨覺曰此非惡聲也因起舞二人並有英氣每語世事或中宵起坐相謂曰若四海鼎沸豪傑並起吾與足下當相避於中原累遷太子舍人洛京喪亂遂避地淮泗元帝鎮江左徵爲軍諮祭酒將家居丹徒之京口西朝傾覆常懷振復之志賓客從者皆傑勇之士元帝方招定江南未遑北伐以逖進說帝北收遺黎齊

國大耻帝許之以逖爲豫州刺史不給鎧杖令自招
募仍將本從部曲百餘家渡江中流擊楫而誓曰祖逖
不清中原而復濟者有如大江辭色壯烈衆皆慨歎
因進屯淮陰鑄兵器練士卒轉鬭而前大破石季龍
蓬陂塢主陳川川還襄國季龍使川將桃豹守川故
城住西臺逖遣將軍韓潛等進鎮東臺由入賊同一大
城相守四旬以布囊盛土使千餘人運上臺如米以
示賊賊飢乆益懼石勒遣將劉夜堂以驢千頭運糧
以饋逖使擊破之獲夜堂豹宵遁因進鎮雍丘略
定河外巡撫征戍時趙固上官巳李矩郭默等皆受
逖節度於是黃河以南盡爲晉土進次河上先有堡固

及任子在胡者皆聽兩屬如有微功賞不踰日躬自勸督農桑䘏已施下收葬枯骨爲之祭醊百姓感悅嘗置酒大會耆老中坐流涕曰吾等老矣更得父母死將何恨乃歌舞詠恩其得人心如此詔進逖鎮西將軍石勒不敢窺兵河南使成皐縣修逖母墓因與逖書求通使交市收利十倍公私豐贍士馬日彊方欲推鋒越河掃清冀朔會朝廷遣戴若思爲都督逖不平且已剪荆棘收河南地而若思雍容一旦來統之意甚怏怏又聞王敦與劉隗等（今上御名）隙慮有內難大功不遂感激發病乃置妻子於汝南大木山下進繕虎牢使從子汝南太守濟率汝陽太守張敞新蔡內

史周閔築壘未成而逖病甚時有妖星見于豫州之分歷陽陳訓謂人曰今年西北大將軍當死逖亦見星曰此爲我矣方平河北而天欲殺我此乃不祐國也年五十六卒於雍丘百姓如喪考妣皆爲之立祠案晉書王敦久懷亂逆畏逖不敢發至是始得肆其姧雄焉冬十一月戊寅石勒僭稱趙王于襄國是歲作南郊在宮城南十五里郭璞卜立之案圖經在今縣城東南十八里長樂橋東籬門外三里今縣南有郊壇村即吳南郊地

三年春二月辛未雨木冰三月燕王慕容廆奉送玉璽三紐夏六月吳郡米廩無故自壞米廩貨糴之屋無故自壞此五穀踴貴之象秋七月詔瑯琊國人隨在此者近有千户以立爲懷德縣統丹陽郡永復爲

湯沐邑案中宗初瑯琊國人置懷德縣在宮城南七里今建初寺前路東後移於宮城西北三里耆闍寺西帝又創已北爲瑯琊郡而懷德屬之後攺名費縣其宮城南舊處咸和中移建康縣自死城出居之案南徐州記費縣西北八里有迎檐湖昔中宗南遷衣冠席卷過江客去相迎負檐於此湖側至今名迎檐湖世亦呼爲逆檐洲在縣城西石城後五里餘初隨帝過江有王離妻者洛陽人將洛陽舊火南渡自言受道於祖母王氏傳此火并有遺書二十七卷臨終使行此火勿令斷絶火色甚赤異於餘火有靈驗四方病者將此火煮藥及灸諸病皆愈轉相妖惑官司禁不能止及季氏死而火亦絶時人號其所居爲聖火巷在今縣東南三里禪衆寺直南出小街或云齊時復有聖火事　具齊卷内八月追尊所生夏侯氏爲皇太妃太妃諱光姬沛國譙人祖威兗州刺史父莊淮南太守妃生自華宗幼而明惠初帝嗣立稱王太妃永嘉元年薨於江左案晉書妃后傳初有讖云銅馬入海建鄴期太妃小字銅鐶而元帝果中興於江左矣庚申追尊敬王后虞氏爲敬皇后辛酉遷神主于太廟敬皇后諱孟母濟陽外黃人父豫后無子永嘉六年薨時年三十五至是追尊案外戚傳宋元敬父虞豫少有美稱州郡禮辟不就早卒明帝

立追贈散騎常侍驃騎大將軍開府儀同三司子偘嗣歆后弟也遷步兵校尉辛未皇太子釋奠于太學

冬十二月丁未嚴設煑鹽之法造私鹽者以半與之又募入米京師米一斛與鹽四石是歲創北湖築長堤以壅北山之水東自覆舟山西西至宣武城六里餘後苑牛生一足三尾生而死足少不勝也

四年春二月鮮卑遐末波奉送皇帝信璽庚戌告太廟受之癸亥日鬭三月置周易儀禮公羊博士是歲振武將軍梁州刺史尋陽侯周訪卒訪字士達汝南安成人漢末避地江南晉平吳移家尋陽祖纂吳威遠將軍父敏左中郎將訪少沉毅謙讓果於斷割賙窮賑乏家無餘財爲縣功曹時陶侃爲散吏訪薦侃爲

主簿相與結友以女妻侃子瞻鄉人有盜訪牛於冢間殺者訪得之遣盜密埋其肉不使人知之及帝渡江命訪參鎮東軍事累遷振武將軍與陶侃征杜弢弢時作桔槔打官軍舡艦訪於舡上作長岐棖以拒之桔槔不能爲害又遣其將張彥陷豫章訪追彥斬之將戰訪爲流矢所中折前兩齒形色不變及暮訪與賊隔水時賊彊兵衆訪知力不可敵乃密遣人如樵採者而出於是結陣鳴鼓而來大呼曰左軍至士卒皆稱萬歲至夜令軍中多布火而食賊謂官軍益至未曉而退訪謂諸將曰賊雖引退然終知我無救軍當還掩我宜促渡水而北既渡斷橋訖而賊果至不

能濟時杜弢將杜曾又聚衆破陶侃於沔城帝令訪救之訪率衆至沌陽曾等銳氣甚盛訪曰昔人有言先人有奪人之心軍之善謀也使將軍李恒督左甄許朝督右甄訪自領中軍張旗幟曾果畏訪先攻左右甄訪自於陣後射雉以安衆心令其衆曰一甄敗鳴三鼓兩甄敗鳴六鼓及戰自旦至申兩甄皆敗訪聞鼓音選精甲八百人自行酒飲之勑不得妄動聞鼓音乃進賊未至三十步訪親鳴鼓將士皆騰躍奔赴大敗杜曾殺千餘人訪夜追之衆請待明日訪曰曾驍勇能戰向之敗也彼勞我逸是以剋之宜及其衰乘之可滅也鼓行而進遂定漢沔訪部將蘇溫追擒杜

曾等於武昌遂王廙鎮[illegible]王敦懼杜曾之難謂訪
曰擒曾當相論爲荊州刺史及曾平後從事中郎將
郭舒諫敦曰荊州用武之國若以假人恐有尾重之
患公宜自領以訪爲梁州可矣訪大怒敦乃手書譬
釋并遺玉環玉椀以申厚意訪投椀於地曰吾豈賈
豎可以寶椀悅乎陰欲圖之事患之而憚其强不敢
有異訪威風既著遠近悅服勇智過人爲中興名將
性謙虛未嘗論功或問訪曰人有小善鮮不自稱卿
功勳如此無一言何也訪曰朝廷威靈將士用命訪
何功之有士以此重之時王敦有不臣之心訪嘗切
齒敦懷逆謀終慮訪未敢爲非卒時年六十一帝哭

之慟立碑於本郡二子撫光（案周訪傳訪少時遇善相者盧江陳訓謂訪與陶侃曰二君皆位至方嶽功名略同但陶得上壽周並爲下壽優劣更由年耳訪旅泊宮亭湖廟廟本靈驗入者皆死及訪憩寢略無神異明早即廁見一老父訪執之乃化爲雄鴨也）

五年春正月大赦改元永昌元年戊辰大將軍荊州牧王敦舉兵反於武昌謂長史謝鯤曰劉隗姦邪將覆社稷吾欲除君側之惡安時濟民鯤曰隗誠始禍然城狐社鼠也言未及卒敦怒曰君至庸才豈達天理發檄四方以誅劉隗刁協爲名遣龍驤將軍沈充都督吳興等諸軍事己巳敦上疏曰昔太甲初雖不能遵明湯典幸納伊尹之勳漢武雄略亦惑江充讒佞邪說至燕湖又上表罪狀刁協等帝大怒下詔曰王敦憑恃寵靈敢肆狂逆方朕太甲欲見幽囚是可

忍也孰不可忍也朕將親御六軍以誅大逆二月內
外戒嚴徵諸徵鎮入衛京師詔公卿已下廷議丞相
王導率昆弟子姪三十餘人詣闕待罪帝召入見導
前謝曰逆臣賊子何代無之豈意今者近出臣族帝
跣而下執手曰方託百里之命卿何言耶乃詔大義
滅親以導爲前鋒大都督務丹陽諸郡皆加軍號以
太子右率周筵行冠軍將軍統兵三千討沈充使鎮
北將軍劉隗軍于金城右將軍周札守石頭甲午帝
被甲徇六軍於郊外詔平南將軍陶侃領江州安南
將軍甘卓領荆州各率所統以躡敦後四月敦先鋒
攻石頭軍周札開城納賊王導郭逸周顗刁協劉隗

等三道出戰六軍敗績皇太子欲親率將士自決戰外車將出中庶子溫嶠固諫抽劒斷鞅乃止尚書令刁協劉隗並出奔協至江乘爲其下所殺隗入于石頭隗字大連彭城人楚元王交之後解褐從元帝爲從事中郎累遷丞相司直委以刑憲時世子文學王籍之居叔母喪而婚隗奏之帝下令曰詩稱殺禮而多婚以會男女之無夫家正今日之謂也可一解禁止自今已後宜爲其防隗爲法官多所彈奏不避豪彊建興中丞相府斬督運令史淳于伯而血逆流隗因奏淳于伯刑血著柱遂逆上終極柱末二丈三赤旋復流下四赤五寸百姓諠譁觀者滿路咸爲寃枉

之徵請見免相府從事及王導等官帝自責過而謝隗晉國既建拜御史中丞帝即位拜鎮北將軍都督青徐諸軍事鎮泗口初隗以王敦威權大盛終不可制勸帝出腹心以鎮方隅故以譙王承爲湘州續用隗及戴若思爲都督敦甚惡之與隗書曰頃承聖上顧眄足下今大賊未滅中原鼎沸欲與足下及周生之徒勠力王室共靜海内若其泰也則帝祚於是乎隆若其否也則天下永無望矣隗答書曰魚相望於江湖人相知於道術竭股肱之力效之以忠貞吾之志也敦得書甚怒及敦作逆舉兵以討隗爲名詔徵隗還京師百官迎之於道隗岸幘大言意氣自若及

入見帝與刁協奏請誅王氏帝不從有懼色及率兵攻石頭不拔入宮告辭帝令避難雪涕與別至淮陰爲劉遐所襲奔于僞趙庚午帝釋戎服使侍中王彬阮孚宣詔於敦曰公若不忘本朝於是息兵則天下尚可共安也如其不然朕當歸瑯琊以避賢路辛未大赦使太常荀崧就拜敦丞相大將軍都督中外諸軍録尚書事進封武昌郡公邑萬戶加羽葆鼓吹詔百寮見敦於石城敦問戴淵曰前日之戰寧有餘力乎若思荅曰豈敢有餘但力不足耳又問曰吾此舉動天下以爲何如若思曰見形者謂之逆體誠者謂之忠敦笑曰卿可謂能言又謂周顗曰伯仁卿何負

我顗曰公戎車犯順下官親率六軍不能其事使王師奔敗以此負公敦憚其辭正不知所答既出帝召顗於廣室謂曰近日大事二宮無恙諸人平安大將軍故副所望邪顗曰二宮自如明詔於臣等故未可知時護軍長史郝嘏等勸顗避敦顗曰吾備位大臣朝廷奔喪寧可草中求活耶初司空王導率子弟詣闕下請罪值顗將入導呼顗曰伯仁以百口累卿顗直入不顧既見帝言導忠誠帝納其言與飲酒致醉而出導猶在門又呼顗顗不與言顧左右曰今年殺諸賊奴取金印如斗大繫肘既出又上表明導言甚切至導不知救已而甚銜之及敦得志三問導周伯仁戴若思可爲

公輔導三不荅時參軍呂猗說敦曰周顗戴淵皆有高名瞻視不恒若不早除恐爲後患敦乃同收害之路經太廟顗大言曰天地先帝之靈賊臣王敦傾覆社稷枉殺忠良陵虐天地神祇有靈當速殺敦語未終收人以戟傷其口血流至踵顏色不變容止自若觀者爲之流涕時年五十四與戴淵同殺於石頭城東塘頹石上百姓冤之至今紀其石賊平追贈左光祿大夫　顗字伯仁汝南安城人安東將軍浚之子少有重名神彩秀徹司徒掾賁嵩見而歎曰汝潁固多奇士清我邦族必是人矣及帝鎮江東中興初遷吏部尚書以醉酒爲有司所奏白衣領職太興初拜太

子少傅尋轉尚書左僕射領吏部如故時庾亮謂曰諸人咸以君方樂廣顗曰何乃刻畫無鹽唐突西子初顗以雅望獲海內盛名後頗以酒失爲僕射略無醒日時人號爲三日僕射庾亮曰周侯末年可謂鳳德之衰也案中興書王敦素憚顗每見顗輒面熱雖冬月仍交扇不休死後王導于校料中書故事見顗表救己殷勤乃執表垂泣悲不自勝告諸子曰吾雖不殺伯仁伯仁因我而死幽冥之中負此良友

戴淵字若思廣陵人少遊俠不拘操行遇陸機赴洛淵以其徒掠之機見淵坐胡牀指麾便宜知非常人遂上舫屋上遙謂曰卿才器如此何不學問取祿位乃與群小行劫耶淵因感悟弃刀流涕就機機賞異焉入洛薦之及帝中興累遷尚書左僕射出爲幽冀豫兗并雍六州諸軍事鎮壽春

王敦舉兵欲入築壘於大桁北既而石頭不守遇害時年五十二賊平追贈右光祿大夫六月旱敦將還屯武昌不期而去多收時望殺之敦在武昌鈴下儀仗生華如蓮華狀五日而萎落是月襄陽太守周慮承敦旨害侍中荊州牧甘卓於襄陽 卓字季思丹陽人秦丞相茂之後少忠正舉秀才累遷離孤令見天下大亂棄官東歸陳敏據楊州深相結託爲子景娶卓女及周玘顧榮唱義邀卓共討敏定江南帝初鎮建鄴以爲楊威將軍征周馥杜弢屢有戰功封南鄉侯湘州刺史尋改安南將軍梁州刺史鎮襄陽善於綏撫孤幼估稅悉除市無二價州境所有魚池先恒

責税卓至不收其利皆給貧人西土稱爲惠政及王敦舉兵告卓卓僞許之而心不同及敦將發卓使叅軍孫雙詣武昌諫止敦敦聞雙言大驚曰甘侯前與吾言去何更有異正當慮吾危朝廷邪吾今唯除姦凶耳卿還言之事濟當以甘侯作公雙還報卓卓不能決會湘州刺史譙王承遣主簿鄧騫來說卓言王敦以私憾稱兵象魏此實忠臣義士匡濟之時不可失卓笑曰桓文之事豈吾所能至於盡力國難乃其心也時敦以卓不至慮其在後爲變遣叅軍樂道融苦要卓俱下道融至背敦說因說卓襲之卓遂决曰吾本意也因馳檄遠近陳敦肆逆遣司馬孫雙奉

表詣臺使參軍羅英至廣州與陶侃剋期令譙王承堅守長沙京師大喜詔書遷卓鎮南大將軍侍中都督荊梁二州諸軍事荊州牧敦聞大懼遣卓兄子卬求和謝卓曰君此是臣節不相責也吾家計急不得不爾想便旋軍襄陽當結姻好及王師敗績敦求臺騶虞幡以駐卓卓聞周顗戴若思遇害流涕謂卬曰吾之所憂正為今日每得朝廷人書以胡鶵為先不意禍起蕭墻且使聖上元吉太子無恙吾適據武昌敦勢逼必劫天子以絕四海望不如還軍更思後圖於是自豬口命旋軍襄陽都尉秦康說曰今分兵取敦不難但斷彭澤上下不得相赴自然離散可一戰而

擒也卓不從樂道融亦日夜勸卓討敦卓徑還襄陽
意氣騷擾失常自照鏡不見頭視庭樹而頭在樹上
心甚惡之家中金櫃忽鳴聲似槌鏡清遠而悲巫云
金櫃將離是以悲鳴主簿何無忌及家人皆勸令自
警卓轉更很愎散兵大略而不爲備故周慮等附敦
意詐云湖中多魚勸卓遣左右捕魚乃襲害卓傳首
于敦四子蕃等被殺秋八月瑯瑘太守孫默叛奔石
勒冬十月沈充陷吴國新昌太守梁龕起兵反應充
京師大霧黑風蔽天日月無光十一月乙酉罷司徒并
丞相閏月己丑帝崩于内殿太寧元年春二月葬平
陵陵在今縣北九里雞籠山陽不起墳案帝年四十

二即位五年年四十七崩謚元皇帝廟號中宗案傳初帝崩群臣議廟號王敦遣使謂曰豺狼當路梓宮未反祖宗之號宜別思詳僕射荀崧議以爲禮祖有功宗有德元皇帝天縱聖哲光啓中興德澤侔於太戊恩惠邁於漢宣臣敢依前典上號中宗既而與敦書曰承以長蛇未翦別詳祖宗先帝應天受命以隆中興中興之主寧可隨世數而遷毀敢率丹直詢之朝野上號中宗卜曰有期下及重請尊號之懲所不敢辭敦遂從之帝幼有令聞屬惠皇之際王室多故惟退讓不顯灼然之迹故時人未之識唯侍中嵇紹異之謂人曰琅邪王毛骨非人臣之相元康二年從討成都王穎蕩陰之敗也叔父東安王繇爲穎所殺帝懼禍及將出奔其夜月明禁衛嚴警帝無由得出甚窘迫有頃雲霧晦冥雷雨暴至徼者皆弛因得潛出先是穎又令關禁貴人既至河陽爲津吏所止從者宋典後來以策鞭帝馬笑曰舍長官禁貴人汝

亦被拘邪吏乃竊遁至洛陽迎太妃俱歸東國東海
王越輔政加帝平東將軍鎮下邳尋遷安東大將軍
都督揚州諸軍事越西迎大駕留帝居守用王導計
懷帝永嘉元年始渡江鎮建鄴初惠帝太安之際童
謡云五馬浮渡江一馬化爲龍及是帝與西陽王汝
南王南頓王彭城王等獲濟而帝竟登大位帝性簡
儉冲素容納直言虚己待物頗以酒廢事王導一言
帝命酌引觴覆之於地遂絶有司嘗奏太極殿廣室
施絳帳帝令冬施青布夏施青練等帳寵幸鄭夫人
衣無文綵從母弟王廙爲母立屋過制流涕止之然
晉室遘紛皇輿播越天命未改人謀叶贊元戎屢動

不出江畿經略區區僅全吳楚昔秦望氣云五百年後金陵有天子氣及孫權稱號自謂當之考其曆數猶爲未及元帝之渡江也乃五百二十六年眞人之應在於此矣太康初平吳王濬實先至建業而吳降款遠歸璽於瑯瑘武帝咸寧元年八月丁酉大風折太社樹中有青氣屬天占者云東莞有帝王之祥也是從封東莞王伷爲瑯瑘王伷即元帝祖明帝元帝生天意人事中興符也始西晉亂武帝子孫無孑遺社樹折之應常風之罰也青氣東莞之祥也

建康實録卷第六　　晉上

肅祖明皇帝

明帝諱紹字道畿中宗長子母豫章君帝幼而聰哲年數歲嘗置中宗膝上會長安使來中宗因問曰汝謂日與長安孰遠對曰日遠中宗問其故答曰不聞人從日邊來居然可知爾中宗異之明日會群臣又問之對曰日近中宗失色曰何異昨日之言對曰舉目見日不見長安由是益竒之大興元年春三月改晉王太子立爲皇太子性至孝有文武才略當代名臣王導庾亮温嶠等咸親待之嘗論聖人真假之意導等不能屈又習武藝善撫將士于時東朝濟濟遠近

屬心焉及王敦執政知帝神武明斷朝野共欽欲誅以不孝廢之會百官問皇太子何德可稱聲色俱厲必使有言中庶子温嶠對曰鈎深致遠蓋非淺局所量以禮觀之可稱爲孝矣衆皆以爲然敦謀遂止

永昌元年閏十一月己丑中宗崩庚寅即皇帝位大赦天下尊所生荀氏爲建安郡君

二年春正月赤烏見癸巳黄霧四塞二月葬元皇帝于建平陵帝徒跣至陵所三月戊寅朔大赦改元太寧元年臨軒懸而不樂丙戌隕霜殺草饒安東莞安陵三縣災燒七千餘家死者萬五千人是月王敦獻皇帝信璽一紐敦將謀篡奪諷朝廷徵己帝手詔徵

之敦下屯于湖陰帝乃以司空導為司徒敦自領揚州牧五月蜀李驤寇寧州刺史王遜遣將軍姚崇拒戰於堂狼大破之崇以追遠不敢窮追渡瀘水遜大怒髮上衝冠冠盡裂中夜而卒　遜字邵伯魏興人累遷魏興太守在郡私牛馬生駒犢者秩滿悉以付官去是郡中所產中宗即位拜寧州刺史封褒中公是月王敦害從事中郎將周嵩及尚書周札　札字宣季義興人征西將軍處之少子以豪右自處累遷右將軍都督石頭水陸軍事　王敦舉兵下攻石頭札不守開門納敦敦用為尚書兄弟皆居列位吳士多依附王敦深忌之及周莚母喪送葬者千數敦益憚焉錢

鳳謠敦曰夫有國者患於彊逼自古興難恒必由之今江東之豪莫過周沈公萬世之後二族必不靜矣周氏最彊而多俊才宜先爲之所則後嗣可安國家可保敦納之因有道士李脫妖術惑衆自言八百歲故號李八百時人多信事之弟子李弘養徒灊山作逆敦使廬江太守李恒告札及宗黨與李脫謀叉遂盡掩札兄弟子姪等宜殺之　嵩字仲智尚書僕射顗之次弟徇狹每以才氣凌物中宗作相引爲叅軍及晉王即位拜奉朝請累遷御史中丞時王敦勢盛中宗漸踈王導嵩因上書言導忠諒竭誠義以奉主雖有不軌之者父子尚無反顧之義況兄弟乎此固舊

德不可棄垂成之業也中宗感悟與導親如故及敦破石頭擅朝柄而害顗敦使人弔嵩嵩曰亡兄天下人爲天下人所殺復何弔乎敦甚銜恨懼失人情故未加害用爲從事中郎嵩以兄遇横禍恒憤憤敦知之使妖人李脱誣嵩反害之嵩精於事佛臨刑猶誦經**初顗母李氏冬至置酒舉觴賜三子曰吾本謂渡江託足無所不期爾等並貴列吾目前復何憂也嵩起曰恐不如尊旨伯仁志大而才短名重而識闇好乘人之弊此非自全之道嵩性抗直亦不容於世唯阿奴碌碌在母目下阿奴謨小字也後果壽終位至侍中封西平侯卒贈金紫光禄大夫謚曰貞也**六月壬子立皇后庾氏秋七月丙子朔震太極殿柱冬十月散騎常侍薛兼卒　兼字令長丹陽人祖綜父瑩並仕吴顯位兼少清素與同郡紀瞻廣陵閔鴻會稽賀循吴郡顧榮齊名號爲五俊初入洛舉孝廉拜比陽

相中宗鎮江左用爲軍諮祭酒累遷左長史進爵安陽鄉侯中興建遷尚書令領太子少傅自綜至兼三世傅東宮談者美之及帝即位詔以師傅加進崇禮八月石勒將石季龍攻陷青州刺史曹嶷遇害冬十一月以國飢乏調刺史已下米各有差

二年春正月丁丑朔帝臨軒懸而不樂庚戌赦五歲刑已下夏五月王敦在湖陰謀舉逆帝密知之自乘巴滇駿馬微行至於湖陰察敦營壘而出時有軍士疑帝非常人敦將晝臥夢日繞其營驚起曰此必黄鬚鮮卑奴來也案晉書帝母荀氏燕代州人帝狀類外氏鬚黄故敦謂之黄須鮮卑奴也於是使五騎追之帝已馳還見逆旅賣飯嫗以七寶鞭與之曰後

有騎來以此示也俄而敦追騎至問媪媪曰去已遠矣因以鞭示之五騎傳翫稽留遂久又見馬糞冷〔晉書云帝以水灌糞令冷以為信而止〕帝僅獲免丁巳敦病亟無子養兄含子應為嗣矯詔拜其子應為武衛將軍以自副而拜含為驃騎大將軍都督揚州江西諸軍事 含字處弘少頑凶以敦故累遷顯位日夜與敦計以沈充錢鳳為謀主諸葛瑤鄧嶽周撫李恒謝雍為爪牙戊午敦以左司馬温嶠為丹陽尹使覘伺朝廷嶠至具言敦逆狀今病篤恐左右促其事請為之備帝召侍中陳㬋往問疾使察觀形勢錢鳳以敦病懼不諱云謀發兵向京師丙寅帝乃詔王敦將帥官寮唯討錢鳳一人其餘

文武無所問罪其有捨王敦姓名而𨴥大將軍者准軍法從事丁卯以司徒王導爲鎮南將軍前鋒大都督以溫嶠爲中壘將軍與尚書卞壼守石頭以應詹爲護軍將軍督朱雀航南諸軍事以建威將軍趙胤等武旅三萬十道俱進以奮威陶瞻[illegible]領銳三萬繼之水陸齊勢帝親御六師以尚書郗鑒庾亮爲左右衛將軍都督從駕諸軍事衛平北將軍王邃平西將軍祖約臨淮太守蘇峻等並入衛京師以太宰西陽王羕惣統諸軍以虞潭爲會稽太守使躡沈充別遣充鄉人沈（御名）往吳興諭充許以爲司空充謂（御名）曰三司具瞻之重豈吾所任幣厚言甘古人所畏且丈夫

事終始當同寧可中道改易人誰容我〔御名〕因陳禍福成敗苦勸之充不納率兵臨發謂其妻子曰男兒不豎劉尾然不還也時虞潭舉兵於會稽將建牙有野鷹飛集帳屋衆懼潭曰起大義而剛鷙鳥來破賊必矣敦病轉篤不能統衆兄含謂敦曰此家事吾便當之戊辰敦上疏罪狀溫嶠以誅姦臣爲名以含爲元帥率錢鳳鄧岳周撫等將發鳳問敦曰事尅之日天子云何敦曰尚未南郊何得稱天子但盡卿兵勢唯保護東海王及裴妃而已辛未含至江寧王導使人遺書與含盛言禍福勸含還武昌保其門户無黨犬羊以肆逆導雖不武情在寧國明目張膽爲六軍首寧

忠臣死不無賴生舍不答秋七月壬申朔舍與錢鳳等水陸伍萬至于南岸游騎逼淮溫嶠乃燒朱雀航以挫其鋒帝躬率六軍出次南皇堂欲討之知其爲物情所畏密與王導謀曰自上人情業業皆杖敦爲勢若聞其斃衆必危殆因而擊之可破矣導遂集宗人詐云敦死舉哀衆果大危癸酉夜募壯士與中軍司馬曹渾左衛將軍陳嵩段秀等領甲卒千人渡水掩其未備平明大破舍軍於越城臨陣斬前鋒何康鄧岳等（晉書岳陳郡人也字子嶽勇力絕人爲桓溫參軍時人方之樊噲襄陽城北峴水中有蛟常爲人害岳入水截蛟而出人皆異之）敦聞軍敗大怒曰我兄老婢兒耳門戶事去矣語參軍呂寶曰吾當自力行因勢而起起而復困臥遂憤惋而

死臨絶召羊鑒及子應曰我亡後應便即位先立朝廷置百官然後營葬事俄而敦死秘不發喪裹屍以席蠟塗其外埋於廳事中夜與左右縱酒淫樂王含錢鳳乃率餘黨自栅塘西置五城造營案圖經五城狀如却月勢高二丈相去各百二十丈在今縣東二十五里陶季直京都記五城處淮帶湖祖道送歸多士集此處唐景雲中縣令陸彥恭於城側造一橋渡淮水則今之五城橋也辰沈充自吳興率兵萬餘來會含等進築壘於陵口乙未賊分軍從竹格渚濟水光祿勳應詹拒之不利含鳳長驅至御街沈充自青溪引軍與含會至宣陽門北中郎將劉遐歷陽太守蘇峻等率輕騎從南塘出横擊之賊軍大潰劉遐乘勝追破沈充於清溪丙申含等燒營遁走蕪湖與子應乘單舟奔江陵荆州刺

史王舒使人迎之並沉于江餘黨平晉書王舒完允之惣角時嘗隨從伯敦敦與錢鳳謀爲逆允之時飲酒帳中卧已醒悉聞其言慮敦疑之便於卧處大吐衣面並污鳳既出敦果照視見允之卧吐中以爲大醉不復疑之允之求還京師且以敦謀白父父即與導白帝及敦平後累位至會稽内史詔御史劉彝往蕪湖發瘞出敦跽而刑之焚其衣冠梟首於大航觀者稱慶數旬尚書令郗鑒啓帝聽收私葬詔許之敦字處仲司徒導之從父兄也伯祖祥字休徵魏太尉祖覽祥異母弟魏宗正卿生六子裁基會正彥琛裁生導基生敦敦少有成人之風尚晉武帝襄城公主拜駙馬都尉除太子舍人時王愷石崇以豪家侈相尚愷嘗會賓客因樂失調殺美人一坐爲之改容敦神色自若時又使美人行酒以客飲不盡輒殺之酒至敦故不肯持美

人悲懼慠然不覩導歎曰處仲若當世心懷剛忍非令終也時洗馬潘滔見敦曰處仲蜂目已露但豺聲未振若不噬人必爲人所噬後遷中書監永嘉末天下大亂敦悉以公主時侍婢百餘人配給將士金銀寶物散之於衆及東海王越輔政以敦爲楊州刺史潘滔進諫越曰今樹處仲於江外使其肆豪彊之心是見賊也越不從元帝召爲安東軍諮祭酒進左將軍與從弟導同心翊戴元帝於江東以隆中興時人爲之語曰王與馬共天下太興初與陶侃周訪討杜弢敦以元帥進拜鎮東大將軍都督江楊荆湘交廣六州諸軍事江州刺史封漢安侯敦始自選置於是

專擅之跡漸彰帝安慰之加侍中荆州牧敦既專任
閫外有問鼎之志帝畏而惡之遂引劉隗刁協爲腹
心及隗用事頗閒王氏敦怒上疏陳之自爾憤憤不
平每酒後輒詠魏武帝樂府歌曰老驥伏櫪志在千
里烈士暮年壯心不已以鐵如意打唾壺爲節壺邊
盡缺乃率衆内白以誅劉隗爲名既破王師擁兵石
頭多行殺害肆其劫掠稱疾不朝而去及帝即位乃
諷朝廷徵已因下鎮姑孰帝使兼太常應詹授敦加
黄鉞班劒虎賁二十人奏事不名入朝不趨劒履上
殿又使侍中阮孚齎牛酒犒勞敦不見使主簿受詔
敦既得志暴慢愈甚諸方貢獻多入已府 含既處

戾黨咸不軌初敦始病也夢白犬自天而下噬之又夢刀協乘軺車導從瞋目叱左右執之意惡而死敦眉目踈朗性簡脫口不言財利武帝嘗召時賢共言伎藝之事敦都不關意自言惟知擊鼓因振袖揚枹音節諧韻神氣自若舉坐歎其雄爽案晉書石崇以奢豪矜物廁所常有十餘婢列侍置香粉奇容色如麗者皆易新衣而出客多羞脫衣而敦脫故着新意色無作婢相謂曰此必能作賊又嘗荒恣於色左右或諫之事乃開後閤驅諸婢妾數十人並放之丁酉帝自南皇堂還宮大赦天下詔王敦徒從被逼者一切無所問唯其黨不原是月分遣諸將追逐敦所置官室及將帥逃者丁未義興人周騫殺敦所置太守劉芳于郡祖約逐敦淮南太守任台于壽春戴淵弟良及周光獲錢鳳斬之沈充奔於吴故將

吳儒誘亮於覆壁中殺之並傳首京師九月論平賊
功封王導始興公温嶠建寧公卞壼建興公庾亮永
昌公餘賞各有差冬十二月壬子帝謁建平陵行大
祚禮是歲驃騎將軍臨湘侯紀瞻卒　瞻字思遠丹陽
秣陵人祖亮父陟皆吳三公瞻少以方直知名吳平徙
居歷陽察孝廉不行尋舉秀才爲司馬東閤祭酒太
安中弃官歸家與顧榮共討陳敏徵爲尚書郎中宗
鎮江外引爲軍諮祭酒帝親往瞻宅與同車而歸加
揚威將軍拒石勒功除會稽內史時有詐爲將軍府
吏收諸監令拘之瞻疑其僞破檻出令而訊問使者
果伏詐妄及中宗踐位累拜侍中領尚書令上疏諫

評多所序益帝甚嘉其忠烈因疾上䟽自責因以疾免尋除尚書左僕射屢辭疾篤還第不許上䟽言郗鑒節操令孤軍在鄒山恐爲胡寇所獲請朝廷徵還及帝即位嘗獨引瞻於室慨然憂天下曰社稷之臣無復十人因屈指曰君便其一也轉領軍將軍當時服其嚴毅雖恒疾病六軍敬憚之加散騎常侍及王敦之逆帝使謂瞻曰卿雖病卧護六軍所益多矣賊平自表還家帝聽之遣使就拜驃騎將軍以家爲府尋卒追封華容子封次子一人亭侯瞻性靜默少交遊而好仁義有託後者皆爲立園宅少與陸機善及機遇害瞻䘏其家成其男女同於所生立宅於已

衣巷屋宇崇麗園池竹木有足賞翫焉子景豐並早
卒是歲置廩犧署養天地宗廟犧牲今在東府城後
三年春二月戊午復三族刑惟不及婦人三月戊辰
立皇子衍爲皇太子大赦增文武位二等大酺三日
賜鰥寡孤獨帛人二匹癸巳徵處士臨海任旭會稽
虞喜並爲博士　旭字次龍臨海章安人有清操不
染流俗郡守蔣秀請爲功曹秀及貪穢旭正色諫不納
乃謝去及坐事旭狼狽營送之永康初求俊異旭辭疾
歸尋天下大亂陳敏之逆唯旭與賀循等守死不從
由宗初頻徵不到及此王導啓立學校以旭與虞喜
俱爲隱學同召之夏四月詔大事初定其命惟新可

令太宰司徒已下詣都坐參議政道諸所因革務盡
事中僉直言引亮正想群賢達吾此懷矣已亥石勒
寇河南司豫兗三州並沒將軍李矩衆潰　矩字世迴
平陽人以滎陽守隨中宗加冠軍將軍領河南平陽
太守頻破劉聰以功進安西將軍劉聰死其將靳準
殺聰子粲盡滅劉氏乃上言二帝幽沒虜庭令謹扶
持梓宮請矩上聞矩馳表于帝帝使太常韓胤迎梓
宮未至遇石勒劉曜破靳準矩舉衆南走騎馬殄丑
月以征南大將軍陶侃爲征西大將軍都督荊襄雍
梁四州諸軍事荊州刺史以荊州刺史王舒爲都督
湘中諸軍事湘州刺史以劉顗爲平越中郎將廣州

刺史六月太子庶子孔衍卒衍字舒元魯國人孔子二十二世孫少好學諳識古事朝儀軌制多取正焉著春秋後語十卷秋七月詔郊祀天地之重事自中興以來惟南郊未曾北郊四時五郊之禮都不復設五嶽四瀆名山大川載在祀典應望秩者悉廢而未舉主者其依舊詳處以時置祭八月詔曰時將相名賢之冑有能纂述家訓忠孝仁義靜己守真不聞於時者州郡中正亟以名聞勿有所遺閏月壬午帝不豫召太宰西陽王羕司徒王導尚書令卞壼車騎將軍郗鑒護軍將軍庾亮丹陽尹溫嶠等並受遺輔太子丁亥遺詔斂以時服從簡約戊子帝崩于大

極東堂九月辛丑葬武平陵在縣城北九里雞籠山陽與元帝同案帝年二十五即位立三年年二十七崩諡曰明帝廟號肅祖帝聰明有機斷尤精物理于時兵凶歲飢死疫過半虛弊既甚事極艱虞王敦震王之威將移神器帝崎嶇遵養以弱制強潛用獨斷廓清大祲改授荊湘四州以分上流之勢撥亂返正彊本弱枝雖享國日淺而規謀弘遠矣

建康實録卷第六

建康實録

建康實録卷第七　　晉中

顯宗成皇帝

成皇帝諱衍字世根明帝長子太寧三年三月立爲皇太子閏八月戊子明帝崩己丑太子即皇帝位尊皇后庾氏爲皇太后年幼太后臨朝以司徒王導中書令庾亮輔政四年春正月丁亥朔大赦改元咸和元年文武各進位二等京師百里内復一年租天下賜酺五日鰥寡孤獨穀帛有差夏五月大水秋八月温嶠爲平南將軍江州刺史嶠表故吏部郎畢卓爲史案三十國春秋卓性嗜酒太興末爲吏部郎以酒廢職時比舍郎釀熟卓因夜經至甕所盜飲醉卧及旦主人見之曰畢吏部也乃命酒飲盡醉而去父母惡之因取船以貯酒於屋中卓甚喜入酒中泊浮來往達明歡比鄰盡嘗謂人曰左手執蟹螯右手持酒盃浮酒池中足樂一生哉九月尚

書右僕射鄧攸卒贈光禄大夫加金章紫綬攸字伯道平陽襄陵人祖殷亮直强正爲淮南太守夢行水邊見一女子猛獸自後斷其盤囊占者以爲水邊女汝字也斷盤囊者新獸頭代故獸頭也今不作汝陰當作汝南果遷汝南太守攸幼以孝德稱舉孝廉爲吴王文學累遷河東太守永嘉末天下大亂遇羯賊棄所生子而携弟子綏走江東元帝以攸爲太子中庶子爲吴郡太守攸載米之郡俸禄無所受惟飲吴水人民飢者輒開倉賑而後報刑政清明百姓悦之爲中興良吏後稱疾去職郡常有送迎錢數百萬攸一無所受百姓爭牽船泣留之船不得進攸乃夜中

發去吳人歌曰紞如打五鼓雞鳴天欲曙鄧侯拖不留謝令推不去入爲吏部尚書從之遷尚書右僕射晉書攸過江納妾甚寵之訊問其家屬說是北人遭亂憶父母姓名乃攸之甥也攸感恨遂不畜妾後妻不復孕時人爲之語曰天道無知令鄧伯道無兒語曰此天道有知也夫父子之道親親之義豈可忍而邀一時之假名損人倫之大義安忍也鄧伯道無兒天道有知冬十月封魏武玄孫曹勱爲陳留王以紹魏後己巳庾亮誣南頓王宗陰與蘇峻謀叛誅之奏貶其族爲馬氏庚辰赦京師百里内五歲已下刑甲申御歷陽太守蘇峻爲大司農峻不受命十一月壬子大閲於南郊改定王侯國秩九分食之一時大旱自六月不雨至于是月

二年春正月新徐交廣寧三州諸軍事廣州刺史阮孚卒　孚字遥集陳留人也父咸始平太守孚屬亂渡

江中宗以爲安東府祭軍蓬鬆飲酒不以世務嬰心轉丞相祭軍遷瑯琊王裒車騎府長史進拜散騎常侍𡥉性既嗜酒嘗以金貂换酒復爲所司彈劾帝宥之肅宗即位轉侍中吏部尚書稱疾就家用之尚書令郗鑒以爲非禮帝曰就用之誠不使不爾便廢才及肅宗不豫溫嶠入受顧命過𡥉家邀同行升車乃告曰主上大漸江左危弱實藉群賢共康世務卿時望所歸今欲屈卿同受顧託𡥉不答固求下車嶠不許垂至宫門告嶠內逼求暫下便徒步還家初祖約好財𡥉好蠟屐同是累而未判其得失有詣約見正料財物客至屏當不盡餘兩小簏以著背後傾身障

之意未能平或有詣阮正見自蠟屐因歎曰未知一生當著幾量屐神色甚閑暢於是勝負始分咸和初拜丹陽尹時太后臨朝政出舅族孚謂所親曰今江東雖累世而年數實淺主幼時艱運終百六而庾亮年少德信未敦以吾觀之將兆亂矣遂苦求出王導等以孚疎放非京兆尹才乃除交廣寧三州刺史未至廣州卒於道時年四十九既而明年蘇峻作逆識者以爲知機三月益州地震夏五月日有食之護軍營牛生犢兩頭六足王導家羊生羔無後足冬十一月歷陽太守蘇峻豫州刺史祖約等舉兵於江西以討庾亮爲名十二月辛亥峻使其將韓晃入姑熟屠

于湖害于湖令陶馥宣城内史桓彝爲晃所敗死之庚寅京師戒嚴以護軍將軍中書令庾亮爲征討都督詔加振威將軍司馬流爲左將軍帥衆拒峻前鋒戰於慈湖流敗死之流字子王國之宗室性懦怯不閑軍旅時率水步二千南上遇賊懼形於色臨陣方食不知口處問左右吾口何在既而合戰軍敗遇殺

三年春正月征西大將軍陶侃率江州刺史溫嶠等下援京師丁未蘇峻濟自横江登牛渚二月庚戌峻軍至鍾山領軍卞壼帥六軍與峻戰於山南王師敗（續案陣圖云蘇峻戰場在鍾山明慶寺前晋所謂王師敗於陵西即吳大帝時陵也）峻因風放火進燒臺省溪柵再破官軍卞壼羊曼周導陶瞻等皆死於柵下

遇害者數千人壼字望之濟陰寃句人也祖統父粹以清辯鑒察稱兄弟六人並登宰府世號卞氏六龍玄仁無雙玄仁粹字也位中書令壼弱冠有名譽元帝鎮江左召爲從事中郎委以選舉甚見親仗轉世子師居師佐之任盡臣輔之節一府貴憚中興建遷太子詹事拜御史中丞忠於事上權貴屏跡累位至尚書令明帝不豫壼與王導同受顧命輔幼主成帝即位群臣進璽司徒王導以疾不至壼正色於朝曰王公豈社稷之臣耶大行在殯嗣皇未立寧是稱疾之時導聞之乃輿疾而至及皇太后臨朝壼與庾亮對直省中共參機要時王導又稱疾不朝而私送車

騎將軍郗鑒壹奏導虧法從私無大臣之節舉朝震
肅壹裁斷切直幹實當官以褒貶爲己任勤於吏事
然性不弘恪才不副意故爲諸名士所少而無卓爾
優譽肅宗深器之於諸大臣而最任職阮孚嘗謂曰
卿恒無閑泰常如含瓦石不亦勞乎壹曰諸君以道
德恢弘風流相尚鄙恡者非壹而誰時貴遊子弟慕
王澄謝鯤爲達壹厲色於朝曰悖禮傷教罪莫斯甚
中朝傾覆寔由於此欲奏推之王導庾亮不從乃止
然而聞者莫不折節時王導以勳德輔政成帝每幸
其宅嘗拜導婦曹氏侍中孔恒密表不宜拜導聞之
曰王茂弘駑痾耳若卞望之之巖巖刀玄亮之察察

戴若思之峰岠當敢爾邪及蘇峻作逆詔以壺爲都督加領軍將軍峻自鍾山破王師進攻青溪柵壺與諸軍拒之苦戰死之時年四十八二子昣盱見父沒相隨赴賊同時見害昣盱母裴氏撫二子屍哭曰父爲忠臣爾爲孝子夫何恨乎徵士翟湯聞而歎曰父死於君子死於父忠孝之道萃於一門羊曼字祖延太傅祜兄孫也少知名中宗鎮江左辟爲丞相主簿歷晉陵太守王敦平後代阮孚爲丹陽尹蘇峻作亂加前將軍率文武守雲龍門峻既破六軍與卞壺周導陶瞻等同見害案晉書曼性任達與溫嶠阮放等同志友善並爲中興名士時州里稱陳留阮放爲宏伯高平郗鑒爲方伯太山胡毋輔之爲達伯濟陰卞壺爲裁伯陳留蔡謨爲朗伯阮孚爲誕伯高平劉綏爲委伯而曼爲黠伯九八人號兖州八伯期古之八俊時朝士過江初拜官

相飾佯饑昌拜丹陽尹客來早得佳設日晏則漸罄不復及精隨客早晚而不問貴賤時華固為臨海太守竟日皆美雖晚至者猶獲盛饌論者以固之豐腆不如昌又之真率也是月峻又追敗庾亮於宣陽門內亮攜子弟與郭默趙胤上奔尋陽臨去謂侍中鍾雅曰以後事相委雅曰棟折榱傾誰之責歟亮曰今日之事不容復言卿當思効臣復雅曰想足下不愧荀林父耳雅遂與司徒王導擁帝於太極殿松翼等侍左右峻兵攘戈接於帝坐叱左右下侍中褚翼曰蘇冠軍來覲至尊軍人豈得侵逼兵人遂散下殿突入太后後宮逼辱妃后及左右侍人群臣奔竄百姓號泣震響京師丁巳峻矯詔大赦天下惟不免庾亮兄弟以祖約為侍中太尉尚書令峻自為録尚書事驃騎大將軍以

許柳爲丹陽尹三月丙子皇太后庾氏崩壬申葬明穆太后于武平陵后諱文君潁川鄢陵人也性仁惠美姿儀元帝聞之娉爲太子妃以德見重肅宗即位爲皇后帝即位尊爲太后群臣奏天子幼沖宜依漢和熹皇后故事臨朝后辭讓數四不得已而臨朝攝萬機后兄中書令亮管詔命公卿奏事稱皇太后陛下既而京都傾覆后見逼辱遂以憂崩時年三十二夏五月乙未峻逼帝遷于石頭城帝哀泣升車群臣步從峻以倉屋爲宮分遣管商張瑾等東寇錢塘吴縣案荀崧傳成帝時崧子羡年七歲隨崧在石頭峻甚憐之嘗置羡於膝上羡歸謂其母曰請與兒一利刀子兒以殺賊母遽掩其口丙午征西大將軍陶侃江州刺史驃騎將軍温嶠庾亮等率

舟師四萬旗鼓百里次于蔡洲六月諸軍盡會石頭
城西北賊盛未即決戰議於查浦築壘監軍李根固
爭曰查浦地下又在水南惟白石峻固修之滅賊之
術也侃等許之曰若壘不立卿當腰斬根引兵夜修
曉訖賊衆見壘大驚壬辰進軍白石九月戊申司徒
王導奔于白石庚午陶侃率温嶠庾亮等陣于白石
侃使將軍楊謙以軍攻于石頭峻輕騎出戰謙詐北
奔白石壘峻逼之繞交鋒峻墜馬侃督護竟陵太守
李陽臨陣斬峻於白石陂岸至今呼此陂為蘇峻湖
今在縣西北十二里石頭城正北白石壘即在陂東
岸庾亮命臠峻肉焚其骨峻弟逸乃發亮父母墓斷

棺焚屍初峻歷陽外營將軍鼓自鳴如人弄槌峻手自破之曰我鄉土時有此即城空矣俄而爲亂夷滅此聽不聰之罰也案晉書紀蘇峻初營鍾山前祈鍾山之神許蓋朱驪紫蹄馬碧蓋朱絡車俊郗鑒入援又祈鍾山神謂鑒曰蘇峻爲逆人神所憤當與將子文共誅鋤之且峻亦祈我豈可助之爲虐今以跡相示及案收而跡見峻字子高長廣掖人少爲書生年十八舉孝廉永嘉喪亂所在屯聚峻亦糾合徒衆結壘於本縣撫弱理朽遠近感恩歸者日盛皆推峻爲主遂群聚射獵於海邊青山中時曾嶷領青州刺史惡其得衆將討之峻懼不敢泛海南渡既至廣陵朝廷嘉其遠到累拜蘭陵相同討王敦逆以功進使持節冠軍將軍歷陽內史加散騎常侍封邵陵公以江外之任寄之峻既有功於國威望

漸著頗有異圖時肅宗崩帝幼委政宰輔護軍庾亮恐其兵彊難制下優詔徵之峻素疑亮欲害已不應命朝廷使諷諭之峻曰臺下云我欲反豈得活耶我寧山頭望廷尉不能廷尉望山頭乃結祖約爲亂以討庾亮爲名遂舉兵渡江破王師入宮城縱兵侵掠窮兇極暴殘酷無道光禄勳王彬等皆被捶撻逼令負擔登蔣山裸剝士女哀號之聲響振内外爲陶侃温嶠等所破殺之峻司馬任讓復立峻弟逸爲帥收兵保石頭十二月石勒破劉曜於洛陽擒之關中大亂四年春正月帝在石頭侍中鍾雅右衛將軍劉超等謀奉帝出就陶侃營事覺逸使任讓將兵入收超雅

帝持抱超等悲泣曰還我侍中右衛讓不受詔殺雅等及峻平陶佩得任讓不殺帝曰任讓是殺我侍中右衛者不可宥乃殺之　雅字彦胄潁川人　超字世瑜瑯琊人少有志尚中興初爲中書舍人累拜中書侍郎穆后臨朝遷爲射聲校尉時軍校無兵伍義興人多隨超超因統其衆以宿衛爲君子營帝即位與鍾雅俱爲侍中帝遷幸石頭大雨超與雅步衛左右賊給馬惡而不騎丁卯賊將匡術以苑城歸順百官赴之戊辰峻子碩引軍又攻宫城焚燒堂殿秘閣皆盡城内大飢米斗萬錢庚午冠軍將軍趙胤太破祖約於歷陽約奔石勒　二月戊戌諸軍攻石頭李陽䐶

含大破蘇逸於查浦含等奉帝奔溫嶠舟乘輿反政群臣頓首號泣請罪甲午蘇逸以萬餘人東走延陵湖將入吳興將軍王允之追擒於溧陽初太寧中有童謠云大馬死小馬餓高山崩石自破高山謂峻也石即峻小名也時自正月雨至二月五十日及滅蘇峻黨後淫雨乃霽兵火之後宮闕荒殘帝居止蘭臺甚卑陋欲宮建平園溫嶠議遷都豫章朝士及三吳之豪議都會稽司徒王導獨曰建康古之秣陵帝皇所居孫仲謀劉玄德皆云王者之宅不可改遂定議爲

三月壬子論平賊功行賞以陶侃爲太尉封長沙公郗鑒爲司空封南昌公溫嶠爲驃騎將軍開府儀同

三司封始安公追贈死王事者贈下壼左光祿大夫餘各有差尚書郎弘訥上議訟壼子父三人同死國難詔改贈驃騎將軍謚忠貞夏四月乙未驃騎將軍開府儀同三司江州刺史始安公温嶠薨　嶠字太真司徒羡弟憺之子性聰敏有識量博學少以孝悌稱起家爲司隷都官從事奏彈無所避京都震肅平北大將軍劉琨請爲參軍爲琨謀主琨所憑恃焉及二都傾覆元帝初鎮江左琨誠繫王室謂嶠曰昔班彪識劉氏之復興馬援知漢光之可輔今晉祚雖衰天命未改吾欲立功河朔使卿延譽江南乃以嶠爲左長史檄告華夷使嶠奉表勸進嶠至引見帝具陳琨

忠誠因說社稷無主天人係望辭旨慷慨舉朝屬目
王導周顗等並與親善時江左草創綱維未舉嶠殊
以爲憂及見王導共談世務歡然曰江左自有管夷
吾復何慮因屢求返命不許除散騎侍郎累遷太子
中庶子太子深重之與爲布衣之交肅宗即位拜侍
中參綜機密尋轉中書令帝倚爲棟梁之任王敦忌
之請爲左司馬嶠謬爲誠敬深結錢鳳許立聲譽每
曰錢世儀精神滿腹鳳悅之丹陽尹缺敦表以嶠爲
丹陽尹因餞會嶠自起行酒至鳳未及飲嶠僞爲
醉以手板擊鳳幘墜作色曰錢鳳何人温太真行酒
而敢不飲敦以爲醉故兩釋之及去即路鳳入說敦

曰嶠於朝廷甚密未可信也敦曰太真昨醉小加聲色豈得以此便爲讒貳由是鳳謀不行而嶠還都遂陳敦之逆狀請爲之備敦聞與王導書曰太真别來幾日作如此事因舉兵表誅嶠以嶠爲首敦平後封建寧縣公帝即位與王導郗鑒庾亮陸曄卞壼等同受顧命輔幼主時蘇峻藏禍歷陽陶侃威重荆楚朝廷以西夏爲虞故使嶠爲形援出爲江州刺史鎮武昌下車親祭徐孺子之墓收名賢在鎮見王敦畫像曰豈有天子之賊而圖形於都下令削去之及蘇峻作逆京師不守嶠慟哭使督護王愆期要陶侃下討峻推侃爲盟主鉦鼓連于百里直指石頭侃屯蔡

洲沙浦嶠屯沙門浦義軍屢戰失利又食盡陶侃怒
欲西歸嶠固止侃曰要一戰決之乃平峻進録尚書
讓不受固辭還藩因行至牛渚磯水深不可測嶠乃
燒犀角而照之須臾見水族奇恠異狀或乘車馬著
赤衣者其夜夢人謂曰與君幽冥道別何苦相照嶠
甚惡之先有齒疾因拔之中風至鎮卒時年四十二江
州士庶莫不相顧而泣初葬豫章朝廷追思之乃爲
造大墓迎還葬元明二陵北幕府山之陽二子放之
式之秋七月詔復遭賊郡縣租稅三年九月石勒將
石季龍盡屠上邽滅劉氏大小黨族三千餘人冬十
月廬山崩是歲天裂西北有聲如雷徼西中郎將郗

默爲右將軍默過江州刺史劉胤不禮送豚一頭酒五斗默怒投于江遂矯詔入城殺胤表送首京師

五年春正月己亥朔大赦除諸將任子案吳書時諸將屯戍並留任其子爲質立一館名任子館地在宋樂遊苑西對今樓玄寺門平澤內晉有江左其制不改至此年除之庚子司徒王導以默驍勇專殺方州懼其爲亂表默爲豫州刺史便鎮武昌太尉陶侃聞默害劉胤曰此必詐也即督西陽太守鄧伯山水陸討之與導書曰郭默殺方州即用爲方州有人殺宰相便用爲宰相乎遂屠默斬其父子案晉書郭默妻兄陸嘉取官米餉妹默以爲違法欲殺嘉嘉懼奔趙默遂殺妻以明無私默河內淮人二月己巳會稽太守王舒表獻銅漏刻詔置端門西塾之西夏五月石勒將劉徵寇南沙害都尉許儒儒字思行高

陽人祖飭吴御史中丞父延河間相儒幼而立行清
素忠烈有曾閔之性早丁母　在殯遇兇賊放火儒
抱柩悲號賊為救火保護之所居一里賴全起服為
郡功曹元帝宅江左澄洗九流妙於選舉為司徒參
軍出為南沙都尉縣為石勒所寇遇害六月詔初稅
田畝三升秋八月石勒僭即皇帝位於襄國使其將
郭敬寇襄陽中州流人悉降于勒九月作新宮始繕
苑城修六門案苑城即建康宮城六門案地輿志都城周二十里一十九步本吴舊址晉江左所築但有宣陽門至成帝作新宮始修城
開陵陽等五門與宣陽為六今謂六門也南最西曰陵陽門後改名為廣陽門門
内有右尚方世謂之尚方門次正中宣陽門本吴所開對苑城門世謂之白門晉為宣
陽門門三道上起重樓懸楣上刻木為龍虎相對皆繡栭藻井南對朱雀門相去五
里餘名為御道開御溝植槐柳次最東開陽門東面最南清明門門三道對今湘宮
寺巷門東出清溪港橋正東面建春門後改為建陽門門三道尚書下舍在此門内直
東今興業寺後東度清溪菰首橋唐景雲年中江寧縣令陸彦恭於縣東門金華坊

東過清溪乃發朱雀橋路而於興業寺前開大道造金華橋青溪通淮州驛正西南兩明門門三道東對建春門即宮城大司馬門前横街也并地面用宮城無別門苑城即吳之後苑也一名建平園都城雖經五代而門墻互有修改事具下卷冬十月駕幸司徒王導宅置酒大會下車入門先拜十一月平西將軍庾亮表獻嘉橘一蔕十二實是歲無麥禾天下大飢涼州刺史西平公張駿稱臣於石勒

六年春正月戊午以運漕不繼發王公已下千餘丁各運米六斛二月丙子追贈故南沙都尉許儒高涼太守謚曰貞侯三月壬戌日有蝕之癸未詔舉賢良直言之士夏六月錢唐民猳豕産兩子皆人面狀如胡人其身猶豕異之甚也是歲江州刺史觀陽侯應詹卒　詹字思遠汝南南頓人也魏侍中璩之孫詹

幼孤以孝聞家富於財年又稚弱請族人共居委其
資産世賢焉及長質素司徒何劭見之曰君子哉若
人初辟公府掾累遷南平太守時王澄爲荆州刺史
洛陽傾覆詹流涕勸澄赴援馳檄四方辭義壯烈見
者慷慨而澄竟不從及武陵溪蠻反澄假詹天門武
陵軍事詹巡撫諸蠻召問酋長所欲蠻感德義數郡
無虞後與陶侃破杜弢於長沙賊多金寶詹一無所
取惟收圖書王敦表爲益州刺史移鎭巴東士庶攀
車號泣而送俄遷後將軍徵拜光禄勳及王敦作逆
明帝問詹計以詹爲都督前鋒軍事賊平遷江州刺
史封轞陽縣侯在州疾篤與陶侃中情好勸勵乃朝

廷以報幼主卒時年五十三謚爲列案晉書詹初與京兆韋泓爲友及卒泓製朋友之服哭之宿草追趙武祀程嬰公孫杵臼之義祭詹終身也

七年秋七月詔諸養禽獸之屬損費者多一切除之太尉陶侃遣子平西參軍斌與南中郎將桓宣攻石勒將郭敬破之尅樊城竟陵太守李陽拔新野襄陽因而戍之冬十一月壬子朔進陶侃爲大將軍詔舉賢良方正直言是月新宮成署曰建康宮亦名顯陽宮開五門南面二門東西北各一門案圖經即今之所謂臺城也今在縣城東北五里周八里有兩重墻案修宮苑記建康宮五門南面正中大司門世所謂章門拜章者伏於此門待報南對宣陽門相去二里夾道開御溝植槐柳世或名爲闕門南面近東閶闔門後改爲南掖門門三道世謂之天門南直蘭宮西大路出都城開陽門正東面東掖門正南平昌門門上有晉絡世謂之冠晉門南對南掖門第三重宮墻南面端門夾門兩大鼓在兩塾之南並三丈八尺圍用開閉城門日中晡時及曉並擊以爲節夜又擊之持更其一

者本在會稽雷門相傳去洛陽舊物打之聲應洛陽城孫恩之亂軍人斫破有雙鶴飛去爾後不復鳴義熙中始取還置於此門其東西門不見名其宮城西南角外本有池名清遊池通城中有樂賢堂並肅宗爲太子時所作蘇峻之亂宮室皆焚毀惟此堂獨存其西掖門外南偏突出一丈許長數十丈地時百度多闕但用茆苫議以除官身各出錢二千充修宮城用自晉至陳遂廢十二月帝遷于新宮

八年春正月辛亥朔朝萬國於新宮四夷列次帝詔曰昔長蛇縱暴宮室焚蕩元惡雖翦未暇營築有司屢陳朝會逼狹遂作斯宮子來之勞不日而成之既獲臨御大饗群后九賓充庭百官象物知君子勤禮小人盡力矣思蠲密網咸同斯惠其大赦天下五歲刑以下令諸郡舉力人能負千五百斤已上者丙子石勒使致賂詔焚之是月改苑倉爲太倉案吳時苑城內有倉名苑倉亦名倉城至此治苑爲宮惟倉不改在西掖門內是年改名焉四月以束帛禮高士郭文舉處士

翟湯　湯字道深尋陽人篤行廉潔不屑世事永嘉
末寇害相仍湯隱於尋陽南山盜不犯境始安太守
干寶與湯通家遣船米餉湯勑吏云翟公廉讓卿致
書訖便委船歸使者依旨湯得船米乃貨易取絹遂
附還寶寶益愧焉庾亮表之徵爲國子博士不就年
七十三卒於家

晉書高士傳郭文字文舉河内軹人也少愛山水尚嘉
遁常遊名山歷華陰觀石室洛陽陷入吳興餘杭大辟
山中倚木於樹苫覆其上而居焉時猛獸爲暴文獨宿十餘年竟無所患恒
著鹿裘葛巾採竹葉木實貿鹽米以自供人或賤價取之亦即與之嘗有猛
獸殺鹿於文菴側文以語人人賣得錢分文文曰若取自取何以相語聞者歎服
又有一獸向文張口文爲拔去其鯁骨而去明旦致一鹿於室前每有寄宿者
文爲之汲水無勸色餘杭縣令顧颺與葛洪造之颺使致韋袴褶文不納颺使
置室中乃至爛於戶内竟不服用王導爲相使迎至京師於西園築臺置之今
廢冶城中平敞見在朝士咸共觀之文頹然箕踞傍若無人温嶠嘗問曰人皆
有六親相娱先生弃之何也文曰遭世亂耳人問飢而思食壯而思室自然之
性先生獨無情乎文曰情由憶生不憶則無情又曰先生獨處窮山若疾遭命
不爲烏鳥食乎文曰埋藏者亦爲螻蟻所食又曰猛獸害人先生獨不畏乎文

曰人無害獸之心獸豈有害人之意乎又曰苟時有不寧身不得安今將用先生以濟時若何文曰山草之人安能佐時永昌中大疫文亦病王導遺藥文曰命不在藥天壽時也居冶城七年一旦忽求還山導不聽乃逃歸臨安及蘇峻作逆而臨安獨全人以爲知機自此不復語但舉手指麾及病篤臨安令萬寵候之問先生可得幾日文三舉手果十五日而終既葬於座下有木數片又覆書之上曰金雄記下曰金雌詩詩著地爛皆毀不識金雄之記言將來事多有驗也夏五月有星隕于肥鄉數一麒麟騶虞見于遼東秋七月石勒死子弘嗣立是歲作北郊於覆舟山之陽制度一如南郊案地志今縣東八里潮溝後東近青溪其西即藥園地義熙中盧循反劉裕築藥園壘即此更西即吳時任子館也

九年春正月隕石于凉州數二二月丁卯加張駿爲大將軍夏六月蜀李雄死其兄子班嗣僞位乙卯使持節侍中太尉都督荊江等八州軍事荊江二州刺史長沙郡公陶侃薨於樊谿　侃字士衡本鄱陽人吳平徙家廬江之尋陽少孤貧爲縣吏鄱陽孝廉范

逵嘗過侃時倉卒無以待賓其母乃截髮易酒撤薦飯馬逵重之言於廬江太守張夔召爲督郵遷主簿復察孝廉至洛陽除郎中後會荊州刺史劉弘之官辟侃信用累至江夏太守時陳敏據楊州令弟恢率軍西上侃拒之以運船爲戰艦或言不可侃曰用官物討官賊何爲不可遂破恢等後以母憂去職嘗有二客來弔不哭而退化爲雙鶴沖天而去及中宗即位江左加龍驤將軍武昌太守時益州刺史杜弢舉兵反破荊州刺史周顗失據侃率衆救之謂諸將曰此賊必更步向武昌吾宜還城卿等誰能忍飢鬪邪部將吳寄曰要欲十日忍飢晝當擊賊夜分捕魚

可乎以相濟侃曰卿建構也賊果來攻侃壘破之遣參軍王貢告捷於王敦敦以荆州多難用王貢説表侃爲荆州刺史鎮沔江爲杜曾所破坐免以白衣領職佐史爭上疏理之復官率周訪等進討杜曾初王貢以矯命恐獲罪遂投杜曾至是賊衆離阻貢將出挑戰侃遥謂曰杜弢爲益州吏盜用庫錢父死不奔喪卿本佳人何爲隨之天下寧有白頭賊乎貢初横脚馬上聞侃言改容下脚辭色甚順侃截鬚爲信貢遂來降弢曾等大敗王敦忌侃功左轉爲廣州刺史時温邵作梗嶺外諸將請討之侃笑曰吾威名已著何事遣兵但一函紙自足耳於是下書諭之邵懼而

走追獲於始興以功封柴桑侯侃在州無事輒朝運百甓於齋外暮運入於齋内人或問之答曰吾方致力中原過爾優逸恐不堪事及王敦平詔侃領江州刺史進都督荆雍梁益州諸軍事荆州刺史荆郢士女莫不相慶侃性聰敏勤於吏職終日危坐事有萬端曾不遺漏遠近書疏皆手自答筆翰如流未嘗壅滯引接疏遠門無停賓常語人曰大禹聖者乃惜寸陰至於衆人當惜分陰豈可遊逸生無益於時死無聞於後是自棄也諸參佐或以談戲廢事者乃命取其酒器及蒱博之具悉投之於江中曰樗蒱者牧猪奴戲耳老莊浮華非先王之法言不可行也君子

子當正其衣冠攝其威儀何有亂頭蓬首自謂宏達有奉饋者皆問其所由若力作所致雖微必喜慰賜三倍若非理得則切厲遣之嘗出行見人持一把未熟稻侃問用此何爲人云道傍所見聊取之耳侃怒曰汝既不佃而戲賊人稻執而鞭之百姓於是勤農家給人足暨蘇峻作逆京都不守平南將軍温嶠要侃同赴朝廷侃恨肅宗崩不在顧命之列言形於色謂嶠曰吾疆場外將不敢越局嶠固請之推爲盟主侃便戎服既平峻於石頭庾亮用温嶠謀詣侃拜謝侃遽止之曰庾元規乃拜陶士衡邪王導入石頭城令取故節侃笑曰蘇武節似不如是導有慚色

以平峻功進侍中太尉改封長沙郡公加都督交廣寧七州軍事移鎮巴陵後平襄陽拜大將軍劍履上殿入朝不趨讚拜不名上表固讓薨時年七十六贈大司馬侃在軍四十一年雄毅明斷自南陵至于白帝數千里道不拾遺侃性纖密頗類趙廣漢在武昌時課諸營種柳都尉夏施盜植於巴門侃行駐車問曰此武昌官柳何因在此施惶怖謝罪時殷浩庾翼等皆為佐吏武昌號為多士侃飲酒每有定限嘗會歡有餘而限已竭浩等勸更少進然不許時梅陶與親人曹識書曰陶公機神明鑒似魏武忠慎勤勞似孔明陸抗諸人不能及謝安石每云陶公用法恆得

法外意偎少時漁於雷澤得一織梭以挂于壁有頃雷雨自化爲龍而去又嘗夢身生八翼飛而上天見天門九重已入其八唯一門不開閽者以杖擊之折其左翼及寤左腋猶痛又如廁見一人朱衣介幘斂板曰以君長者故相報君後當爲公位至八州都督及統八州握彊兵據上流潛有窺窬之志每思折翼之祥自抑而止有子七人惟洪瞻夏琦旗斌稱範岱見於史餘不見録時大旱詔太官徹膳省刑恤孤寡貶費節用冬十一月石季龍殺石勒太子弘而自立爲天王于鄴十二月侍中顧和議奏舊冕有十二旒皆用玉珠今用雜珠等非禮若不能用玉可用白琁帝納之

十年春正月庚午朔帝加元服大赦改元爲咸康元年增文武位一等大酺三日賜鰥寡孤獨不能自存者米五斛甲戌詔太常改冕旒飾用玉珠案古表記自晉中興東遷舊章多闕而冕旒飾以翡翠珊瑚及雜珠等至此顗和始奏帝詔太常改之　二月甲子帝親臨釋奠夏四月石季龍寇歷陽詔加司徒王導大司馬假黃鉞都督征討諸軍事以禦之癸丑帝親觀兵于廣陽門令諸將分戍案晉書成帝紀觀兵於廣莫門案宮苑記晉時未有廣莫門據此成帝觀兵是廣陽門太史誤耳至宋永初中始改宮城北平昌門爲廣莫門廣陽門在今縣城東一里半都城南面西門也其時石季龍既寇歷陽兵亦不歷北門出也　秋七月白虹貫日八月乙丑荊州長沙武陵龍陽等三縣大水漂屋室殺人損秋稼時帝幼沖權在下之罰也十月乙未朔日有食之是歲大旱會稽餘姚尤甚米一斗五百價

人相賣

二年春正月彗星見于太微二月筭軍用稅米空懸五十餘萬碩尚書謝褒已下免官辛亥立皇后杜氏大赦增文武位一等三月散騎常侍干寶卒　寶字令升新蔡人少勤學中宗即位以領國史累遷散騎常侍修晉紀上自宣帝迄于建興凡五十三年成二十卷辭簡理要直而能婉世稱良史初父亡有所幸婢母忌之乃殉葬後十餘年母喪開冢合葬殉婢仍活取嫁之因問幽冥考校吉凶悉驗遂著搜神記三十卷將示劉惔惔曰卿可謂鬼之董狐也　案三十國春秋是年天台令蘇韶卒卒後韶從弟節見韶乘馬晝日而行着黑介幘黃絲單衣節問曰兄何由來韶曰欲改葬節因問幽冥之事韶曰死者爲鬼俱行天地之中在人間而不與生者

接顔回卜商今見爲修文郎死之與生略無有異死虛生實此有異爾節曰死者何故不復歸其尸乎對曰譬若斷兒一臂以投地就剝削之於兒有患否死者屍骸亦如此也節曰尊葬奕說死者樂乎韶曰何樂之有節曰若然兒何故改葬韶曰述生時事耳言終而不見夏四月皇后見于太廟秋七月詔賀禮三恪立周漢之後冬十月更作朱雀門新立朱雀浮航航在縣城東南四里對朱雀門南度淮水亦名朱雀橋案地志本吳南津大吳橋也王敦作亂溫嶠燒絕之遂權以浮航往來至是始議用杜預河橋法作之長九十步廣六丈冬夏隨水高下也是歲徐州刺史刁彝上書訟父協功德朝廷議詔贈本官祭以太牢協字玄亮勃海饒安人也少好經籍博聞彊記釋褐濮陽王文學永嘉初累遷河南尹未拜避難渡江元帝鎮江左用爲鎮東將軍諮祭酒中興初拜尚書左僕射于時朝廷草創憲章未立以協久在中朝諳練舊事凡所

制度儀注皆禀於協焉太興初進位尚書令協爲人性剛悍與物多忤每崇上抑下故爲王氏所疾又好使酒放肆侵毁公卿見者莫不側目然悉力盡心志在匡救元帝甚信任之以奴爲兵取將吏客使轉運皆協所建衆庶怨望及王敦（今上御名）逆上表罪協帝使督六軍出拒王敦王師敗績協與劉隗俱見帝於太極東除帝執協隗手流涕嗚咽勸令避禍乃給協等人馬使自爲計協年老不堪乘騎又素無恩於下從者皆委之行至江乘縣東爲人所殺送首於王敦中宗痛之密捕送首者誅之敦平後以協出奔不在贈例而縣本官至是子彝上疏訟之執事庾小下議追贈本官

三年春正月辛卯詔立太學於淮水南在今縣城東南七里丹陽城東南今地猶名故學夏六月旱地生毛冬十月丁卯慕容皝自立爲燕王

四年夏四月蜀將李壽殺李期僣即僞位國號漢六月改司徒爲丞相以太傅王導領之秋八月丙午分寧州置安州

五年秋七月使持節侍中丞相領楊州刺史始興公王導薨　導字茂弘瑯瑘臨沂人祖覽父裁導少有風鑒金識量清遠陳留高士張公見而竒之謂其從兄敦曰此兒容貌志氣將相才也幼與元帝尤善在洛陽常勸帝歸藩見天下將亂遂推心奉戴有興復之

志及徙鎮建鄴吴人不附居月餘士庶莫有至者導患之會敦來朝導謂敦曰琅琊王仁德雖厚而名論猶輕兄威風已振宜有以匡濟者會三月上巳帝親觀禊乘肩轝具威儀敦導及諸名賢皆騎從之吴人紀瞻顧榮賀循皆江南之望竊覘之見其如此咸驚懼乃相率拜於道左導因進計帝乃使導躬造循榮等由是吴會風靡百姓歸心自此之後漸相崇奉君臣之禮始定導為政務在清净匡主寧邦尤見委託情好日隆朝野傾心號爲仲父帝甞從容謂導曰卿吾之蕭何也初桓彝過江見朝廷微弱謂周顗曰我以中州多故來此欲求全活而衰弱如此將何以濟憂

懼不樂往見導極談世事退謂顗曰向見管夷吾無復憂矣時渡江人士每至暇日相要出新亭歡宴周顗中坐而歎江山之異相對而泣導愀然變色曰當共勠力王室剋復神州何至作楚囚而相對泣邪衆收淚謝之及中宗即晉王位累遷都督中外諸軍事領中書監録尚書事帝登尊位進侍中司空尋代賀循領太子太傅時中興草創未置史官因祖約與王隱導始啓立典籍頗具時議欲立石闕於宫門未定後導隨駕出宣陽門乃遥指牛頭峯爲天闕中宗從之案地記至今此山名天闕山自朱雀南出治御道四十里到此山天寶初改名爲仙窟山山南有芙蓉峯峯北有大石如卧鼓其山中空可坐數十人其高九尺上下有小石子吳之時人呼爲石鼓其山西峯中有石窟不測深淺古老相傳云辟支佛出所梁武帝於窟穴下置寺名曰仙窟寺窟有一石鉢盂莫知所由來

形狀甚古唐神龍初鄭尅後取將入長安反開善寺誌公屐也及劉隗用事導漸見疏遠肅宗即位平王敦後進封始興郡公位太保司徒如故劒履上殿入朝不趨贊拜不名受顧託之重帝即位給班劒鼓吹羽葆蓋及石勒侵阜陵又石季龍掠騎至歷陽俱加大司馬假黃鉞出討之賊退解大司馬轉中外大都督位太傅又拜丞相依漢制罷司徒官以并之導善於因事雖無日用之益而歲計有餘時帑藏空竭庫中惟有綀數千匹賣之不售而國用不足導患之與朝賢俱制綀布單衣於是士庶翕然競服之綀遂踊貴端至一金帝既幼沖見導每拜又嘗與導書手詔則云惶恐言中書作詔則曰敬問導妻曹

氏性妬導令別修館以安衆妾曹氏知將往焉導恐妾被辱遽令命駕猶恐遲之以所執麈尾柄驅牛而進司徒蔡謨聞之戲導曰朝廷欲加公九錫導不之覺但謙退而已謨曰不聞餘物惟有短轅犢車長柄麈尾導大怒及庾亮出鎮於外以帝舅故執朝權而趨向者多歸之導不能平嘗遇西風塵起輒舉扇自蔽徐曰元規塵汚人自漢魏已來群臣不出拜山陵導以元帝睠同布衣每一崇進皆就拜不勝悲涕由是詔百官拜陵自導始也薨時年六十四子悅嗣 案晉書導有六子悅恬洽協劭薈悅位中書侍郎性儉素帳下有甘果爛敗導令弃之謂婢曰無使大郎知也悅嘗與導弈碁爭道導笑曰相與有瓜葛那得爲爾耶初王敦上御名逆導兄含覆族使郭璞筮之卦成曰吉無不利淮水絶王氏滅後子孫繁衍竟如璞言淮即秦淮也 八月壬午復

攺丞相為司徒司空庾亮領之辛酉以護軍將軍何充録尚書事辛酉侍中太尉南昌公郗鑒薨　鑒字道徽高平金鄉人漢御史大夫慮之玄孫鑒少孤貧博覽經籍躬耕壠畝吟詠不倦以儒雅著名惠帝累拜中書侍郎以世亂辭鄉里將親屬避難於魯之嶧山中宗鎮江左承制假龍驤將軍兖州刺史鎮鄒山太寧初王敦專制內外危逼謀仗鑒為外援拜安西將軍都督楊州江西諸軍事假節鎮合肥王敦忌之表為尚書令及敦使錢鳳王含入逼京都衆議以苑城小不固勸大駕自出距戰鑒不許敦平後奏免錢鳳母年八十不坐帝即位與王導等同受顧命挾輔

少主咸和初領徐州刺史蘇峻反進位司空與郭默還丹徒立大業曲阿庱亭三壘拒賊東入之兵峻平遷太尉將拜謂所親曰平生意不及此值世紛紜遂至今日尋以疾上疏遜位薨時年七十一子愔曇案晉書初鑒屬永嘉喪亂在鄉里甚窮餒鄉人以鑒名德共飴之時兄子邁外甥周翼並小常攜之就食鄉人曰各自飢困以君賢欲共相濟耳恐不能兼有所存鑒已後獨往食訖以飯著兩頰邊還吐與二兒後並獲存鑒之薨也翼時爲剡縣令翼追撫養之恩乃棄官歸席苫心喪三年也是時始用塼壘宮城而創太上御名樓觀

六年春正月庚戌以庚翼爲安西將軍都督江荆司雍梁益六州諸軍事荆州刺史將發獻玉柄毛扇帝疑其故物侍中劉劭進曰栢梁雲太上御名匠石先君其下管絃繁奏鍾夔先聽其音稚恭之進扇以好不以

新帝大悦二月燕王慕容皝大破石季龍將石成于遼西獻捷于京師秋七月乙卯初依中興故事朔望聽政於東堂是月征西將軍荆督江荆豫益梁雍六州諸軍事司徒永昌公庾亮薨　亮字元規明穆皇后兄父琛字子美以建威將軍過江爲會稽太守卒於丞相軍諮祭酒亮美姿容善談論性好莊老風格峻整動由禮節閨門之内不肅而成時人或以爲夏侯太初陳長文之倫也年十六東海王越辟爲掾不就隨父在會稽嶷然自守時人皆憚其方嚴莫敢造之元帝鎮江左聞其名辟爲西曹掾及引見風情都雅過於所望甚器重之由是娉其妹爲皇太子妃

中興初拜中書郎領著作侍講東宮累遷給事中黃門侍郎散騎常侍時王敦在蕪湖帝使亮詣敦籌事敦與亮談論不覺改席而前退而歎曰庾元規賢於裴頠遠矣肅宗即位進中書監亮上疏讓曰臣凡庸固陋偷榮昧進臣領中書則示天下以私矣悠悠六合皆私其姻人皆有私則天下無公矣是以前後二漢咸以抑后黨安進婚族危向使西京七族東京六姓皆非姻族各以平進縱不悉全決不盡敗今之盡敗更猶姻昵臣歷觀外戚或居權寵四海側目事有不允罪不容誅身既招殃國爲之弊其故何邪猶姻媾之私群情之所不能免是以疎附則信姻進則疑疑

積於百姓之心則禍成於重闈之内矣此皆往代成鑒可爲寒心夫萬物之所不通聖賢因而不奪冒親以求一寸之用未若防嫌以明至公今恭命則愈違命則苦目雖不達幸察愚心帝納其言而止時王敦有異心亮憂懼以疾去官尋代王導爲中書監敦平後與王導受遺詔輔幼主復進中書令太后臨朝政事一決於亮時陶侃祖約以不在先帝遺詔内疑亮删除並有怨言亮懼亂出温嶠爲江州刺史仍脩石頭以備之會南頓王宗謀廢執政亮殺宗而廢宗兄羕宗帝室近屬羕國族元老又先帝保傅天下咸以亮翦削宗室琅邪人卞咸宗之黨也與宗俱誅咸兄

闌亡奔蘇峻亮符峻送闌而峻保匿之峻多納亡命
專用威刑亮知峻必亂徵爲大司農舉朝謂之不可
亮不從及峻舉兵反至于京都亮携其三弟懌條翼
等南奔溫嶠與嶠共推陶侃爲盟主侃素有憾於亮
下至尋陽議者咸謂侃欲誅執政以謝天下亮甚懼
及見侃引咎自責風止可觀侃不覺釋然乃謂亮曰
君侯脩石頭以擬老子今日反見求邪便談宴終日
亮噉薤因留白侃問曰安用此爲亮云故可以種侃
尤相稱歎曰非惟風流兼有爲政之實及至石頭又
爲峻將張耀所敗亮送節傳以謝侃侃答曰古人三
敗君侯始二當今事急不宜數爾峻平後亮進號帝

泥首謝罪乞骸骨逃竄山海帝勞之曰此社稷之難非舅之責也亮乃求出外鎮自効假節豫州刺史領宣城内史鎮蕪湖陶侃薨後拜都督江荊豫益梁雍六州諸軍事領江荊豫三州刺史遷鎮武昌時王導輔政會石勒新死亮有開復中原之謀乃以毛寶為豫州刺史與西陽太守樊峻俱戍邾城又使陶稱為南中郎將入沔中弟翼為南蠻校尉鎮江陵以陳囂為輔國將軍趣子午亮率大衆自進石頭城為諸軍聲援乃上疏朝廷議之會寇陷邾城毛寶等赴水死亮以處置失宜陳謝自貶詔不許進拜司空固讓不拜及導薨徵為司徒薨時年五十二將葬何充會之

歎曰埋玉樹於土中使人情何能已三子彬羲龢案晉書初亮所乘馬的顱殷浩以爲不利於主勸亮賣之亮曰焉有己之不安而移之於人浩慚而止冬十月林邑獻馴象十一月復琅耶比漢豐沛

七年春二月甲子朔日有食之己卯慕容皝遣使求假燕王章璽許之三月戊戌皇后杜氏崩夏四月丁巳葬恭皇后于興平陵后諱陵陽京兆人也鎮南將軍預之曾孫祖錫父乂母裴氏名穆太傅主簿遐女孝武帝立封裴氏爲廣德君初穆渡江立第於南掖門外時以裴氏壽考故呼爲杜姥宅在今縣東北三里東宮城南路西后少有姿色及長猶無齒帝將納采之日夜齒生在位七年年二十一崩無子先是三

吴女子相與簪白花望之如素柰傳言天公織女死爲之著服至是后崩案外戚傳乂字弘理性純和美姿容有盛名於江左王羲之月之曰膚若凝脂眼如點漆此神仙人也桓彝亦曰衛玠神清杜乂形清襲封當陽侯辟公府掾爲丹陽丞卒咸康初追贈金紫光禄大夫司徒蔡謨嘗言於朝曰恨諸君不見杜弘理也是月詔實編户王公已下皆正土斷白籍分江乘縣西界置臨沂縣屬琅耶郡案臨沂縣廢城在東江獨石山西臨大江在今縣北四十里也秋八月引見群臣射宴於延賢堂九月罷太僕官冬十二月除樂府雜伎罷安州癸酉侍中司空興平伯陸玩薨玩字士瑶吴郡吴人也父英兄曄曄與玩少有雅望從兄機每稱之曰我家世不乏公矣曄位尚書玩器量淹雅元帝引爲丞相參軍時王導初過江左思結人情求婚於玩玩對曰培塿無松柏薰蕕不同器玩

雖不才義不能爲亂倫之始導乃止玩嘗詣導食酪因而得疾與導牋曰僕雖吴人幾爲傖鬼其輕易權貴如此明帝即位累遷進位侍中以疾辭後進吏部尚書又讓不拜轉尚書左僕射蘇峻反玩潛說匡術以苑城歸順賊平以功封興平伯除尚書令玩自辭讓詔優答不許尋而王導郗鑒庾亮相繼而薨朝野咸以爲三良既没邦國殄瘁以玩有德望乃遷侍中司空玩既不得已受拜退謂賓客曰國家以我爲三公是天下無人也談者以爲知言玩友人詣玩索酒盃酒瀉置梁柱間呪曰當今乏材以爾爲柱石莫傾人梁棟邪玩笑曰戢卿良箴玩雖登公輔謙讓不辟

掾屬成帝勸之玩不得已而所辟皆寒素有行之士
性通雅不以名位格物誘納後進謙若布衣搢紳之
徒皆膺其德後疾篤上表乞骸骨薨時年六十四詔
給兵千人守冢七十家子始嗣案晉書玩次子綱字祖言累遷位至尚書令見會稽道子少年專政委任群小乃望宮門而歎曰好家居纖兒欲撞壞之邪朝士咸服其忠純如是也
是月東陽太守張虞
表稱郡民許以純孝詔旌表門閭蠲復其子孫　孜
字季義東陽吳寧人遭父母喪建墓於縣之東山廬
於墓自負土成墳鄉人或愍孜羸憊助其負土晝則
不逆夜並除之遣妻還本家一身自處鳥獸遊之時
有鹿犯其松栢孜悲歎曰鹿獨不念我乎明日虎殺
其鹿於松所孜見鹿死倍復惆悵取而埋之虎復出

於孜前自撲而死孜益歎息又埋其虎自後無犯纖介白鹿野雉嘗就馴宿年八十餘卒邑人號所居爲孝順里

八年春正月己未朔日有食之乙丑大赦天下二月豫州刺史庾懌送酒與江州刺史王允之允之疑其有毒與犬犬斃允之懼表帝帝怒曰大舅已亂天下小舅復欲爾邪懌聞服藥而死三月以武悼楊皇后配饗武帝廟庭夏五月有馬色赤如血入於殿前盤旋走出莫知其處六月庚寅帝不豫詔以琅琊王岳爲嗣曰琅琊王岳親則母弟體則仁長君人之風允塞時望肆爾王公卿士其輔之以祗奉祖宗明祀壬辰

引武陵王晞會稽王昱尚書監庾冰中書令何充並受遺顧命癸巳帝崩于西堂秋十月丙辰葬興平陵在縣北七里雞籠山陽與元帝同處案帝年五歲即位立十八年年二十二謚曰成皇帝廟號顯宗帝少聰敏有成人之量初南頓王宗之誅也帝不時知及蘇峻平後問庾亮曰白頭翁何在亮曰謀反伏誅帝泣謂亮曰舅言人作賊便殺之人言舅作賊復若何亮懼變色然少為舅氏所制不親庶政及長頗留心於萬機務在簡約甞欲於後園作射堂計用四十金以為勞費乃止雄武之度雖愧於前王恭儉之德足追蹤於往烈矣

建康實録卷第七

建康實録卷第八

康皇帝岳 明帝次子　孝宗穆皇帝聃 康帝長子

哀皇帝丕 成帝長子　廢皇帝奕 成帝次子

太宗簡文皇帝昱 元帝少子

康皇帝諱岳字世同成帝母弟也咸和元年封爲吴二年徙封琅耶王咸康五年領司徒八年夏六月庚寅顯宗不豫時庾氷以舅氏當朝權倖人主處易世之後戚屬疎遠將爲他人所制乃謀説顯宗曰國有彊敵宜立長君顯宗信而從之遺詔以琅耶王爲嗣甲午即皇帝位大赦諸屯戍文武及二千石官長皆不得輒離所司而來奔赴己亥封成帝子丕爲琅耶

汪弈并為東海王時帝在諒陰委政中書監庾冰等秋七月葬成帝于興平陵帝親奠於西階既發引徒行至閶闔門外素輿至陵　九月　詔琅瑘國及府吏進位各有差冬十二月壬子立皇后褚氏增文武位二等

建元元年春正月大赦改元振恤鰥寡孤獨不能自存者夏五月旱六月壬午束帛徵處士南陽翟湯會稽虞喜秋七月慕容皝大破石季龍石季龍將戴開率衆來降詔曰慕容皝摧殄羯寇斬獲八萬餘人將是其天亡之始也中原之事宜加籌畫以安西將軍庾翼爲征討大都督遷鎮襄陽以輔國將軍琅瑘內史桓溫爲前鋒假節帥衆入臨淮八月蜀李壽死子

勢嗣僞位冬十月辛巳以驃騎將軍何充爲中書監都督揚豫二州諸軍事揚州刺史録尚書輔政十一月己巳大赦天下高句麗遣使朝獻二年秋八月罷絶倒懸橦之伎九月丙申立皇子聃爲皇太子戊戌帝崩于式乾殿冬十月乙丑葬崇平陵在今縣城東北十五里鍾山之陽不起墳案帝年二十一即位立三年年二十三謚曰康皇帝初庾冰權政當朝制度年號再興中朝因改元曰建元或謂冰曰郭璞讖云立始之際丘山傾立者建也始者元也丘山諱也吾侯忘郭生之言耶冰瞿然既而歎曰如有吉凶豈改易所能救乎至是果驗

業寺記帝時置兩寺褚皇后立延興寺在今縣東南
二里運瀆西岸中書令何充立建福寺今廢也

孝宗穆皇帝

穆帝諱聃字彭子康帝長子建元二年九月丙申立爲皇太子時年二歲己亥即皇帝位大赦尊皇后褚氏爲皇太后臨朝攝政冬十一月庚辰車騎將軍庾冰卒　冰字季堅時兄亮以名德流訓冰與諸弟勤必合禮爲世所重亮甞目冰爲庾氏之寶起家累遷吳國内史與王舒擊破蘇峻將張健峻平後以功封侯不受累遷中書監都督揚豫兗三州諸軍事時王導新薨人情恇然冰兄亮既固辭不入而冰乃當重

任經綸時務不捨夙夜賓禮朝賢外擢後進由是朝野注心咸稱賢相初導輔政每從寬惠而冰頗任威刑殷融諫之冰曰前相之賢猶不堪其弘況吾者哉范注謂冰曰頃天文錯度足下宜盡消禦之道冰曰玄象豈吾所測正當勤盡人事耳及顯宗疾篤時有妄為尚書符勅宮門宰相不得前左右皆失色冰神氣自若曰必是虛妄推問果詐眾心乃定康帝即位進車騎將軍冰懼權盛乃求外出會弟翼將伐石季龍遂出都督江荊寧益梁交廣七州豫軍事領江州刺史鎮武昌帝即位獻后臨朝乃徵冰輔政冰辭以疾篤尋卒於鎮冰天性清慎及卒無絹為衾又室無

滕妾有七子後以罪並爲桓溫所誅初永令郭璞筮
卦成曰子孫必有七禍唯用三陽可以有後故以長
子希鎮山陽第三子友爲東陽遂挈家于暨陽及後
坐誅族唯友獲全永和元年春正月甲戌朔皇太后
設白紗帷於太極殿抱帝臨軒聽政大赦改元夏四
月壬戌詔會稽王昱録尚書六條事是月石季龍將
路永屯于壽陽秋七月方士戴洋卒　洋字國流吳
興長城人也年十二遇病死五日而蘇言死時天使
其爲酒藏吏授符録給吏從幡麾將往蓬萊崑崙積
石太室等諸山既而遣歸及長善風角好道術妙解
占候矣末爲臺吏時童謡歌曰猗童蔣山流漫江洋

知吴必亡遂託病還鄉里懷帝末堂邑令孫混欲迎家累洋曰此地當敗得臘不得正豈可移家於賊中乎混便止歲末陳敏作逆使弟昶攻破堂邑都水馬武見洋有道術召將赴洛洋夢神人曰洛中當敗人盡南渡楊州後五年當有天子洋信之遂不去時王敦出鎮荊州洋謂吴興陳璭曰王敦南土半路而住當還作賊及敦在武昌後南方有雲如牛北向洋語華譚曰此王敦舉兵之應也初祖約鎮譙請洋爲中典軍約府內地忽赤如丹洋曰地赤如丹血丸丸當有下反上者約問洋曰吾還東何如留壽陽留壽陽何如入胡洋曰東入失半入胡滅門留壽陽尚可尋

而牽騰率叛約約率衆將家屬奔于石勒勒果盡誅約後庾亮代陶侃鎮武昌引洋問氣候洋曰天有白氣喪必東行後近城東家夜半望見城內有數炬火從城上出如大車狀白布幔覆與火俱出城東北行至江乃滅洋聞歎曰此與前白氣同時亮欲移鎮石城或問洋當不洋曰不當洋言於亮曰武昌土地有山無林政可圖始不可居終山作八字數不及九昔吳用壬寅來上創立宮城至于己酉還下秣陵其見陶公亦涉八年土地盛衰有數人心去就有期不可移也公宜更擇吉處武昌不可久住五年亮令毛寶屯邾城九月洋言於亮曰毛豫州今年受死問邪

朝大霧晏風當有怨賊報仇後□賊果陷邾城而去亮曰天何以利胡而病我也洋言今石季龍亦當受死且不憂賊但憂公病耳亮曰如何洋曰荊州受兵江州受災公若去此二州即可亮苦不能解二州遂至大困洋曰昔蘇峻時公於白石祠中祈福許賽其牛至今未解故為此鬼所考亮曰有之君神人也或問曰庾公可得幾時洋曰見明年時□亮已不識人咸以為妄果經正月一日而薨庚午□以持節都督江荊司梁雍益寧七州諸軍事江州刺史入征西將軍都亭侯庾翼卒　翼字稚恭司徒亮之小□子風儀整俊當世莫儔善草隸書子弟皆效之後王羲之書盛內外官

重翼甚不平在荊州答書於家曰兒子輩憎家雞好野雉常見殷浩杜乂曰此輩宜束之高閣俟天下太平然後議所任耳九月丙寅皇太后詔曰今百姓勞弊其共思詳所以賑恤之是歲鎮東將軍會稽内史孔愉卒　愉字敬康會稽山陰人也其先世居梁國曾祖潛漢末避地會稽因家焉愉年十三而孤養祖母以孝聞與同郡張茂字偉康丁潭字世康齊名時人號會稽三康吳平愉遷于洛惠帝末歸鄉里行至江淮間遇石冰封雲爲亂逼愉爲參軍不從逃東還入新安山中改姓孫氏以稼穡讀書爲務信著鄉里後忽捨去皆謂爲神人而爲之立祠永嘉末中宗

辟爲參軍尋求去莫知所在建興初始出應召爲丞相掾以討華軼功封餘不亭侯愉曾行經餘不亭見籠龜於路者買而放之溪龜中流左顧者數四及是鑄侯印而左顧三鑄如初印工以告愉愉悟乃佩焉建武拜中書郎出爲司徒左長史肅宗即位累遷位侍中太常卿及蘇峻反愉朝服守宗廟賊平遷左僕射後王導將以趙胤爲護軍愉謂導曰中興已來處此官者周伯仁應思遠耳今誠乏才豈宜以趙胤居之邪導不從尋省左右僕射以愉爲尚書僕射愉年及懸車累乞骸骨詔不許拜護軍將軍會稽内史時句章縣有漢舊陂毀廢數百年愉自巡行修復故堰

溉田二百餘頃皆成良業咸都二年乃營山陰湖南侯山下數畝地爲宅草屋數間便棄官居之送資數百萬悉無所受病篤遺令斂以時服卒時年七十五子誾嗣位侍中案晉書愉有三子中子汪孝武時位侍中少子安國孝武時亦至侍中帝崩服縗經涕泗因形體羸瘦見者以爲真孝官至尚書右僕射愉弟群字敬林嗜酒王導謂曰卿恒飲酒豈不見酒家覆布乎日月久即糜爛群答曰公不見肉用糟淹更堅嘗與親故書曰今年田得七百石秫米不足了麴蘗事位至侍中卒

二年春正月丙寅大赦己卯使持節侍中都督揚州諸軍事揚州刺史録尚書事都鄉侯何充卒充字次道廬江灊人吴光禄大夫禎之曾孫幼而好學風韻淹雅以文義見稱初辟大將軍王敦府掾時敦兄含爲廬江太守貪汙敦嘗於坐中稱曰家兄在郡佳

政廬江人士咸稱之充正色曰充即廬江人所聞異於此敦默然由是忤意左遷東海王文學敦敗累位中書侍郎少與王導善嘗詣導導以麈尾指牀呼充共坐曰此君坐也顯宗即位拜黃門侍郎平蘇峻出爲會稽內史在郡尋徵侍中辭不拜轉丹陽尹時王導庾亮並言於帝曰何充器局方概有萬夫之望必能總録朝端爲老臣之副臣死之日願引充內侍則社稷無虞矣詔加吏部尚書王導薨後與中書監庾冰參録尚書事進尚書令加領軍充以內外統任難處上疏固辭許之從中書令時顯宗寢疾庾冰兄弟以舅氏當朝謀立康帝爲嗣充建議以父子相傳先

王舊典不宜改易冰等不從既而康帝臨軒冰充侍坐帝曰朕嗣鴻業二君之力充對曰陛下龍飛臣冰之力若如臣議不覩昇平之日帝有慙色建元初庾冰出鎮江州以充爲楊州刺史先是庾翼奏悉發江荆二州編戶奴爲兵士庶嗷然充復欲發揚州奴以均其謗議不成俄而帝疾篤庾冰等意在簡文充議立皇太子奏可帝既立獻后臨朝詔加中書監録尚書事庾冰卒後專輔幼主以桓温爲征西將軍領荆州刺史每曰桓温褚裒爲方伯殷浩居門下我無勞矣充爲宰相雖無澄正改革之能而有器局臨朝正色以社稷爲己任凡所選用皆以功臣爲先不以私恩

樹親戚談者以此重之性好釋典崇修佛寺供給沙門以至貧乏乃獲譏於世阮裕常戲之曰卿志大宇宙勇邁終古充問其故裕曰我圖數千户郡尚未能得即圖作佛不亦大乎于時郗愔及弟曇奉天師道而充與弟准崇信釋氏謝万譏之云二何佞於佛二郗謟於道充能飲酒雅爲劉惔所貴每云見次道飲令人欲傾家釀言其能温克也卒時年五十五二月癸丑以左光禄大夫蔡謨領司徒録尚書六條事與會稽王昱輔政夏五月西平公張駿薨子重華嗣立冬十月以桓温爲安西將軍荆州刺史温表羅含爲別駕問於衆曰此何如人或曰可謂荆楚之杞梓

温司此江海之洪環嵩嶽壽楚而已　含字君章桂
陽人少孤叔母朱氏所養好學書臥夢五色鳥飛入
口意惟之朱氏曰夢美三色且文章汝後當善文自
長沙相致仕白雀棲集上一月辛未安西將軍桓温
伐蜀拜表輒行十二月枉矢自東南流于西北其長
半天
三年春三月乙卯桓温剋成都蜀主降益州平以周
撫為益州刺史鎮彭模是月林邑范文政陷日南害
太守夏侯覽以尸祭天夏四月地震丁巳桓温執蜀
主李勢歸于京師封勢歸義侯七月范文立范貢為
帝冬十二月以侍中劉惔為丹陽尹　惔字真長沛

國相人少清雅標奇桓温嘗造之因問惔會稽王導子談論進耶惔曰極進然故第三流耳温曰第一復誰惔曰故在我輩後温乘雪欲獵過惔惔見其急裝問曰老賊欲持此何作温曰我若不爲此卿輩何得坐談惔與許詢至友及詢出郡惔九日七日詣之謂詢曰卿爲不去使我成薄德二千石時惔爲尹詢宿至室室甚麗詢曰若此保全處殊勝東山惔曰卿若知吉凶由人吾安得保此

詢字玄度高陽人父歸以琅琊太守隨中宗過江遷會稽內史因家于山陰詢幼沖靈好泉石清風朗月舉酒永懷中宗聞而徵爲議郎辭不受職遂託跡居永興肅宗連徵司徒掾

不就乃策杖披裘隱于永興西山憑樹(今上御名)堂蕭然自致至今此地名爲蕭山遂捨永興山陰二宅爲寺家財珍異悉皆是給既成啓奏孝宗詔曰山陰舊宅爲祇洹寺永興新居爲崇化寺詢乃於崇化寺造四層塔物産既罄猶欠露盤相輪一朝風雨相輪等自備時所訪問乃是剡縣飛來既而移皐屯之巖常與沙門支遁及謝安石王羲之等同遊往來至今皐屯呼爲許玄度巖也(案許玄度集遁字道林常隱剡東山不遊人事好養鷹馬而不乘放人或譏之遁曰貧道愛其神駿卒後戴安道嘗經其墓歎曰德音未遠而拱木已積冀神理綿綿不與氣運俱盡爾)

四年秋八月進安西大將軍桓溫爲征西大將軍九月丙申慕容皝死子儁嗣僞位冬十二月豫章人黃

謟造妖自號孝神皇帝聚衆寇臨川太守庾條討平之五年春正月辛巳朔大赦庚寅石季龍僭皇帝位於鄴夏四月益州刺史周撫伐朱燾破范賁獲之僞趙石季龍死五月假慕容儁大將軍幽平二州牧大單于燕王冬十一月甘露降崇平陵玄宫前殿十二月征北大將軍都鄉侯褚裒薨　裒字季野康獻皇后父也祖䂮父洽裒少有簡貴之風謝安嘗云裒雖不言而四時之氣亦備始爲郗鑒參軍平蘇峻後累遷將軍領中書令帝即位皇后臨朝裒以后父進録尚書事嘗自以近戚懼獲譏嫌固辭請居藩出爲徐兖二州刺史征北大將軍開府儀同三司鎮京口薨時

年四十七墓在丹徒縣南七里初裒微角時曾詣庾亮亮使郭璞筮之卦成璞駭然亮曰有不祥乎璞曰此非人臣卦不知此少年何以乃爾二十年外吾言方驗及此二十九年而康獻皇太后臨朝有司以裒皇太后父議加不臣之禮歆嗣位至祕書監

六年春正月帝臨朝以裒喪故懸而不樂閏月趙冉閔殺石鑒僭天王位國號魏氏鑒弟祗又僭位於襄國丁丑彗星見于亢己丑氐帥苻洪遣使來降以爲氐王封廣川郡公秋八月苻洪子健率衆入關遣參軍杜伯獻捷京師冬十二月司徒蔡謨廢爲庶人謨字道明陳留人以孝廉隨中宗過江累遷位[illegible][illegible]

工太尉成帝元會將作樂宿懸於殿所司奏非祭祀燕饗則無設樂之制謨上議臨軒宜有金石之樂遂從謨議臨軒作樂自此始也及帝臨軒以司徒蔡謨數召不至爲有司奏至是免官初謨渡江見彭蜞大喜曰蟹有八足加以二螯令烹之既食委頓方知非蟹詣謝尚說之尚曰卿讀爾雅不熟幾爲勸學死蔡晉書譜廢後數年詔爲光禄大夫辭不受陳病篤乞骸骨就賜几杖時又有荀道明諸葛道明皆有名時人語曰京師三明諸葛道明名恢父靚吳亡入洛值亂又奔江東爲臨沂令王導戲爭族姓曰人言王葛不言葛王恢曰譬言驢馬不言馬驢豈驢勝馬也

七年春正月辛丑苻健僭稱秦王赦關中秋七月甲辰濤水入石頭溺死者數百人九月峻陽太陽二陵崩帝素服臨於太極殿三日遣兼太常趙拔脩復山

陵冬十一月石祗將姚弋仲來降以爲大單于封高
陵公弋仲子襄爲平北將軍平鄉公
八年春正月辛卯日有蝕之壬辰苻健僭帝號於長
安乙巳雨木冰二月遣殿中都尉王惠如洛陽脩衍
五陵夏四月冉閔爲慕容儁僭帝位於中山國號燕
八月冉閔子智以鄴來降安西將軍謝尚使建武將
軍濮陽太守戴施應之進據枋頭會冉智行人劉猗
至施乃止猗使求傳國璽猗歸以告智智猶豫不許
施因遣叅軍何融率壯士七百人入鄴登三臺助戍
譎之曰今且可出璽付我凶寇在外道路梗澀亦未
敢即送當遣單使馳白天子天子聞璽已在吾邊知

卿等至誠必發重兵相救舟智與蔣幹謀信之乃出璽付麒麟詣施施使麒麟賫璽馳還壽春謝尚使振武將軍胡彬率騎三百衛送京師告太廟百寮畢賀案璽傳秦始皇造也方四寸以玉爲之上蟠蚊螭其文曰受命于天既壽永昌自秦傳漢入魏魏入西晉西晉永嘉末洛陽陷帝璽爲劉聰所得及石勒滅劉氏璽入石虎僞趙冉閔誅石勒而璽又入冉閔自永嘉末洎永和八年凡四十二年而璽始歸於晉也九月中軍將殷浩率衆北伐

九年春正月乙卯朔大赦丙寅皇太后與帝同拜建平陵三月交州刺史阮敷討林邑范佛於日南破其五十餘壘秋七月丁酉地震有聲如雷八月遣兼太尉河間王欽往洛陽脩復五陵

十年春正月己酉朔帝臨朝以五陵未復懸而不樂前涼張祚僭帝號於姑臧二月己丑太尉桓溫伐關

中三月廢朔浩爲庶人以前會稽内史王述爲揚州刺史夏四月己亥桓温大破前秦苻健子萇於藍田六月王師敗於白鹿原温引還是歲三麥不登

十一年春三月辛亥右軍將軍會稽内史王羲之稱病去官歸誠告誓於父母墓　羲之字逸少司徒導之從子也父曠淮南太守元帝過江曠首創其議羲之幼訥於言人未奇之年十三嘗謁周顗顗察而異之時重牛心炙坐客未噉顗先割啗羲之由是知名及長尤善隷書爲古今之冠論者稱其筆勢飄若遊雲矯若驚龍深爲從伯敦導所重嘗謂曰汝是吾家佳子弟也陳留阮裕爲王敦主簿有重名敦以羲之

不減主簿與王承述之父王悅爲王氏三少時太尉
郗鑒使人求女婿於導導令就東廂遍觀子弟使者
歸謂鑒曰王氏諸少年並佳然聞信至咸自矜持唯
一人在東牀坦腹食獨若不聞鑒曰正此佳婿訪之
乃逸少也遂以女妻之起家爲秘書郎累遷侍中吏
部尚書皆不就尋拜右將軍會稽內史時揚州刺史
殷浩與桓溫不協羲之爲書與浩言國家安危在於
內外和不和又爲書止浩北伐浩並不從遂爲殘與
會稽王陳浩不宜北伐□□□人外寧猶有內憂今
外不寧而內憂已深勸□□□守合肥廣陵許昌譙郡
梁彭城須立根□然□□謀未晚皆不從羲之雅好

服食養性及爲會稽[illegible]江便有終焉之志時高士許詢孫綽李充支遁[illegible]東土羲之嘗與同志宴會集於會稽山陰之蘭亭羲之自爲序以申其志時人以潘岳詩序方其文羲之比於石崇聞之甚喜性愛鵝聞會稽有孤居姥養一鵝善鳴求市未能得遂攜親友命駕就觀姥聞羲之來烹鵝以待之羲之嘆惜彌日又山陰有道士養鵝羲之往觀焉意悅因求之道士曰爲寫道德經當舉群相贈羲之欣然寫畢籠鵝而歸深以爲樂又嘗詣門生家見棐几滑淨因書之眞草相半後爲其父誤刮去之門生驚懊累日嘗居蕺山見一老姥持六角扇賣之羲之書其扇各

爲五字姚初歎惋因謂姚曰無苦但言是王右軍書以求百金耶姚如其言人競買之後姚復將數扇來請書羲之笑而不答每自稱我書比鍾繇當抗行比張芝草猶鴈行初羲之書不勝庾翼郗愔及暮年方妙嘗以章草答庾亮而翼深歎伏因與羲之書云吾昔有伯英章草十紙過江顛狽亡失常歎妙迹永絶忽見足下答家兄書煥若神明頓還舊觀時驃騎將軍王述少與羲之齊名而羲之甚輕之情好不協述先爲會稽以母喪居郡境羲之代述止一弔遂不重詣述深爲恨後朝廷徵述爲揚州刺史羲之恥爲麾下遣使詣朝廷求分會稽爲越州行人失辭大

爲時賢所笑既而内懷慚歎謂諸子曰吾不減懷祖而位遇懸邈當由汝等不及坦之故邪乃稱疾罷郡於父母墓前自誓去榮禄畢志林泉遨任世弋釣與許邁等共脩服食之事遊名山不遠千里　邁字叔玄一名映丹陽人也家世冠族祖上侍中散騎常侍父副秘書監封西城侯生七子邁與穆皆得道天降玉板署上清真人羲之每造未嘗不彌日忘歸相與爲世外之交邁遺羲之書云自山陰南至臨安皆有金堂玉室仙人芝草左元放之徒漢末得道者皆在焉羲之自爲傳述靈異之跡十卷邁因遠遊名山不歸改名爲玄字遠遊與妻孫氏書告別令改醮有答

書在婦人集中羲之有七子五子知名玄之早亡次凝之亦工草隸　徽之字子猷性卓犖不羈爲大司馬桓温參軍蓬首散髮不綜府事又爲車騎桓沖兵曹參軍沖嘗問卿署何曹似是馬曹又問管幾馬曰不知馬何由知數又問馬比死多少曰未知生焉知死嘗從沖行值暴雨徽之因下馬排入車中謂沖曰公豈得獨擅一車時吴中有一家種好竹徽之便出造竹下諷嘯不顧主人將出主人乃閉門徽之以此賞之盡歡而去嘗寄空宅中便令種竹指竹曰何可一日無此君耶時在山陰夜雪初霽月色清朗四望皓然獨酌酒詠左思招隱詩忽憶戴逵逵時在剡

即命小船詣之經宿方至造門不前而返人問其故徽之曰本乗興而行興盡而返何必見安道邪嘗與弟獻之共讀高士傳獻之賞井丹高潔徽之曰未若長卿慢世時人皆欽其才而穢其行自黄門侍郎棄官東歸與獻之俱病篤時術人云人命應終而有生人樂代者則死者可生矣徽之謂術人曰吾才位不如弟請以餘年代之術人曰代死者以己年有餘得以足亡者爾今君與弟筭俱盡何可代也未幾獻之卒徽之哭慟既而上靈牀取獻之遺琴彈之久而不調歎曰嗚呼子敬人琴俱喪因頓絶卧疾月餘而卒

子　楨之字公幹歴位侍中時桓玄爲太尉朝目畢

而收涕告訴舉止有異常童嶠甚奇之及長善音樂博綜衆藝司徒王導深器之比於王戎常呼爲小安豐辟司徒掾始到府通謁導以其有勝會謂曰聞君能作鴝鵒舞一坐傾想寧有此理否尚便著衣幘而舞導令坐者撫掌擊節尚俯仰有中傍若無人累位至江夏義陽隨三郡太守時安西將軍庾翼鎮武昌尚數詣翼諮謀軍事翼呼共射曰卿若破的當以鼓吹相賞尚應聲中之即以副鼓吹給之尚性清簡至官悉壞布帳分軍士作襦袴尋轉爲安西將軍豫州刺史鎮壽春進討苻健將張遇於許昌爲遇所敗後以獲璽功遷尚書僕射鎮西將軍在壽春採拾樂人

并制石磬以備太樂江表有金石之樂自尚始案塔寺記今興嚴寺即謝尚宅也南直竹格巷臨秦淮在今縣城東南一里二百步尚嘗夢其父告之曰西南有氣至衝人必死竹當其衝家無一至汝宜脩福建塔寺可禳之其未暇立寺可杖頭刻作塔形見有氣來可擬之尚梧懼乃造塔寺遂刻小塔施杖頭恒置左右後果有異黑氣遥見西南從天而下始如車輪漸弥大直衝尚家以杖頭指之氣便回散闔門獲全氣所經處數里無復孑遺遂於永和四年捨宅造寺名莊嚴寺宋大明中路太后於宣陽門外太社西藥園造莊嚴寺改此爲謝鎮西寺至陳太建元年寺爲延火所燒至五年豫州刺史程文秀更加脩復孝宣帝降勑改名興嚴寺至今也六月前秦符堅殺符生而自立爲帝秋七月符堅將張平以并州來降拜并州刺史八月丁未立皇后何氏大赦天下賜酺三日鰥寡孤獨孝義力田米各有差逋租宿債一切放免冬十月皇后見于太廟

二年春正月司徒會稽王昱歸政事三月佽飛督王饒獻鴆鳥帝怒鞭饒二百使焚鳥於四達之衢夏五

月大水有星孛于天船六月慕容儁盡陷河北之地

秋八月安西將軍謝奕卒 奕字無奕鯤之次子累位桓溫府司馬溫尚南康公主主忌溫甚憚之動經年不入其室奕每以酒逼溫溫逃酒入主門奕遂升溫廳事吏命酒引一直兵共飲謂之曰失一老兵得一老兵亦何恠也公主謂溫曰君若無狂司馬我何由得相見 案三十國春秋云謝鯤爲桓溫司馬升平二年七月卒所逼桓溫入主門即是鯤案謝尚奕並是鯤子尚年十歲遭父憂年十五卒升平元年五月尚死七月奕亡無容此歲謝鯤始卒鯤歷職又不爲桓溫司馬曾爲王敦司馬永昌元年王敦舉兵破京師鎮石頭不朝而去鯤諫令入朝敦不從斯晉史又明著矣方寺記事何至於誤哉 十一月雷地震

三年春二月涼州城東泥中有火此火沴水之妖也

三月甲辰詔以比年出軍糧運不繼王公已下十三戶

借一人一年助運是歲詔復輔國將軍豫州刺史州陵侯毛寶本封　寶字碩真滎陽陽武人王敦用爲臨湘令後蘇峻作逆溫嶠以兵千人屬之使爲前鋒次于茄子浦時峻送米萬斛饋祖約於江西寶率所領登岸破之悉獲其米嶠嘉之表爲廬江太守時祖約黨桓宣背約屯於馬頭約使祖渙桓撫攻之寶懸軍救宣大爲渙所破箭中寶髀徹鞍革使人蹋鞍拔箭血流滿韡夜奔船所行到先哭戰亡將士洗瘡訖夜還救宣至營渙等引退寶因進破祖約於合淝尋召還討蘇峻於石頭峻死　衍以苑城降陶侃侃使寶守苑城賊遣韓晃攻之寶登城射殺十數人晃問寶

曰君是毛廬江耶寶曰是晃曰君名壯勇何不出鬭寶曰君若健將何不入鬭晃笑而退賊平以功封州陵侯庾亮西鎮上明請爲輔國將軍謀北伐上表進寶豫州刺史守邾城石季龍遣其子鑒與將軍夔安李菟等來攻邾城寶求救於亮亮懼不時遣軍城遂陷左右突圍赴江死者六七千人寶亦溺死詔以寶之傾敗不加追贈至是始議復之案毛寶傳初寶在武昌軍人有於市買得一白龜長四五寸養之漸大放諸江中邾城之敗養龜人披鎧持刀自投於水如覺墮一石上視之乃先所養白龜長五六尺送至東岸遂免寶二子穆之安之穆之子珍球璩璠瑾瑗等六人璩最知名

四年春二月鳳將九雛再見于豐城衆鳥隨之夏四月姑臧澤中有火此火亦沴水之妖明年涼王張天

錫殺執政張邕。秋七月，以軍役繁，省用徹膳。八月辛丑朔，日有蝕之。冬十月，天狗流于西南。十一月，封太尉桓溫爲南郡公，弟沖爲豐城公，子濟爲臨賀公。

五年春正月戊戌，大赦天下，賜鰥寡孤獨米人五斛。二月，南掖門馬足陷地，得銅鍾一，有二四字。（案：南掖門是建康宫南面東門，陳朝改爲端門，南出都城開陽門，即宣陽東門也。）夏四月，大水，桓溫使弟豁取許昌。鳳皇見于沔北。五月，帝不豫。丁巳，崩于顯陽殿。秋七月戊午，葬永平陵，在今縣城北十九里幕府山之陽，周四十步，高一丈六尺。（案：晉十一帝有十陵，元、明、成、哀四陵在雞籠山之陽，陰葬不起墳；康、簡文、武、安、恭五陵在鍾山之陽，亦不起墳；唯孝宗一陵在幕府山起墳也。）帝年二歲即位，立十七年，年十九崩，謚穆皇帝，廟號孝宗。案：帝時置僧尼寺三所：何皇后

寺左縣東一里南臨大道彭城敬王造彭城寺在今縣東南三里西大門臨古御街鎮西將軍謝尚造謝寺今改名興嚴寺即延興寺東陽運瀆東岸也

哀皇帝

哀帝諱丕字千齡成帝長子咸康八年封爲琅琊王升平三年除驃騎大將軍五年五月丁巳穆帝崩皇太后令曰帝奄不救疾胤嗣未建琅琊王丕中興正統合當儲貳往以幼冲未堪國難故顯宗高讓今義望情地莫與爲比於是百官備法駕迎琅琊王庚申即皇帝位大赦天下改封弟東海王奕爲琅琊王秋八月己卯夜天裂廣數丈有聲如雷九月戊申立皇

后王氏以章穆何皇后居永安宮案宮本東海王第脩以爲宮在今縣城東北七里近宮東北角栢玄脩南州折其材木移入西宮以地爲隸射宮也冬十二月加涼州刺史張玄靚爲大都督隴右諸軍事隴西公

隆和元年春正月壬子朔大赦改元減田税畝收二斗二月丙子尊所生妃周氏爲皇太妃三月丙寅朔日有蝕之夏四月旱詔出輕繫賑困乏丁丑涼州地震浩亹山崩案五行志前涼滅亡之兆前燕將呂護寇洛陽五月丁巳北中郎將庾希鄧遐等舟師救洛口破呂護護退走小平津秋七月西中郎將袁真進次汝南運米五萬斛以饋洛陽前中軍將軍都督楊豫徐兗青五州諸軍事楊州刺史殷浩卒于東陽之信安　浩字深源陳

郡長平人也父羨字洪喬將爲豫章太守都下人
士因其致書百餘函羨行次板橋浦皆投之江水中
曰沉者自沉浮者自浮殷洪喬不爲致書郵也其貧
性介立如此終於光祿勳浩識度清遠弱冠有美名
尤善玄言與叔父融俱好老易融與浩談則辭屈著
篇則融勝由是浩爲風流談論者所宗或問浩曰將
莅官而夢棺將得財而夢糞何也浩曰官本臭腐故
將官而夢尸錢本糞土故將得財而夢穢時人以爲
名言起家累遷司徒左長史除侍中安西軍司並稱
疾不起遂屏居墓所十年于時擬之管葛王濛謝尚
伺其出處以卜江左興亡因相與省之知浩有確然

之志既反相謂曰深源不起當如蒼生何康帝建元末庾冰何充相繼卒簡文始綜萬機衛將軍褚裒乃薦浩爲揚州刺史浩上疏陳讓固請自三月至七月乃受拜焉時桓溫既滅蜀威勢轉振朝廷憚之故簡文引浩爲心膂於是與溫頗相疑貳浩既參朝權潁川荀羨爲義興太守時王羲之與浩情洽密說浩羨令與溫和同浩不從及石季龍死胡中大亂朝廷欲遂蕩平關河進浩爲中軍將軍都督揚豫徐兖青五州諸軍事浩既受命以中原爲己任上疏北征許洛將發墜馬時咸惡之既而以兖州刺史蔡裔等爲前鋒師次壽春會秦苻健殺大臣關中不和浩請進

征西大將軍桓溫侍中大司馬都督中外諸軍事録尚書事假黃鉞秋七月張天錫殺張玄靚自稱大將軍西平公丁酉葬皇太妃妃姓周氏汝南人選入成帝宮有寵生帝及海西公拜爲貴人帝即位詔崇爲皇太妃儀服同於太后而葬不附陵廟八月有星孛于角亢入于天市九月壬戌大司馬桓溫北伐癸亥皇太子生大赦冬十月甲申立陳留王世子恢爲陳留王

二年春二月改左將軍爲游擊將軍罷右軍前軍後軍五校三將官癸卯帝親耕藉田三月庚戌朔大開戶人嚴法禁稱爲庚戌制帝幼好黃老斷穀服長生

藥過分不豫辛未崇德太后臨朝攝政案晉書哀帝服長生藥過度中毒不識万機太后臨朝攝政夏四月前燕將李洪侵許昌王師敗於懸瓠桓温使西中郎袁真鑿陽儀道以通運率舟師北伐五月以桓温為楊州刺史録尚書事詔徵温入相温辭不從秋七月丁卯復徵入朝八月温至赭圻遂城而居之是歲詔移陶宫於淮水北遂以南岸窑處之地施僧慧力造瓦官寺

三年春正月庚申皇后王氏崩后諱穆之太原晋陽人也司徒左長史濛之女初為琅瑘王妃王即帝位立為皇后三年崩謚曰靖后無子　濛字仲祖安西司馬訥之子少放縱不為鄉曲所齒晚節克巳勵行

有風流美譽善隸書美姿容甞覽鏡自照稱其父字曰王文開生如此兒邪居貧帽敗自入肆買之嫗悅其貌爭遺新帽與劉惔齊名時人以惔方荀奉倩以濛比袁曜卿凡稱風流者舉濛惔爲宗焉簡文爲會稽王時嘗與孫綽商略諸風流人綽言曰劉惔清蔚簡令王濛溫潤恬和桓溫高爽邁世謝尚清易令達而濛性和暢與劉惔爲簡文入室之賓累遷位司徒左長史晚求爲東陽不許及濛病乃恨不用之濛聞之曰人言會稽王癡眞癡也疾漸篤於燈下轉麈尾歎曰如此人曾不得四十也年三十九卒臨殯劉惔以犀柄麈尾置棺中因慟哭久之謝安亦稱美之

曰王長史語甚不多可謂有令音也二子脩藴脩字敬仁明秀有美稱起家爲著作郎遷中軍司馬未拜而卒年二十四臨終歎曰無愧古人年與之齊矣

二月甲午疾篤丙申帝崩于西堂三月葬安平陵在縣北九里鷄籠山之陽、帝同慶帝年二十二即位立四年年二十五謚哀帝帝雖即尊位而政不由己軍事權於桓溫機務在於會稽天子不得自由故興寧童謡云雖復寧轉復無聊生

案帝時置一寺興寧二年僧慧力造瓦官寺在今縣東南三里半井岡東偏也

廢皇帝

廢帝諱弈字延齡哀帝之母弟咸康八年封東海王穆帝升平四年拜車騎將軍五年改封琅琊王興寧三年二月哀帝崩無嗣皇太后詔曰琅琊王明德茂親屬當儲副於是百官奉迎於第丁酉即皇帝位大赦天下三月前燕慕容恪攻陷洛陽秋七月己酉改封會稽王昱爲琅琊王以昱子昌明爲會稽王壬子立皇后庾氏冬十月梁州刺史司馬勳反自稱成都王桓溫使江夏相朱序討平之十二月大赦改明年爲太和元年夏四月旱五月戊寅皇后庾氏崩七月癸酉葬孝皇后于敬平陵后諱道憐車騎將軍冰之女初爲東海王妃及即位立爲皇后無子九月曲赦

梁益二州是歲涼州楊樹生松戒曰不改柯易葉楊者柔脆之木今松生其上非永久之葉將集危亡之地（案五行志此張天錫滅亡之徵）

二年春正月北中郎將庾希有罪亡入海冬十月以琅琊王昱爲丞相是歲尚書令王述卒　述字懷祖太原人祖湛少有識度身長七尺八寸龍顙大鼻隱德人謂之癡父承早卒少孤事母以孝聞安貧守約不求聞達性沉靜每坐客馳辯異端競起而述處之恬如也年三十尚未知名人或謂之癡司徒王導始辟爲中軍參軍既見無他言唯問以在東米價述但張目不答導曰王掾不癡人何言癡也嘗見導每

發言一坐莫不贊美述正色曰人非堯舜何得每事盡善遂改容謝之累遷會稽内史以母憂去官服闋代郗浩爲揚州刺史初至主簿請諱報曰亡祖先君名播海内遠近所知内諱不出門餘無所諱加中書監固讓經年不拜還遷尚書令述每受職不爲虚讓至是子坦之諫以爲故事應讓述曰汝爲我不堪邪坦之曰非也但克讓自美述曰既云堪何復爲讓人言汝勝我不及也後坦之爲桓温長史温欲爲子求婚於坦之坦之還家省父而述愛坦之雖長大猶抱置於膝上坦之因言温意述大怒遽排下曰汝竟癡耶詎可畏温面以女妻兵也及坦之見温乃辭他故

温曰此尊君不肯爾遂止初述家貧求試宛陵令頗受贈遺而脩家具爲州司所驗有一千三百條王導使人謂曰名父之子不患無禄屈臨小縣甚不宜爾述荅曰足自當止時人未之達也及居州郡清潔絶倫禄賜皆散之親故始爲當時所歎但性急爲累嘗食雞子以箸刺之不得便怒擲於地雞子圓轉不止便下以屐齒蹈之不得瞋甚掇内口中嚼而吐之及外重位每以柔克爲用謝奕性麤嘗忽述極言駡述述無所應面壁而已居半日奕去始復坐人以此稱之是年以老上疏乞骸骨歸丘園詔不許述竟不起是時年六十六初桓温平洛陽議欲遷都朝廷憂懼

將遣侍中止之述曰温欲虚聲威朝廷非事實也但從之自無所至事果不行子坦之嗣

三年春三月丁巳朔日有蝕之癸亥大赦夏四月癸巳雨雹大風折木冬十二月有神降于鄴自稱湘女聲與人接不見其形

四年夏四月庚戌大司馬桓温伐前燕秋九月大赦大破燕將傅末波於林渚戊子温進至枋頭爲燕將慕容軍設伏所破而還辛丑慕容垂又追敗温後軍於襄邑冬十月大星西流有聲如雷是月豫州刺史袁真以壽陽叛十一月桓温自山陽與琅琊王昱會于塗中將謀後舉十二月城廣陵而居之

五年春二月袁真死陳郡太守朱輔立真子瑾嗣事
三月桓温征瑾屠壽陽斬袁瑾等首因謂參軍郗超
曰足以雪枋頭之恥乎超答曰此未厭有識之情也
公六十之年敗於大舉不建不世之勳未足以鎮愜
民望其唯廢立之事温深信焉秋七月癸酉朔日有
蝕之九月益州妖賊李金根反立李弘爲聖王梓潼
太守周虓討平之冬十一月苻堅王猛伐慕容暐剋
鄴虜有燕地

六年夏四月大赦賜鰥寡孤獨米人五斛六月京師
及丹陽晉陵吴郡吴興臨海並大水冬十一月癸卯
桓温自廣陵屯于白石用郗超謀將詣闕以圖廢立

丁巳諷奏崇德太后己酉太后下令廢帝爲東海王還第供衛一如漢昌邑故事於是百官入太極前殿即日温使散騎侍郎劉享收帝璽綬帝著白帢單衣步下西堂乘犢車出神獸門群臣拜辭莫不歔欷帝初即位有野雉集于相風時又有童謡云青青御路楊白馬紫縷繮汝非皇太子那得甘露漿帝聞惡之又見桓温專恣平生爲慮乃召術人扈謙筮之卦成荅曰晋室有盤石之固陛下有出宫之象竟如其言有三子並馬韁縊殺之葬於東門罯著北一至簡文咸安二年正月又降爲海西縣公移居吳縣西柴里追貶庾氏爲夫人帝安於屈辱以保天年烈宗太元十一

年十一月崩于吴時年四十五帝年二十八即位立六
年見廢居吴十二年初和温有不臣之志欲先立功
河朔以收時望及枋頭之敗威名頓挫遂潛謀廢立
以長威權然憚帝守道恐招時議以宫闈重閟牀笫
易誣乃言帝在藩時夙有痿疾嬖人朱靈寶等參侍
内寝而二美人田氏孟氏生三男長欲封樹時人惑
之温因具事奏諷康獻太后后時方在佛堂讀經内
侍啓云外有急奏太后乃出倚户前視奏數行乃曰
我本自疑此至半便止索筆答奏云未亡人罹此百
憂感念存没心焉如割社稷大計義不獲已臨紙悲
塞如何可言初温始呈奏慮太后意異悚動汗流見

於顔色及詔令出大喜遂行廢焉弈出居吴勑吴國
内史刁彝防衞又使御史顔允監察之是年十一月妖
賊盧悚遣弟子殿中監許龍晨到門詐稱太后密詔
奉迎弈初欲從之納保母諫而止龍曰大事將捷奈
何用兒女子言乎弈曰我得罪於此幸蒙寛宥豈敢
妄動且太后有詔便應官屬來何獨使汝也因叱左
右縛之龍懼而走弈知天命不可再深慮横禍遂杜
塞聰明安於屈辱去思慮有子不育庶保天年時人
憐之爲作歌焉
案帝時侍中、中書令王坦之造臨秦安樂二寺在今
縣南二里半 南門臨秦淮水也

太宗簡文皇帝

簡文帝諱昱字道萬元帝之少子幼而岐嶷郭璞見之謂人曰興晉祚者必此人也及長清虛少欲善玄言永昌元年封琅瑘王食邑會稽宣城咸和初又徙會稽王廢帝即位又改封琅瑘領丞相録尚書事前後輔穆哀廢三帝及太和末桓温諷太后廢海西公十一月己酉温率百官具法駕乘輿迎帝立於朝堂變服著平巾幘單衣東面拜受璽綬即日即皇帝位改元咸安元年庚戌使兼太[illegible]出居中堂分兵屯衛案宗室傳太宗初即位未解嚴桓温屯中堂夜警御史中丞敬王恪奏劾温大不敬請理温罪温見歎曰此兒乃敢彈我真可畏也辛亥温使弟秘誣逼新蔡王晃與武陵

王晞謀反　晞字道升元帝中子出繼武陵王喆之後太興元年嗣封武陵王穆帝初遷太宰晞無學術而有武幹爲桓溫所忌及帝即位溫乃表晞竄[illegible]命事連袁真詔免晞官以王歸藩既而溫尋又誣新蔡王晃反與晞連結殷浩及太宰長史庾籍等同謀收付廷尉奏請誅二王帝對之泣不許溫固執之帝手詔答溫曰若晉祚靈長公便宜奉行前詔如其大運去矣請避賢路溫覽之流汗變色不復敢言帝先歷宰三世溫素敬憚及帝即位溫欲上事自陳帝引見對之悲泣溫懼無色及行武陵王等誅不果深恐帝知而安慰之尋大赦天下以溫爲丞相溫不受辛未

西温旋白石因上鎮姑孰十二月戊子詔京師有經年之儲權停一年之運辛卯熒惑逆行入太微經明年三月不退尚書右丞顧悦之上表請詔復殷浩本官　悦之字君叔晉陵無錫人與帝同歲而頭早白帝問其故悦之對曰松栢之姿經霜益茂蒲柳常質望秋先零帝悦抗表訟浩蹤奏詔追復本官位尚書右丞卒子　凱之字長康以文知於時兼善丹青妙絶古今嘗好食甘蔗每食自尾至本或問其故曰漸入嘉境曾爲殷仲堪鎮南府參軍將下都給布帆至破冢遇風船破遺仲堪書曰地名破冢真從破冢中出行人平安布帆無恙爲人好隱栢玄嘗以柳葉紿

之曰此蟬所翳葉也取以自蔽人不見已凱之深信及玄造之將葉即身玄就溺之凱之大喜以玄寶貴不見己也故俗傳凱之有三絶畫絶文絶癡絶案謝赫畫品論江左畫人吳弗興曹晉顧長康宋陸探微等上品餘皆中下品凱之能連五十匹絹畫一像使心運手須臾成頭面手足胷臆肩背無遺失尺度此其難也吳弗興晉顧長康人曽於瓦官寺初置此殿畫一維摩畫訖光耀一月餘日案京師寺記興寧中瓦官寺初置僧衆設會請朝賢鳴剎注疏其時士大夫莫有過十萬者既至長康直打剎注一百萬長康素貧時以爲大言僧後寺成請勾疏長康曰宜備一壁遂閉户往來一月餘日所畫維摩一軀工畢將欲點眸子謂寺僧曰第一日開見者責施十萬第二日開可五萬第三日可任例責施及開户光明照寺施者塡咽俄而果百萬錢也是歲散騎常侍領著作孫綽卒綽字興公太原郡人也馮翊太守楚之子永嘉喪亂幼與兄統相攜渡江博學善屬文與高陽許詢俱有高尚之志居于會稽遊放山水十有餘年乃作遂初賦以致其意常鄙山濤而謂人曰山濤吾所不解吏

非吏隱非隱吾以元禮門爲龍津則當點額暴鱗矣所居齋前種一株松常自守護隣人謂之曰樹子非不楚楚可憐但恐永無棟梁日爾綽答曰楓柳雖復合抱亦何所施邪綽與詢一時名流或愛詢高邁則鄙於綽或愛綽才而不敢詢沙門支遁試問綽君何如許答曰高情遠致弟子早已伏膺然一詠一吟許將北面矣絶重張衡左思之賦每云三都二京五經之鼓吹也嘗作天台山賦辭致甚工初成以示友人范榮期云卿試擲地當作金石聲也榮期曰恐此金石非中宮商然每至佳句輒云應是我輩語除著作佐郎性通率好機調嘗與習鑿齒同行綽在前習鑿

齒曰簸之揚之糠粃在前綽曰淘之汰之砂礫在後累遷散騎常侍時大司馬桓温欲經緯中原以河南粗平將移都洛陽朝廷畏温不敢爲異而北土蕭條人情疑懼雖並知不可莫敢先諫孫綽乃䟽諫温温見綽書不悅曰致意興公何不尋君遂初賦而彊知人家國事耶綽少以文才稱于時文士以綽爲冠卒時年五十八案孫綽傳初京師每歲除日行儺令所謂逐除也結黨連群通夜達曉家至門到責其送迎孫興公嘗著戲爲儺至桓宣武家宣武覺其應對不凡推問之乃興公案禮儺逐厲鬼也論語云鄉人儺朝服立於阼階注云儺驅逐疫鬼也亦呼爲野雲戲今俗謂儺爲野胡並訛言耳

二年春正月辛丑百濟林邑並使貢方物己酉歲星犯鎮在須女三月丁酉詔非軍國戎祀之要華飾煩費之用皆省之重詔内外百司各勤所職使善無不達

惡無不聞癸丑遣使詣大司馬并問方伯遠于邊戍宣詔大饗求其所安籌量賜給悉令周普夏四月騶虞見南昌六月遣使拜百濟王餘句爲鎮東將軍領樂浪太守戊子護軍將軍庾希舉兵反於江北自海陵入居京口桓温使周少孫破之擒希斬于建康市夷三族六月太白晝見秋七月帝不豫壬辰疾甚手詔大司馬丞相桓温曰少子可輔即輔之如不可君自取侍中王坦之毀詔進曰天下者宣元之天下非陛下之天下陛下何得私與人帝默然乙未立會稽王昌明爲太子以道子爲琅琊王六月帝崩于東堂遺詔以桓温輔政依諸葛亮王導故事冬十月丁卯

屯洛陽脩園陵又求解揚州專鎮洛陽詔不許既而
姚萇反浩懼逼棄輜重退士卒爲襄所掠士多亡散
浩又遣王彬等擊襄爲襄軍所殺諸軍敗績桓溫素
惡浩及聞其敗因上䟽罪浩浩竟坐廢爲庶人徙東
陽郡之信安縣浩少與溫齊名而每心競溫嘗問浩
君何如我浩曰我與我作周旋久寧作我也溫既雄
豪自許每輕浩及權事專征深忌之至是乗釁謀廢
浩溫因語人曰少時吾與浩共騎竹馬我棄浩輙取
之故當出我下也又謂郗超曰浩有德有言向使作
令射足以儀形百揆朝廷用違其才爾浩雖放黜口
無怨言怡神委命談詠不輟家人亦不見其流放之

慼但終日書空作咄咄怪事四字浩甥韓康伯隨至徙所經歲還都浩送至渚側詠曹顔遠詩云富貴他人合貧賤親戚離因而泣下後溫將以浩爲尚書令遣告之浩欣然許之將答書慮有謬誤開閉數四竟達空函大忤溫意由是絶之尋亦遷所子涓嗣十二月戊午朔日有蝕之詔曰戎旅路次未得輕簡賦役玄象失度亢旱爲患豈政事未洽將有板築渭濱之士邪其搜揚隱滯蠲除苛碎時童謡云外平不滿斗隆和安得久帝聞惡之大赦改明年爲興寧元年春三月壬寅皇太妃薨于琅琊第帝奔喪詔司徒會稽王昱摠内外衆務夏四月揚州地震湖瀆溢五月加

葬高平陵在今縣城東北十五里鍾山之陽不起墳帝年五十二即位立一年年五十三謚曰簡文皇帝廟號太宗帝少善容止留心墳籍不以居處爲意凝塵滿席湛如也嘗與桓溫及武陵王晞同載遊於板橋溫遽令鳴鼓吹角車馳卒奔欲觀其所爲晞大恐求下車帝安然無懼色溫由此憚服及溫仗文武之任而立帝代海西公帝雖處尊位常憂廢黜先是熒惑守太微尋而海西廢及帝登阼熒惑又守太微帝甚惡之時中書郎郗超在直帝乃引入問曰命之脩短本所不計故當無復近日事耶超曰大司馬臣溫方内固社稷外恢經略非常之事臣以百口保之及

超請省其父帝曰致意尊公國之家遂至於此由吾不能以道匡衛愧歎之深言何能諭因詠庾闡詩云志士痛朝危忠臣哀主辱遂泣下沾襟然帝雖神識恬暢而無濟世大略謝安石稱爲惠帝之流支遁嘗言曰會稽有遠體而無遠神謝靈運迹其行事亦以爲赧獻之輩也

案簡文即位自立僧寺一波提寺今廢

建康實録卷第八

建康實録卷第九　晉中下

烈宗孝武皇帝

孝武皇帝諱曜，字昌明，太宗第三子也。初，太宗見讖云「晉祚盡昌明」，及帝在孕，李太后夢神人曰：「汝生子男，必昌明為字。」及産，東方始明，因名之。太宗後聞，悟，乃泣曰：「昌明在爾耶！」興寧三年，封會稽王。咸安二年秋七月己未，立為皇太子。是日，太宗崩，太子即皇帝位。九月甲寅，追尊皇妣王氏為順皇后。后諱簡姬，太原人，父遐，字桓子，少以華族仕至光禄大夫，追贈特進。后初為會稽王妃，生子道生，以穆帝永和四年母子失意，倶坐廢，至是追尊之。冬十一月，妖賊彭城盧悚

自廣莫門入殿庭詐云海西公還遂擊將軍毛安之討平是歲三吳大旱人多餓詔所在賑給

寧康元年春正月己丑朔大赦改元戊申月掩心大星二月大司馬桓温來朝有篡奪之志頓兵新亭欲誅執政而廢帝召侍中王坦之吏部尚書謝安石將害之坦之恐將欲出奔謝安止之曰晉祚存亡在此一行君何所迯既見温坦之前大懼倉惶倒執手板流汗沾衣安石後至從容高視良久坐定謂温曰安聞諸侯有道守在四方明公何須壁後置人温笑曰不能不爾遂却兵歡語移日而罷丁亥温拜高陵寢先帝靈責遇疾而去案晉書温初廢海西公熱害殷涓恭秀庾倩及太宗崩入拜山陵左右覺其有異或云臣下

敢既登車失色顧謂從者曰向見先帝因關消形狀答曰肥短温曰向見亦在側録遂擢而母疾也三月丙午月犯南斗第五星占以大臣之憂憂之死亡癸丑詔除丹陽竹格等四航税案晉書王敦作逆賊從竹格度即此航也今縣城西南二里案地輿志六代自石頭東至運署摠二十四所度皆浮航往來以税行直淮對編門大航用杜預河橋之法其本吴時南淮大橋也一名朱雀橋當朱雀門下渡淮水王敦作逆温嶠燒絶之遂權以舶航爲浮橋成帝咸康二年侍中孔坦議復税橋行者收直以具其材但苑宫初理不暇遂浮航相仍至陳每有不虞則燒之後有驃騎航在東府城門渡淮會稽王道子立亦竹格航丹陽郡城後航總四航在晉時並收税至是年詔皆除税不收故民之往來也秋七月使持節侍中都督中外諸軍事丞相録尚書大司馬楊州牧平北將軍徐兖二州刺史南郡公桓温薨於姑孰　温字元子譙人漢五更榮之後也父彝宣城太守温生未周而温太真見之曰此兒有奇骨可使試啼及聞其聲曰真英物也彝以是嶠所歎賞故遂以温爲名嶠聞之笑

曰後將易吾姓也及長豪爽有風槩姿皃瓌偉面有七星文眼如紫石稜鬚作蝟毛磔帝尚明帝南康長公主拜駙馬都尉庾翼薦於肅宗曰桓温有雄略願陛下不以常婿畜之帝從之累遷至琅琊內史咸康七年出鎮江乘之金城案圖經金城吳築在今縣城東北五十里中宗初於此立瑯邪郡也建元元年出都督青徐兗諸軍事[illegible]安西將軍荊州刺史入永和二年西伐巴蜀行見諸葛亮八陣圖指謂左右曰此常山蛇勢也案寰書八陣圖諸葛武侯所作在魚復平沙之上壘細石爲八陣行列相去各三丈許在今夔州白帝城下江水次每至冬月水小行人泝江踐踏毀散殆盡至夏五六月暴於潦淹沒其圖復如故及冬水退次序宛然蓋靈異也既定蜀還江陵進位征西大將軍開府聞朝廷以殷浩爲楊州刺史仗其北征甚不平遂摠大將軍順流至武昌

浩懼爲逼奏請騶虞幡住溫軍時簡文作相爲書與溫言社稷計溫還軍拜表陳時利禍福進位太尉固讓不受及浩北伐敗於洛陽溫奏廢浩自此內外權歸於溫遂統步騎四萬發江陵水軍自襄陽入均口至南鄉步自淅川以征關中大破儁秦進軍灞上百姓皆持牛酒迎溫於路耆老咸相泣曰不圖今日復見官軍初溫恃麥熟取以爲軍資及入關而苻健盡芟麥苗野無可收軍糧不繼而還進位大都督委任專征尋又北伐經金城見少爲瑯琊時所種柳皆已十圍慨然歎曰樹猶如此人何以堪因攀枝涕泣遂渡淮泗長驅大破姚襄於伊水引軍入洛脩謁先帝

諸陵置令檢校乃旋軍上表請還都詔改授并司冀
三州刺史溫辭不受又加侍中大司馬都督中外諸
軍事假黄鉞䇿加羽葆鼓吹置左右長史司馬從事
中郎四人受鼓吹餘皆辭復率舟軍次合淝加楊州
牧録尚書事使侍中顏旄宣旨詔入參朝政溫固辭
内録遂城赭圻居之及鮮卑攻陷洛陽時簡文爲相
出會溫于洌洲議征討溫因移鎮姑孰自以雄武專
朝窺覦非望或卧對親僚曰爲爾寂寂將爲文景所
笑既而撫枕起曰既不能流芳後代不足復遺臭萬
載邪將遠方一比丘尼有道術至姑孰沐浴溫竊窺之
尼倮身先以刀破腹次斷兩足溫見惡之浴竟問尼

尼曰君若作天子亦當如是曾經行王敦墓望曰可人可人其心跡若是太和四年又北伐爲燕將慕容垂追敗死者過半甚耻之引歸表罪袁真真怒以壽春叛明年平壽春愠形於色參軍郗超謀勸廢立以益雄威温從其計乃詣闕誣廢海西公而立太宗多行殺戮威勢翕赫侍中謝安見而遥拜温驚曰安石何事乃爾安曰未有君拜於前自揖於後既還姑孰帝使侍中王坦之數徵爲相辭不受尋而太宗崩遺詔以温輔少主同諸葛亮王導故事温志在篡奪望簡文臨終禪位於己不爾便爲周公居攝事既不允所望憤怨與弟沖書曰遺詔使吾依武侯王公故事

爾及帝即位使謝安徵之入朝赴山陵既至新亭盛氣召侍臣將移晉鼎不果因拜陵感疾歸姑孰病甚諷朝廷加己九錫謝安等知病篤密緩其事錫文未成而薨時年六十二詔依霍光故事有六子少子玄嗣案晉書郭璞讖云頴子之薨延我國祚痛子之殞皇運其暮二子謂元子道子也及桓玄得志殺司馬道子晉祚自此傾矣初温自以雄姿風氣是宣帝劉琨之儔有以比王敦者意甚不平及北征還得一巧作老婢問之乃劉琨妓女每見温便泣問其故荅曰公甚似劉司空温大悦温出外整衣冠呼婢問之荅曰面甚似恨薄眼甚似恨小鬚甚似恨赤形甚似恨短聲甚似恨雌温不悦　八月壬子崇德太后臨朝攝政

九月復置光禄勳太司農少府等官冬十月西平公張天錫貢方物是歲南郡州陵女唐氏漸化爲丈夫

二年春正月北中郎將徐兖二州刺史刁彝卒三月丙戌彗星見于氐夏五月壬戌皇太后詔三吴義興

晉陵及會稽遭水之縣尤甚者全除一年租
聽除半年受賑貸者即以賜之八月以長秋將建權
停婚姻九月丁丑有星孛于天市冬十一月長城人
錢步射錢弘等作亂吳興太守朱序討平之
三年春正月大赦夏五月丙午中書令徐兗二州刺
史北中郎將藍田侯王坦之卒　坦之字文度太原
人祖承以永嘉亂渡江中宗拜從事中郎承性寬恕
自東渡江每遇艱險人懷危懼承夷然無憂喜色既至
下邳登山北望歎曰人言愁我始欲愁矣及至建鄴
衆親愛之渡江名臣王導衛玠周顗庾亮之徒皆出
其下爲中興第一年四十六卒朝野痛惜之自祖至

承世有高名論者以爲祖不及孫孫不及父父述性
沉靜位至尚書令坦之弱冠與郗超俱有重名
時人爲之語曰盛德絶倫郗嘉賓江東獨步王文度
時僕射江虨領選將擬爲尚書郎坦之曰尚書郎正用
第二人何得以此見擬虨乃止累遷侍中左衛將軍
爲人事風格尤非時俗之輩不敢儒教頗尚刑名學
著廢莊論以荀卿稱莊子蔽於天而不知人揚雄言
莊周放蕩而不法何晏云鬻莊軀放玄虛而不周乎
時變引三賢之説以爲理當簡文即位朝事委之帝臨
崩受遺詔及桓溫薨坦之與謝安共輔幼主遷中書
令都督徐兖青三州諸軍事北中郎將徐兖二州刺

史鎮廣陵時謝安石好聲律朞功之慘不廢妓樂頗以成俗坦之遺書苦諫之往返數四案晉書謝安與坦之書曰僕所求者聲謂稱情義無所不可爲復聊以自娛耳若絜軌跡崇世教亦非所屑常謂君粗得鄙趣者猶未悟之濠上耶故知莫逆未易爲人坦之答云具君雅旨此是誠心而行獨往之美然恐非大雅中庸之謂意者以爲人之體韻猶器之方圓方圓不可錯用體韻豈可易處各順其方以弘其業則歲寒之功必有成矣吾子少立德行體義淹允加以令地優游自居僉曰之談咸以清遠相許至於此事實有疑焉公私二三莫見其可以此爲濠上□□若得□□□且天下之寶故爲天下所惜天下之所非何爲不可以天下□□心乎想君幸復三思安竟不從坦之□與沙門竺法師甚厚每共論幽明報應便要先死者當報其事後經歲師忽來云貧道已死罪福皆不虛惟當勤修道德以升濟神明爾言訖不見坦之尋亦卒臨終與謝安桓沖書言不及私唯憂國家之事朝野甚痛惜之四子愷愉國寶忱秋八月□□□□皇后王氏大赦加文武位

一等冬十月癸酉朔日有蝕之十二月帝釋奠于中堂祠孔子以顏回配[illegible]甲由[illegible]竟[illegible]太元元年春正月壬寅朔帝加元服見于太廟皇太后歸政甲辰大赦改元丙午帝始臨朝還改官鎮甲子詔建平等四陵夏五月癸王地震甲寅詔議獄緩刑大赦天下秋九月符堅將苟萇收陷張天錫虜之盡有涼州之地乙巳除度田收租之制王公已下口稅米三斛蠲在役之身冬十月移淮北流人於淮南十一月已巳朔日有蝕之詔太官徹膳是歲給事中散騎常侍護軍長史許穆卒　穆字思玄一名謐祖尚父副穆少知名簡文在藩為世外之交起家為太學

博士累遷位散騎常侍護軍長史雖居蟬冕心在道術以第四兄遠遊嘉遁不返遂表許辭榮太宗不奪其志許穆乃宅於茅山與楊羲遍該靈奥于降王札所授爲上清眞人年七十二解駕違世案晉書曰許長史生四子第三子翽字道翔母陶氏早亡亦得道在洞府易遷宮中翽[illegible]清[illegible]世研精上業恒居茅山宅太和中眞誥云後十六年當度東華爲上[illegible]青童當侍帝晨[illegible]書爲上清仙公與長子並職北帝目也侍中翽長兄揆一名[illegible]次兄虎牙一名聯並得道揆孫靈寶又得道梁高祖爲於山別立朝眞館長史[illegible]宅[illegible]天監十三年立爲朱陽觀今之崇陽觀是也宅南一井即長史所穿南一塘[illegible]以[illegible]谷日公[illegible]案茅山記小茅山北有一山名雷平山[illegible]爲北[illegible]許長史宅今[illegible]觀前有眞人壇其山東北又接方隅山山有燕口洞洞下有[illegible]方[illegible]錦眞誥云[illegible]太和五年於茅山[illegible]隱[illegible]居此[illegible]

二年春正月詔繼絕世紹功臣之後閏二月壬午地震暴風拔木壞屋揚沴石秋尚書令王彪之卒彪之字叔武琅邪臨沂人也父彬少雅正與兄廙俱渡江中

宗引爲典書令興建[illegible]遷位侍中初從兄敦舉兵入石頭帝使彬勞敦會周顗遇害彬素稔善先往哭顗甚慟而見敦敦怪其有慘容而問其所以彬曰向哭伯仁情不得已敦怒曰伯仁自致刑戮且凡人遇汝復何爲者哉彬曰伯仁長者君之親友在朝雖無謇諤亦非阿黨而赦後加之極刑所以傷其死因勃然數敦曰兄抗旌犯順殺戮忠良謀圖不軌禍及門戶而音辭慷慨聲淚俱下敦大怒厲聲曰爾狂悖乃可至此爲吾不能殺汝耶時王導在坐爲之懼勸彬曰有脚疾已來見天子尚欲不拜此復何謝敦曰脚痛孰若頸痛彬意氣自若殊無懼容後敦議舉兵

向京師彬切諫敦變色目左右收彬彬正色曰君昔歲害兄今又殺弟耶（案晉書敦從兄稜爲豫章太守敦害之故彬有此言）敦平遷至尚書右僕射彪之年二十鬚鬢皓白時人謂之王白鬚起家爲東海王文學時從伯導謂曰選官欲以汝爲尚書郎汝幸可作諸王佐耶彪之曰位之多少既不足計自當任之於時至於超遷是所不願復累遷進位侍中吏部尚書時簡文執政當南郊訪彪之應有赦彪之答云中興已來郊祀往往有赦愚意常謂非宜何者黎庶不達其意將謂郊祀必赦至此時凶愚之輩復生心於僥倖矣帝遂從之時太尉桓温欲北伐輒下武昌人情震懼或說揚州刺史殷浩引身告

退彪之議且當靜以待之請相王作手書示以成敗浩曰史大事正自難頃日來欲使人闚聞卿謀意始得了温亦奉帝旨不進既而長安人雷弱兒梁安等詐云殺苻健苻眉請兵應接會那浩出鎮壽陽便進據洛營彪之上疏弱兒梁安等容有詐僞浩未宜輕進尋而弱兒果詐姚襄反叛浩大敗退帝笑謂彪之曰果如卿言卿自頃已來謀無遺策除尚書僕射出爲會稽内史居郡八年豪右屏迹亡户歸者三萬餘口桓温下至姑孰坐免彪之去郡頃之召爲僕射及温將廢海西公百僚震慄温亦色動莫知所爲彪之知温不臣迹已著理未可奪乃謂温曰公阿衡皇家

使可倚傍先代耳命取霍光傳看之禮度儀注定於須臾曾無懼容溫歎曰作元凱不當如是耶時廢立之儀既絶於曠代朝臣莫有識其故典者彪之神彩毅然朝服當皆文武儀準莫不取定朝廷以此服之及簡文崩群臣疑惑未敢立嗣或云當須大司馬處分彪之正色曰君崩太子代立大司馬何容得異於是朝議乃定及孝武即位太皇太后令以帝幼沖加在諒闇令溫依周公居攝故事彪之不奉命謹具封還内請停事遂不行溫薨後太后臨朝遷尚書令與謝安共掌朝政既老乞骸骨不許轉護軍將軍謝安欲更營宮室彪之曰中興初即位東府殊爲儉陋元明

二朝亦不改制蘇峻之乱成帝止蘭臺都坐殆不蔽寒暑是以更營修築方之漢魏誠爲儉狹復不至陋殆合豐約之中今自可隨宜增修彊寇未殄不可大興功力安曰宫室不壯後世謂人無能彪之曰任天下事當保國寧家朝政惟允豈以修屋宇爲能耶安無以奪之故終彪之世不改宫室彪之當朝綱紀皆如此也疾篤詔賜錢三十万以營藥卒年五十六二子越之臨之

三年春正月尚書僕射謝安石以宫室朽壞啓作新宫帝權出居會稽正第二月始工内外日役六千人安與大匠毛安之决意修定皆仰模玄象躰合辰極

并新制置省閤堂宇名署時政（今上御名）太極殿欠一梁乃有梅木流至石頭津津主啓聞取用之因畫花於梁上以表瑞焉又起朱雀門重樓皆繡栭藻井門開三道上重名朱雀觀觀下門上有兩銅雀懸楣上刻木為龍虎左右對（案地圖朱雀門北對宣陽門相去六里名為御道夾開御溝植柳朱雀門南渡淮出國門去園門五里吳時名為大航門亦名朱雀門南臨淮水俯枕朱雀橋亦名大航橋也）夏六月熒惑守羽林秋七月新宮成內外殿宇大小三千五百間（案苑城記城外塹內並種橘樹其宮墻內則種石榴其殿庭及三臺三省悉列種槐樹其宮南夾路出朱雀門悉垂陽與槐也）辛巳帝居新宮乙酉老人星見于南方八月氐賊苻堅入漢中

四年春正月丙子謁建平等七陵二月戊午偽秦苻堅使其子丕攻陷襄陽執我南中郎將梁州刺史朱

序三月大疫壬戌詔曰狡寇縱逸藩守傾没疆埸之虞事兼平日其内外衆官各悉心勠力以康庶事又年穀不登百姓多匱其詔御所供事從儉約九親供給衆官廩俸權可减半凡諸役自非軍國事要皆宜停省以周時務夏五月苻堅頻寇郡縣六月大旱戊子征虜將軍兖州刺史謝玄討秦將句難彭超於君川大破之餘黨皆走秋八月乙未暴風揚沙走石冬十二月己酉朔日有蝕之

五年夏四月大旱赦五歲刑已下六月甲寅震含章殿四柱并殺内侍二人甲子以比歲荒儉大赦天下自太元三年已前逋租宿債皆蠲除之其鰥寡窮獨

孫老不能自存者賜米人五斛八月太常韓伯卒伯字康伯潁川人母殷浩姊賢明有行伯早孤少酷家貧年數歲母爲作襦令康伯捉熨斗謂曰且著尋爲汝作袴伯曰已足不復須母問其故荅曰如火在熨斗中而柄亦熱今既著襦皆當暖也母異之及長好學清潔注周易下繫同郡庾龢目之曰思理倫和我敬韓康伯志力彊正吾愧王文度累遷位至吏部尚書改授大常卒時年四十九九月癸未皇后王氏崩冬十一月乙酉葬定皇后于隆平陵后諱法慧哀靖皇后之姪父蘊蘊子恭弱冠見僕射謝安安深敬重之因帝納后乃訪選蘊女帝遂納焉后性嗜酒

驕妬帝深患之乃召蘊於東堂具說后過令加訓誡蘊免冠謝后於是少自改飾年二十一崩在位五年

蘊字叔仁司徒長史濛之子累遷尚書吏部郎性平和不抑寒素每一官缺求者十輩蘊無所是非連狀白之其人有地某人有才務存進達各隨其方故不得者無怨焉出爲吳興太守屬郡荒人飢輙開倉賑卹而後表請罪性亦嗜酒定后立遷五兵尚書本州大中正封建昌侯蘊固辭不受乃授都督京口諸軍事左將軍徐州刺史假節鎮于京口後爲都督浙江東五郡鎮軍將軍會稽内史卒年五十五次子恭恭弟爽嘗與會稽王道子飲道子醉呼爽爲小子爽曰

亡祖長史與簡文皇帝爲布衣之交亡姑姊伉儷二
宫何小子之有道子銜之及兄恭敗同被誅
六年春正月帝初奉佛法立精舍於殿内引諸沙門
居之丁酉初置督運御史官夏六月己巳詔改制度
減煩費損吏士員七百人秋九月辛未衛將軍謝安
石冒水軍於石頭冬十月乙卯有奔星東南經翼軫
聲如雷星説曰星迹相連曰流絶迹而去曰奔十一月襄城太守桓石虔大破
苻堅將閻震梁成於竟陵生擒震斬首七千餘級俘
獲萬人無麥禾天下大飢
七年秋八月東夷五國遣使來貢方物冬十一月太
白晝見在斗是歲梓潼太守周虓卒於秦之太原

攄字孟威汝南安人鎮西將軍撫之曾孫少有節操累遷梓潼太守寧康初前秦苻堅使楊安寇梓潼攄固守治城遣步騎數千送母妻從漢水將投江陵為堅將朱彤邀而獲之攄遂降于安送攄于苻堅堅欲以為尚書郎攄曰蒙國厚恩以至今日但老母見獲失節於此母子獲全秦之惠也雖公侯之貴不以為榮況郎任乎堅乃止自是每入見堅輒箕踞而坐呼之為氐賊堅不悅屬元會威儀甚整與攄來謂曰晉家元會何如此攄攘袂厲聲曰戎狄集聚譬猶犬羊相群何敢比天子乃使呂光征西域堅自出餞之戎士二十萬旌旗數百里又問攄曰朕衆力何如攄曰

戎夷已來未之有也堅左右以樵不遜屢請除之堅待之彌厚太元三年樵毋終既殯葬遂潛歸至漢中堅得之與符苞謀襲堅事泄引樵訊之樵曰昔漸離豫讓燕晉之微臣猶漆身吞炭不忘忠節況樵世荷晉恩豈敢忘也生爲晉臣死爲晉鬼復何問焉有司請法之堅曰殺之適成其名乃撻一百徙于太原後堅復陷順陽魏興二守皆節不撓堅數曰周孟威不屈於前丁[illegible]達[illegible][illegible]後吉祖沖不食而死皆晉忠臣也樵貴嘉平信至謚親臨哭之因上疏白旌表節義國之典也而憲之追贈益州刺史是歲六一日矣十二十八十六八四且東冶以爲鐵送所[illegible]圖名東冶照圖之置冶鑄處[illegible][illegible][illegible]東南西臨淮水去今縣[illegible]

城東八里桃花園東二里鍾山即晋汝南王初過江冢墓地

八年春二月癸未黄霧四塞三月始興南康廬陵大水平地五丈夏四月甲子太白晝見在參秋九月偽秦符堅大舉兵自來寇衆號百萬九月詔司徒琅琊王道子録尚書六條事以衛將軍謝安石爲征討大都督安乃假弟石爲都督舉冠軍將軍謝玄爲前鋒元帥西中郎將桓伊輔國將軍謝琰等摠戎八萬距秦軍於淮南冬十月符堅至項城使弟融及張地等二十萬先過淮攻陷壽春遣梁城王顯慕容屈等别屯洛澗玄既渡江使鷹揚將軍廣陵相劉牢之領鋭卒五千直指洛澗大破秦軍斬梁城及弟雲生擒

王顯慕容屈等盡收軍實甲戌大軍逼壽春初秦之入也謝安先遣龍驤將軍胡彬援壽春壽春旣陷彬糧盡路絶乃使人間行送書於石等言今賊盛糧盡恐不見大軍秦人邏遮得之馳白堅云晉懼恐謝石等逸宜速進軍堅大悅自項城率軍輕騎八萬兼道赴壽春勑軍人有言吾至者拔其舌而族之既至登壽春城壁見晉軍衆整齊又看八公山草木皆類人形顧謂弟融曰此乃勍敵何謂少乎憮然有懼色乃使朱序來說謝石玄廣稱兵威欲脅降之序至密謂石等曰今符堅已入壽春若百萬之衆悉到莫可與敵及其未會擊之可得志石與玄[illegible]堅在壽春請戰秦許之乙

玄琰進淝比堅[illegible]結陣臨淝水玄不得渡使人
謂融曰君遠涉[illegible]臨水爲陣是不欲速戰請君
稍却令將士得[illegible]諸軍緩轡而觀之不亦樂
乎融衆不許使白[illegible]堅曰但却軍令得過我自以鐵騎
十萬向水逼而殺之融遂麾軍退衆因亂不能止玄琰
與桓伊等涉淝水鼓譟決戰大破秦軍於淝南臨斬陣
符融堅中流矢衆奔潰自相踐藉投水死者不可勝計
淝水爲之不流堅與數騎棄甲宵遁聞風聲鶴唳皆
以爲王師至草行露宿飢凍死者十七八獲堅乘輿雲母
車儀服器械軍資山積牛馬驢騾十餘萬而朱序張天
錫俱奔歸冬十一月庚申詔衛將軍謝安勞旋師于金

戊壬午立陳留王世子靈誕爲陳留王乙未拜朱序
爲龍驤將軍以張天錫爲員外散騎常侍十一月以
寇難初平大赦開酒禁始增百姓稅米口五石仇池
公楊世奔還隴右遣使稱藩詔諸將分令進取
九年春正月辛亥詔建平等四陵是月劉牢之克譙
城車騎將軍桓沖拔上庸魏興新城三郡二月辛巳
使持節都督荆江梁寧益交廣七州諸軍事車騎將
軍荆州刺史桓沖卒　沖字幼子大司馬溫弟也有
武幹溫甚異之初父亡後兄弟並少家貧母患須羊
以解無由得之溫乃以沖質羊主主不欲爲質乃言
曰幸爲養買德郎買德郎沖小字也及沖爲江州刺

史厚報之溫亡後沖遷位揚豫二州刺史代溫秉政沖盡忠王室或勸沖誅除時望專執權衡沖不從及謝安輔政沖乃自解揚州求外鎮桓氏黨以爲非計莫不扼腕苦諫郗超亦深言之沖不納處之淡然無以爲恨忠言嘉謨恒盡心力專都督荊江梁寧益交廣七州諸軍事荊州刺史將之鎮武帝餞於西堂賜錢五十萬酒三百四十石牛五十頭犒賜文武祖道謝安自送至溧洲沖遂表移鎮上明時符堅舉國內侵沖深以爲根本之慮也以兵三千來赴京師謝安謂三千人不足爲損益外示閑暇固不聽下遣報朝廷處分已定兵革無闕宜以防西蕃沖聞謂左右曰

謝安有廊廟之用無經遠祚矣俄聞破秦軍內慚恚性儉素而謙虛愛士嘗浴妻送新衣沖大怒促令持去妻復送之曰衣不經新何緣得故沖笑而服之在荊州命處士南陽劉驎之爲長史驎之不屈親自往迎之禮甚恭逸人劉驎之住在南平陽歧村沖將造之值驎之在樹採桑沖遣通驎之驎之曰使君忘其陋賤猥賜光臨請先詣家君沖因詣其父父命驎之於內取濁酒菜菹沖令人代驎之斟酌其父辭曰若使官人非野民之意沖爲盡歡而去驎之亶賑窮濟急以身親其事村民感焉遂村有一獨嫗病將死謂

人曰誰當埋我唯有劉[illegible]叉[illegible]之往看自爲治棺殯之侍中張玄奏詔至江陵經陽岐村見一人持生魚半籠來造船寄作膾及維舟取之問姓名即驎之也玄素聞其名甚禮重驎之飡罷即辭去并留焉又辟驎之長沙鄧粲爲别駕備禮盡恭粲感其好賢乃起應命及臨卒言不及私唯與謝安書云妙靈靈寶尚小亡兄寄託不終以此爲恨論者益嘉之及喪下江陵士女臨江號送有七子案晉書嗣謙脩崇弘羡恬七人三月進衛將軍謝安爲太保苻堅將姚萇背堅於北地自號秦王夏四月己卯增置太學生一百人封張天錫爲西平公使竟陵太守趙統取襄陽克之

六月癸丑崇德太后褚氏崩后諱蒜子河南陽翟人征北大將軍開府儀同三司徐州刺史都鄉侯裒女少明德有器槩康帝即位立爲皇后穆帝即位尊后曰皇太后帝幼沖未親國政群臣上表請后臨朝稱制及帝冠乃歸政居崇德宮戒公卿戮力輔翼以庠不逮哀帝海西之世太后復臨朝稱制及海西廢簡文即位尊爲崇德太后及帝崩孝武帝即位幼沖桓溫又薨群臣請后臨朝帝冠歸政是年六十一崩在位四十一年凡三臨朝攝政焉初康帝建元二年十月衛將軍營兵子滕濟女妻有文在足曰天下之母灸之愈明京邑諠譁有司收繫以聞俄自建康縣

獄亡去明年康帝崩褚后臨朝此具詳也六月戊戌使兼司空高臺王彪之往洛陽脩五陵己酉葬康獻皇太后于崇平陵八月謝玄出屯彭城經略中原玄率諸軍堰吕梁水樹柵立七埭爲派擁二岸之流以利運漕進伐青州故謂之青州派時符丕爲慕容垂所逼自鄴遣參軍焦逵進謝玄青銅鏡黄金椀宛轉繩床玉如意請救玄使送于京師戊寅司空郗愔薨　愔字方回高平金鄉人太尉鑒之長子善草隸書常與姊夫王羲之高士許玄度等栖心絶穀十許年方起至司空愔子　超字嘉賓少卓犖有曠世之度桓温辟爲參軍累遷中書侍郎先父卒案三十國

春秋超既與桓温善而温有不臣之心愔深惡以誠超
超臨亡謂門人曰吾有與桓書疏草一箱本欲焚之恐
大人年尊必悲傷爲弊我死後若大損眠食可呈此箱
書及卒愔果悲慟成疾門人呈此書皆是與桓温謀
事大怒遽焚之曰小子死恨晚矣初王獻之兄弟自超
未亡見愔常躡履問訊甚脩舅甥之禮及超死後見
愔怠慢屐而候命席便遷延辭避愔甚不平歎曰使
嘉賓不死鼠子敢爾耶九月甲午加太保謝安爲大都
督揚州江荊司豫徐兖青冀幽并梁益雍涼十五州諸
軍事冬十月辛亥朔日有食之氐王以玄象乖度大赦
天下中書侍郎車胤上表議立明堂辟雍事庚午僞秦

青州刺史苻朗來降是月前滎陽太守習鑿齒卒
鑿齒字彥威襄陽人宗族富盛世爲鄉豪鑿齒少博
學洽聞以文筆稱桓温爲荊州刺史辟爲從事尋轉
西曹主簿累位遷滎陽太守以尺牘稱善既罷郡與
桓祕書曰吾以去五月三日來達襄陽每定省舅家從
北門入西望隆中想臥龍之吟東眺白沙思鳳雛之聲
北臨樊墟存鄧老之高南眷城邑懷羊公之風縱目
檀溪念崔徐之友肆睇魚梁追二德之遠未嘗不徘徊
移日惆悵極多時有桑門釋道安與鑿齒初相見道
安曰彌天釋道安鑿齒曰四海習鑿齒時人以爲佳
對時桓温覬覦非望鑿齒在郡著漢晉春秋以裁正

之起漢光武終於晉愍帝凡五十四卷以爲三國之時蜀以宗室爲王魏武雖受漢禪晉尚爲篡逆至文帝平蜀乃爲漢亡而晉始興焉引世祖諱炎興而爲禪授明天心不可以勢力彊也鑿齒尋以脚疾廢居于里巷及苻堅陷襄陽與道安俱獲於秦秦主與語大悦賜遺甚厚又以其蹇疾與征鎮書曰昔晉氏平吴利在二陸今破漢南獲士裁一人有半爾後苻堅敗歸襄陽襄鄧反正朝廷欲徵鑿齒使典國史未行會卒臨終上疏并寫所著論一篇陳自晉超繼於漢不應以魏後爲三恪子辟彊才學有父風位至驃騎從事中郎

案晉書鑿齒爲桓温西曹主簿時温有大志既平蜀召蜀人知天文者至夜執其手問國祚脩短答曰世祀方永温疑其難言乃飾辭云如君言豈獨吾福乃蒼

生之幸然今日之語自可令盡必有小小厄運亦宜說之星人曰太微紫微文昌曰三宮氣候如此必無憂虞五十外不論耳溫不悅乃止異日送絹一匹錢五千以與之星人馳詣鑿齒曰家在益州被命遠下今受旨自裁無由致其骸骨緣君仁厚乞爲標碣棺木耳鑿齒問其故星人曰賜絹一匹令僕自裁惠錢五千以買棺耳鑿齒曰君幾誤死君嘗聞于知星宿有不覆之義乎以此絹戲君以錢供道中資是聽君去耳星人大喜明日便詣溫別溫問去意乃以鑿齒言答溫笑曰鑿齒憂君誤死君定是誤活然徒三十年看儒書不如一詣習主簿

十二月，僞秦將呂光自稱制於河右，號酒泉公。是歲，慕容沖僭皇帝位于阿房。

十年春，尚書令謝石以學校陵遲，上疏請興復國學於太廟之南。案輿地志在江寧縣東南二里一百步古御街東東逼淮水當時人呼爲國子學西有夫子堂畫夫子及十弟子像西又有皇太子堂南有諸生中省門外有祭酒省二博士省舊置博士二人梁大同中又置正言博士一人加助教理禮初顯宗咸康三年立太學在秦淮水南今升橋地對東府城南小航道西在今縣城東七里廢丹陽郡城東至德觀西其地猶名故學江左無兩學及武帝置國學並入於今處也

三月，蜀郡守任權斬苻堅將益州刺史李丕，益州平。夏四月，苻堅爲姚萇、慕容沖所逼，遣使求救，詔太保謝安

率衆救秦帝自行西池宴群臣餞安賦詩者五十八人（案地志西池吳宣明太子孫登所創謂之西苑中宗即位明帝爲太子更加修之多養武士於池內築土爲臺時人呼爲太子西池今惠日寺後池也）甲子安發自石頭五月符堅奔五將山六月堅太子宏自長安來奔慕容沖入長安秋七月老人星見大旱井瀆皆竭太官共膳皆資天泉池八月丁酉使持節侍中中書監大都督揚荊等十五州諸軍事衛將軍太保謝安薨　安字安石鎮西將軍尚從弟父裒太常卿安年四歲時桓彝見而歎曰此兒風神秀徹不減王東海及總角神識沉敏風韻調暢善行書弱冠詣王濛清言良久安既去濛子脩曰向客如何濛曰此客亹亹爲來逼人王導亦深器之由是少有重名

初辟司徒府除佐著作郎並以疾辭寓居會稽與王羲之許玄度支遁等游處出則漁弋山水入則言詠屬文揚州刺史庾冰以安有重名必欲致之累徵爲尚書郎不起後吏部尚書范汪舉安爲吏部尚書以書距絶之有司奏安被召累年不至禁錮終身遂棲遲東土每往臨安山中坐石室臨濬谷悠然歎曰此亦伯夷何遠嘗與孫綽等泛海風起浪湧諸人並懼安吟嘯自若舟人以安爲悦猶去不止安徐曰如此將何歸耶舟人承言即回衆咸服其雅量安雖放情丘壑然每遊賞必以妓女從時安弟万爲西中郎將總藩任之重安雖處衡門其名猶出万之右自然有

公輔之望其妻劉惔妹也既見家門富貴而安獨静退乃謂安曰丈夫不如此安掩鼻曰恐不免耳及万黜廢安始有仕進之心時年已四十餘矣征西大將軍桓温請爲司馬將發新亭朝士咸祖送中丞高崧戲之曰卿屢違詔旨高卧東山諸人每相與言安石不肯出將如蒼生何今蒼生亦將如安石何安有愧色既到温甚喜言生平歡笑竟日安出温問左右頗嘗見我有如此容否温後詣安值其理髮安性遲緩久而方罷使取幘温見留之曰令司馬著帽其見重如此尋爲吴興太守在官無當時譽去後爲人所思頃之徵拜侍中遷吏部尚書中護軍受顧命

時桓温望簡文禪已及此疑安與王坦之等改遺詔甚怒入赴山陵止新亭大陳兵衛將移晉室使召公卿伏勇士於坐將害執政王坦之甚懼安神色自若言笑折之謀竟不行初坦之與安齊名至是方知優劣温嘗以安所作簡文謚議以示坐客曰此安石碎金也及帝富於春秋政不自己温威振內外物情噂喈至有異同唯安與王坦之盡忠匡翼及温病篤諷朝廷加九錫使袁宏具草安欲緩其事見輙改之由是歷旬不就會温薨錫命遂寢案王彪之傳桓温既病諷朝廷求九錫袁宏為文以示彪之彪之歎美其文謂曰卿固太才安可以此示人時謝安見其文又頻使宏改之宏乃逡巡其事既屢引日乃諮於彪之彪之曰聞彼病日增亦當不復支久自可更小遲迴宏從之温亦尋薨宏字彥伯少有逸才曾於牛渚夜自諷所作詠史詩時風清月朗宏音韻清致謝尚止爲鎮西夜同渚泊尋聲尋所未聞歎美之遂訪問

乃東家甚重之爲桓溫記室參軍嘗著東征賦賦末承列過江諸賢而不及桓彝人或語溫溫嫌之召於幕府因游青山命宏同乘行數里而問曰聞君作東征賦多稱先賢何不及吾家君宏答曰尊君稱位非下官敢自專故未遑啟不敢顯之耳溫疑不實命言之宏即曰風鑒散朗或搜或引身雖可亡道不可殞則宣城節信也溫泣然

安太元初進位尚書僕射代王坦之揔關中事安義存輔導雖會稽王道子亦賴弼諧之益時疆冦敵境邊書續至安鎭以和靜御以長筭德政既行文武用命不存小察弘以大理人皆比之王導而文雅過之每與王羲之登治城悠然遐想有高世之志羲之曰夏禹勤王手足胼胝文王旰食日不暇給今四郊多壘宜思自效而虛談廢務浮文妨要恐非當今所宜安曰秦任商鞅二世而亡豈清言致患耶領揚州刺史及帝親庶政遷中書監驃騎將軍錄尚

書事國讓軍號頃之加司徒後軍文武書配大府又讓不拜復加侍中都督揚豫徐兖青五州幽州之燕國諸軍事太元八年秦苻堅率衆號百萬次于淮淝京師震恐加安征討大都督玄入問計安夷然無懼色答曰已別有旨既而寂然玄不敢復言乃令張玄重請安乃命駕出土山墅宴親朋畢集方留玄圍棊賭別墅安常棊劣於玄玄是日有懼心便不勝安顧外生羊曇曰以墅乞汝（今俗謂檀城是也在今墅城東八里案地圖云謂之城子墅宋時鑿檀道濟謂之檀城自興業寺過清溪東二里）安遊陟至夜方還府內逮明指授將帥各當其任玄等既破秦軍有驛書至時安方對客圍棊看書既竟便攝放牀上了無喜色棊如故客問之徐

答曰小兒輩已破賊既罷還内過戶限心喜甚不覺屐齒之折以摠統功進拜太保既破苻堅方欲混一文軌上疏求自北征乃進都督荆揚等十五州諸軍事加黄鉞其本官悉如故性好音樂自弟方喪遂十年不聽及登台輔朞喪不廢樂衣冠效之乃以成俗又於土山營墅樓館植林竹甚盛每攜中外子姪往來遊集餚饌日費百金世頗以此譏之安殊不屑意常疑劉牢之既不可獨任又知王味之不宜專城牢之既以亂終而味之亦以貪敗由是識者服其知人後會稽王道子專權而姦謟頗相扇今上御名安遂出鎮廣陵之步丘築壘曰新城而避之安雖受朝寄然東山

之志始末不渝欲須經略海内而歸老東山未就夲志遂遏疾篤上䟽請量宜旋旆并召子琰解甲息徒詔遣侍中慰勞遂還都聞當輿入西州門自以夲志不遂因悵然謂所親曰昔桓温在時吾常懼不全忽夢乘温輿行十六里見一白鷄而止乘温輿者代其位也十六里者止今十六年矣白鷄主酉今太歳在酉吾病殆不起乎乃上䟽遜位詔遣侍中尚書諭旨先是安發石頭金鼓忽破又語未甞謬而忽一誤衆恠異之尋薨時年六十六詔贈太傅謚曰文靖案晋書曰謝安少有盛名時多愛慕鄉人有罷中宿縣者還詣安安問其歸資答曰有蒲葵扇五万安乃取其中者捉之京師士庶競市價數倍安夲能爲洛下諸生詠有鼻疾故其音濁名流愛其詠而弗能及或以手掩鼻以斆之及至新城築埭於城北後人追思之因名此埭爲邵伯埭案三十國春秋王珣妻謝万女珣弟珉妻即安女並以大義不終遂與王氏

有陳珣數辭職珣母荀氏謂珣曰苟職非其好自可固執天下豈有不死郎謝安薨珣往哭之乃先過族兄獻之獻之叙其哭安之意獻之投袂起曰吾所望於汝也既至安門謂曰公平生時不見此何由而來乎珣披撥彈前慟哭而過 是月姚萇殺苻堅而僭皇帝位於渭北亦僞號秦九月堅子丕僭帝位于晉陽冬十月詔諭淮淝功追封謝安爲廬陵郡公謝石爲南康郡公謝玄爲康樂郡公謝琰爲望蔡郡公桓伊爲永脩郡公餘封進各有差十二月太白犯歲星天下大飢是歲乞伏國仁自稱大單于秦河二州牧

十一年春正月辛未僞後燕慕容垂僭皇帝位於中山是月冠軍將軍豫州刺史桓石虔卒　石虔小字鎭惡征西將軍豁之子少有材幹驕捷絶倫從父在荆州於獵圍中見猛獸被數箭而伏諸督將素知

其勇戲令拔箭石虔因急往拔得箭猛獸跳起石虔亦跳高於猛獸猛獸伏復拔一箭以歸時人服之後隨伯父溫討關中時叔父沖為苻健所圍垂沒石虔躍馬赴之拔沖於數萬衆之中三軍歎息威振敵國時有患瘧疾者謂曰桓石虔來以怖之病者多愈其見畏如此後除竟陵太守以父豁喪去職尋而苻堅又寇淮南詔絕哭起為奮威將軍南平太守尋進冠軍將軍破堅將閻震沖卒以冠軍將軍監豫州揚州五郡軍事豫州刺史久之命移鎮馬頭求停歷陽許之卒後追論平閻震功進爵作塘侯二月戊申太白晝見在東井夏四月代王拓拔圭始自改稱魏八月庚

午詔封孔靖之爲奉聖亭侯奉宣尼祀立宣尼廟在故丹陽郡城前隔路東南案地志齊移廟過淮水北將山置之以其舊處立孔子寺所呼其巷爲孔子巷在今縣東南五里二百步長樂橋東一里冬十月後燕慕容垂使將軍馮該追斬苻丕於東垣傳首京師甲申海西公奕丼薨于十一月苻丕將苻登僭即帝位於隴東是歲[illegible]表送孫盛魏晉春秋三十卷盛字安國太原人盛以學知名累遷位祕書監著魏晉等二國春秋詞直而理正咸稱良史焉溫見言枋頭失利之過大怒盛子放叩頭於父請改之本遂兩存以正本寄[illegible]前燕慕容儁至是始求得之案晉書孫盛子放字齊莊年數歲父在荆州時庾翼子爰客候盛見放而問曰安國何在放

答曰在庾稚恭家愛容大笑曰諸孫甚盛有兒如此
放曰未若庾翼言其翼也
十二年春正月乙巳以朱序爲青兗二州刺史鎮淮
陰丁未大赦天下壬子暴風發屋折木二月戊寅熒
惑入月夏四月戊辰尊夫人李氏爲皇太妃六月京
帛聘處士戴逵　逵字安道譙國人少博學好談論
善屬文能鼓琴工書畫其餘巧藝無不畢綜總角時
以雞卵汁溲白瓦屑作鄭玄碑又爲文而自鐫之見
者莫不驚歎其詞麗其器妙太宰武陵王晞聞其善
鼓琴使人召之逵對使者破琴曰戴安道不爲王門
伶人晞怒乃更引其兄述述聞命欣然抱琴而往逵述

後居會稽之剡縣性高潔常以謹度自處深以放
爲非道乃著論去夫親殁而採蘩不逮者不仁之子
也君危而屢出近關者苟免之目也古之人未始以彼
害名教之體者何違其旨故也今之人可謂好遯迹
而不求其本故有捐本徇末之弊捨實逐聲之行是
猶美西施而學其嚬眉慕有德而折其巾角可無察
乎太元中帝連徵郡縣敦迫不已乃逃于吴吴内史
王珣有別館在虎丘山逵潛往與珣遊處積旬會稽
内史謝玄慮其不返乃上疏請絶其召命帝許之秋
八月辛巳立皇子德宗爲皇太子大赦天下增文武
位二等大酺五日賜百官布帛各有差冬十月太白

晝見於南斗

十三年夏六月旱乞伏國仁死弟乾歸嗣僞位僭號河南王閏月戊辰天鼓北下有聲如雷秋八月戊子朔寧二州刺史費統[illegible]言嘉麰生於州界冬十二月戊子濤水入石頭毁大航殺人乙未大風晝晦延賢堂災丙申螽斯百堂客館驃騎庫皆災庚子尚書令衛將軍儀同三司謝石薨　石字石奴太傅謝安之弟也起家秘書郎累遷尚書左僕射以將軍假節征討大都督與兄子玄琰破苻堅於淮淝先有童謠云誰謂爾堅石打碎故柏䧺以石名子邀其功及堅之敗功雖始於劉牢之洛澗捷而成于玄琰然石時爲

都督。苻音皇。是謝安、石、石奴等破苻堅，遷尚書令，封南康公。兄安薨後，石遷衛將軍，加散騎常侍，以疾辭，不許。疾篤，進位開府儀同三司，加鼓吹。未拜，卒，時年六十二，追贈司空，謚曰襄。子汪嗣。（案晉書：石少患面瘡，療之莫愈，乃自匿。夜有物舐其瘡，隨舐即差，舐處甚白，故世呼為謝白面。而在職務存文刻，無他才望，直以宰相弟兼有大勳，遂居清顯，而聚斂無厭，取譏於世。）是歲，散騎常侍、左將軍、會稽内史康樂公謝玄薨。玄字幼度，安西將軍、豫州刺史奕之子。少穎悟，與從兄朗俱為叔父安所器重。安常戒約子姪，因曰：「子弟亦何豫人事，而正欲使其佳？」諸人莫有言者，玄答曰：「譬如芝蘭玉樹，欲使其生於庭階耳。」安悦。玄少好佩紫羅香囊、垂覆手，安患之，而不欲傷其意，因戲賭取，即焚之。於此遂止及長有經國才略起家桓温府爲掾轉征西將軍桓豁司馬領南郡相監沔北諸軍事時僞秦符堅彊盛邊境數被侵寇朝廷求文武良將可以鎮禦北方者安乃以玄應舉中書郎郗超雖素與玄不善聞而歎之曰安違衆舉親明也玄必不負舉才也時咸以爲不然超曰吾嘗共在桓公府見其使才雖履屐間亦得其任所以知之於是徵還拜建武將軍兖州刺史領廣陵相監江北諸軍事玄次泗口進救戴遂大破符堅將彭超於白馬及符堅自率渡淮玄以八千拒之於淝水詔以功加都督徐兖青司冀幽并七州諸軍事封康樂縣公住彭城北固河上西援洛

陽內藩朝廷後會翟遼反黎陽河北騷動玄自以處分失所上疏送節盡求解所職詔慰勞令且還鎮淮陰以朱序代鎮彭城尋疾篤若上表乞歸詔慰勞給醫一人療疾玄奉詔便還病久不差上疏乞之乃轉授散騎常侍左將軍會稽內史輿疾之郡卒時年四十六子瑍嗣案晉書瑍位秘書郎早卒子靈運嗣瑍少不慧而靈運幼有文藻艷逸玄常稱曰我尚生瑍瑍那得不生靈運初玄之會稽也吏部尚書張玄之亦出爲吳興太守張玄之名亞於玄時人稱爲南北二玄論者美之

十四年春正月癸亥詔淮南所獲俘虜付諸作部者一皆散遣男女自相配匹賜百日廩其沒爲軍賞者悉贖出之襄陽淮南饒沃之地各立一縣以居之龍驤將軍劉牢之討彭城妖賊劉黎於皇丘平之二月

僞秦將呂光僭號爲三河王扶南貢方物三月
張道反太山太山太守向欽之擊走之夏四月甲辰翟
遼寇滎陽執太守張卓五月□□□□遣□□發揚州理
於東第七月旱甲寅雷震宣陽門四柱災冬十月己
巳雨木冰
十五年春正月征虜將軍朱序破慕容永於太行三
月己酉朔地震東北有聲如雷戊辰大赦天下徒囚
秋七月壬申有星孛于北河經太微三台入文昌北斗色
白長十餘丈至後月戊戌入紫微乃滅八月己巳京
師地震冬十月朱序劉牢之等大破翟遼於滑臺張
援來降

十六年春正月詔徐廣校祕閣四部見書凡三萬六千卷壬辰鵲巢太極東鴟吻二月庚申改築太廟秋九月新廟成案地志太廟中宗置郭璞遷卜定在今縣東二里青巷內及帝即位嫌廟東迫淮水西逼路至此年因修築欲依洛陽改入宣陽門內尚書僕射王珣奏以爲龜筮弗違帝從之於舊地不移更開墻埤東西四十丈南北九十丈五尺仍之至隋乃廢冬十月新作朱雀門十一月江州刺史護軍將軍永脩侯桓伊卒伊字叔夏譙國銍人父景侍中長社侯伊有武幹起家累遷建威將軍歷陽太守進都督豫州諸軍事西中郎將豫州刺史與謝玄等俱破苻堅於淝水以功封永脩侯伊性謙素雖有大功而終始不替善音樂盡一時之妙爲江左第一有蔡邕柯亭笛常自吹之王徽之赴召京師泊舟於溪素不與伊相識伊於岸

上過船中客稱伊小字曰野王也徽之便令人謂伊曰聞君善吹笛試爲我一奏伊時已貴顯素聞徽之名便下車踞胡牀爲作三調弄畢便上車而去賓主不交一言時上嗜酒司馬道子專政昏亂謝安婿王國寶諂媚於道子安惡其爲人每抑制之國寶讒諛稍行於主相之間以安功名盛極而今上御名會之嫌隙遂成帝時召伊飮宴安侍坐帝命伊吹笛即爲一弄乃放笛云臣於箏分乃不及笛然自足以韻合歌管請以箏歌并請一吹笛人帝善其調達乃勑御妓奏笛伊又云御府人於臣必自不合臣有一奴善[illegible]便串帝彌賞其放率乃許召之奴既吹笛伊便撫箏[illegible]

而歌怨詩曰為君既不易為臣良獨難忠信事不顯乃有見疑患周旦佐文武金縢功不刊推心輔王政二叔反流言聲節慷慨俯仰可觀安泣下沾襟乃越席而就之捋其鬚曰使君於此不凡帝甚有媿色桓沖卒後代沖為都督荆江十郡豫州四郡諸軍事江州刺史將軍如故假節在任數年徵拜護軍將軍卒官贈右將軍加散騎常侍謚曰烈臨死為表上馬具裝百具步鎧五百領詔嘉其忠誠深以傷悼子肅之嗣二十一國音敬太常伊好讌歌羊曇善唱樂袁山松能行路難人以為三絕

十七年春正月己巳朔大赦除逋租宿債夏六月癸卯京師[illegible]濤水入石頭毀大航永嘉郡潮水

源起逍遥樓四縣人衆充者滿六月丁丑太白晝見八月新作[illegible]衛營案[illegible]宮在宮西雖東宮實有皇后之宮[illegible]臺城西南角然西邊逶迤至此年烈宗始新於臺城東南營左衛營以其地之西安帝爲太子所居宮也義熙中詔盧循劉裕徙於秣陵建丹楊城在今縣東五里護龍寺西左御街東也九月除南郡公桓玄義興太守冬十一月癸酉以黄門侍郎殷仲堪爲都督荆益梁三州諸軍事荆州刺史冬十二月旱自秋不雨至于是月是歲司雍梁秦四州諸軍事征虜將軍朱序卒 序字次倫義陽人也父燾益州刺史世爲名將以征討功拜征虜將軍太和初遷兗州刺史寧康初遷爲梁州刺史鎮襄陽時苻堅遣苻丕圍襄陽序固守不丕率衆苦攻之序疾篤母韓氏自登城履行謂西北角當先受弊遂

領百餘婢并城中女丁於其角邪築城二十餘丈賊累攻之人謂此城爲夫人城後督護李伯護反招賊城乃没于秦案晉書初符丕圍襄陽急李伯護遂密與秦軍相應襄陽遂没序陷於符堅堅聞之反執伯護殺之以徇戒爲人臣不忠者後符堅南侵序隨至壽春因堅軍敗而奔歸拜龍驤將軍瑯琊内史豫州刺史中洛陽討丁零翟遼進征虜將軍加都督司雍梁秦四州諸軍事後慕容永向洛陽序破之退追至上黨之白水尋又鎮襄陽以老病累表解職不許卒官贈左將軍散騎常侍

十八年春正月癸卯朔地震二月有客星在尾中至九月乃滅乙未又地震夏六月己亥始興南康廬陵等郡大水深五丈秋七月旱閏月劉牢之破妖賊司馬徽於馬頭

十九年夏六月壬午追尊會稽王太妃鄭氏爲簡文宣太后秋八月己巳尊皇太妃李氏爲皇太后宮曰

崇訓是歲符登爲姚興所殺登太子崇奔于湟中僭
即皇帝位
二十年春二月作宣太后廟呼爲小廟在今縣東二
里古跡湮没后諱阿春滎陽人也父　愷字祖元安
豐太守后少孤無兄弟唯姊妹四人后最長先適渤
海田氏生一男而寡依于舅濮陽吴氏中宗爲丞相
日敬后先崩将納吴氏女爲夫人后及吴氏女並遊
後園或見之言於帝曰鄭氏女雖釐賢於吴氏女遠
矣建武元年納爲瑯琊王夫人甚有寵后雖貴幸而
恒有憂色帝問其故對曰妾有妹中者已適長沙王
褒餘二妹未有所適恐姊爲人妾無復求者帝因

容謂劉隗曰鄭氏二妹卿可爲求佳對使不失舊隗舉其從子傭娶第三者以小者適漢中李氏皆得舊門中宗召王袁爲尚書郎以悦后意后生瑯琊悼王簡文帝尋陽公主咸和元年薨至是追尊之三月庚辰朔日有蝕之秋七月太白晝見大微九月有流星如粉絮東南行歷女虛至哭入星沒十一月魏王拓拔圭大破慕容垂子寶于參谷是歲會稽王道子與尚書王珣連上疏薦會稽處士戴逵恭侍東宮會逵病死

二十一年春正月起清暑殿於華林園三月太白晝見於羽林夏四月新作永安宮丁卯大雨雹後燕慕容垂子寶嗣僞位六月呂光僭號天王位於燉煌秋

八月歲星犯哭星九月庚寅夜帝暴崩于清暑殿帝幼稱聰悟簡文之崩也時年十歲至晡不臨左右進諫答曰哀至則哭何常之有謝安嘗歎以爲精理不減先帝既長威權己出雅有人主之量既而溺於酒色召狎左右殆爲長夜之飲吴國内史亨雷公性便酒帝召與飲既醉使虎賁扶之嘯咏公曰臣位不及扶醉不至亂不宜當此時爲知言十年長星數見帝心甚惡之夜於華林園舉酒祝之曰長星勸汝一盃酒自古何有萬歲天子耶太白連年晝見地震水旱爲變者相屬曽不介意醒日既少而傍無正人竟不能改時張貴人有寵年幾三十帝戲之曰汝以年當廢矣

貴人潛怒向夕帝醉遂繼暴崩時司馬道子昏惑元顯專權竟不能推窮其罪帝初爲清暑殿有識者以清暑反爲楚聲哀楚之徵也俄而帝崩案圖經武帝嘗遊於清暑殿有一人黃衣自稱天泉池神名淋岑君謂帝曰若見善待當福祐之帝惟恐投以佩刀神怒曰君爲不道將使知之因不見遂聞鼓鼙之音而去帝乃請大沙門爲齋夜轉誦見一蛇長三丈來撲經案甚怯之後帝與宮妓泛龍舟飲宴於池有慢神色乃見形擊龍舟沉帝遂溺死與今本紀不同尋考其實則暴崩清暑非繇也冬十月甲申葬隆平陵在今縣城東北十五里鍾山之陽不起墳帝年十一即位二十四年年三十五謚曰孝武皇帝廟號烈宗論曰前史稱不有廢也君何以興若乃天挺惟神光膺嗣位邁迪雲而驤首濟沉川而能躍少康一旅之衆所以闡帝圖成湯七十之基所以興王業靜河海於既泄補穹圓於已紊事異其斯

則不由也簡文以虛白之姿在屯如之會政由桓氏祭則寡人太宗晏駕寧康纂業天誘其衷姦臣自殞于時土境西踰劍岫而跨靈山北振長河而臨清洛荊吳戰旅嘯吒成雲名賢間出舊德斯在謝安可以鎮雅俗彪之足以正綱紀桓沖之夙夜王家謝玄之善料軍事于時上天乃眷彊氏自泯五尺童子振袂臨江思所以挂旆天山封泥函谷而條綱弗垂威恩罕樹道子荒乎朝政國寶彙以小人拜授之榮初非天旨鬻刑之貨自走權門毒賦年滋愁民歲廣是以聞人許榮馳書詣闕烈宗嘉其抗直而惡聞逆耳肆一醉於崇朝飛千觴於長夜雖復昌明表夢安聽

神言而金行頹弛抑亦人事語曰大國之政未陵夷
小邦之亂已傾覆也屬符堅百六之秋棄淝水之衆
帝號爲武不亦優哉

建康實録卷第九

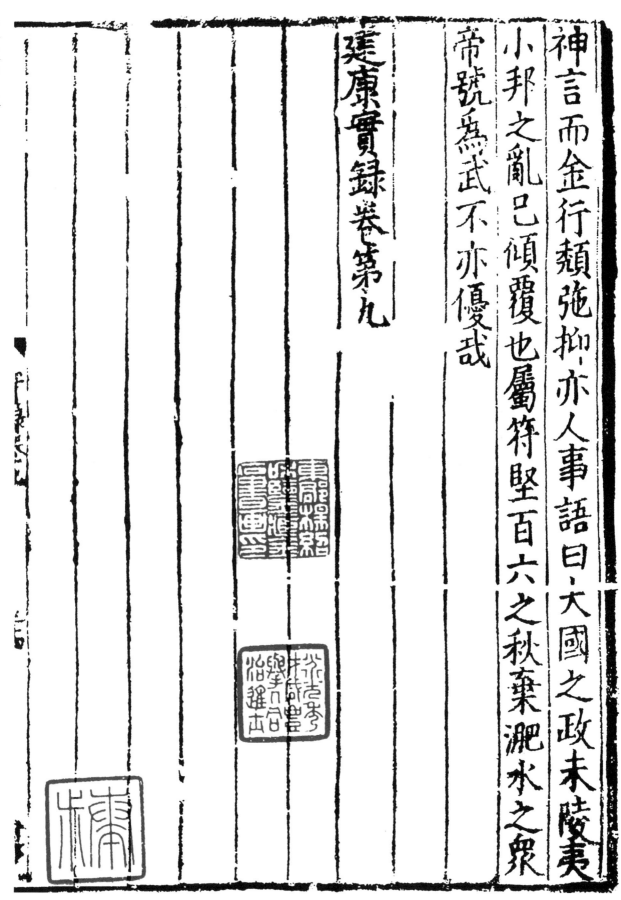

建康實録卷第十　晉下

安皇帝　恭皇帝

安皇帝諱德宗[illegible]孝[illegible]元十二年八月辛巳立爲皇太子二十一年秋九月庚申烈宗崩辛酉太子即位癸亥以司徒會稽王道子爲太傅攝政冬十月大雪隆安元年春正月己亥朔帝加元服大赦改元增文武位一等是月太傅歸政二月歲星熒惑皆入羽林甲寅尊皇太后李氏爲太皇太后追尊所生陳淑媛爲安德皇太后后諱歸女松滋尋陽人父廣平昌太守后以美色入宮寵幸生帝及瑯琊王德文宋晉書皇后以太元十三年崩戊午立皇后王氏夏四月甲戌兗州刺史王恭

豫州刺史庾楷等舉兵以討尚書左僕射王國寶爲
名國寶乃坦之中子少無士操不脩廉隅貪縱無足
妓妾珍玩充滿後堂其婦謝安女安當朝惡其傾側
每抑而不用國寶自以中興膏腴之族甚怨望從妹
既爲會稽王道子妃由是與道子遊處而間毀安焉
及道子專朝累遷中書令遂持威權扇動內外及弟
忱卒乃表自迎母并忱喪詔許之而盤桓不進爲御
史中丞褚粲所奏國寶懼罪衣女子衣託爲王家婢
詣道子告其事道子爲言於烈宗故得原國寶性既
驕蹇舉動不遵法度起齋侔清暑殿烈宗惡其僭侈
國寶懼復謟於烈宗及帝即位進從祖弟緒爲瑯琊

内史緒亦佞邪見道子皆惑之倚爲心腹共參管朝政威振内外遷尚書左僕射加後將軍悉配東宫兵仗時人咸嫉之時王恭郗仲堪皆以才器各居名藩惡道子與國寶等亂政屢有憂國之言道子亦深忌憚之將謀去其兵未及行而恭檄至以討國寶等爲名國寶惶遽不知所爲緒説國寶令矯道子命召王珣車胤殺之以除群望因挾主相以討諸侯國寶許之珣胤既至而未敢害反問計於珣珣勸國寶放兵權以迎恭國寶信之又問於胤胤曰南北同舉而荆州未至若朝廷遣軍恭必城守昔桓温圍壽陽彌時乃克若京城未拔而上流奄至君將何以待之國寶

尤懼遂上疏解職詣闕待罪既而悔之詐稱詔復其本官欲收其兵拒諸侯之兵乃委罪於國寶甲申使譙王尚之收國寶付廷尉殺之并斬王緒以謝王恭恭悅乃罷兵戊子大赦天下

二年春三月龍舟二災秋七月兖州刺史王恭豫州刺史庾楷荆州刺史殷仲堪廣州刺史桓玄南蠻校尉楊佺期等復舉兵反八月丙戌慕容盛僭即皇帝位恭黄龍九月使右將軍謝琰前將軍王珣南討己亥破庾楷于牛渚丙子會稽王道子屯于中堂會稽王世子元顯守石頭己酉召王珣入守北郊謝琰入備宣陽門王恭以司馬輔國將軍劉牢之爲前鋒次

初元年是歲吳興長城夏架山石鼓自鳴聲如金鼓古老云此石鼓鳴則三吳有兵明年孫恩作亂案晉書夏架山石鼓長丈餘面徑三尺許其下盤盤石爲之

三年春二月建康太守段業自稱涼王號天璽元年是月仇池公楊盛遣使稱藩獻方物夏六月戊子南燕慕容德陷青州害龍驤將軍辟閭渾德遂僭即皇帝位于廣固冬十月後秦姚興陷洛陽執河南太守辛恭靜十一月甲寅妖賊孫恩自入上虞攻陷會稽殺内史王凝之凝之羲之第二子攻草隷晉家世事張氏五斗米道凝之篤信焉孫恩之攻會稽僚佐請爲之備凝之不從方入靖室請禱出語諸將佐曰吾已請

大道逰許寵兵相助賊自破矣旣而無備遂爲恩所害恩旣自稱征東將軍攘會稽號其黨爲長生人分遣寇吳興殺太守謝邈司馬逸等而吳國臨海義興等官守皆逭走朝廷震懼內外戒嚴詔衛將軍謝琰輔國將軍劉牢之東討　邈字茂度父鐵太傅安之宗邈性剛鯁無所屈撓頗有理識累遷侍中烈宗嘗譏樂之後賜侍且文詔辭義有所不雅者邈輒焚毀之論者多之帝卽位遷爲吳興太守孫恩之亂東破州郡執邈逼令北面邈厲聲曰我不得罪天子何北面之有遂害之　案晉書初邈妻郗氏甚妬邈在吳先娶妾郗氏怨懟與邈書聲絕邈以其書非婦人作疑門下生仇玄達爲之遂斥逐玄達玄達怒投孫恩及此并害邈兄弟殆至滅門　甲戌謝琰劉牢之進至義興吳

子曰主上諒闇冢宰之任伊周所難願大王親萬機納直言遠鄭聲放佞人辭色甚厲至鎮遂遣使與郗仲堪桓玄相結謀誅國寶仲堪僞許之恭大喜乃抗表京師論國寶與緒不忠之罪道子懼故收國寶及緒誅之以謝恭初譙王尚之因説道子以宰相權弱樹黨自衛以司馬王愉爲江州刺史割庾楷豫州四郡使愉督之由是楷怒遣子鴻説恭言尚之兄弟專弄相權貶削方鎮宜早圖之恭以爲然謀告郗仲堪桓玄等推恭爲盟主尅期同赴京師而恭候先期舉軍遂敗與弟履復單騎奔曲阿恭久不騎乘髀肥生瘡曲阿人郗確以私船載恭藏於葦席之下將奔桓玄

至長塘湖爲商人錢彊告於長塘諸尉因擒恭送之至倪塘而桓玄將仲堪巳近朝廷聞玄等逼懼其有變就殺之恭美姿儀人多愛悅或目之云濯濯如春月柳嘗冬月披鶴氅涉雪而行孟昶見之歎曰此眞神仙中人也初見執屬一庶子於湖熟令戴耆之以託桓玄玄養之案晉書列傳王恭性雖抗直而闇於機會自矜貴不閑用兵尤信佛道臨刑猶誦佛經自理鬚鬢神無懼容謂監刑者曰我闇於信人所以致此原其本心豈不忠於社稷耶庚申遣太常卿殷茂以王恭死喻殷仲堪及桓玄玄等走尋陽冬十月新野言騶虞見壬午仲堪與桓玄等盟于尋陽推玄爲盟主十二月己丑後魏托拔圭僭即皇帝位於平城號天興元年己酉南涼禿髮烏孤自稱武威王於金城號太

竹里元顯密以重利啗牢之牢之歸降引軍屯新亭使子敬宣迎擊恭敗之　恭字孝伯光祿大夫藴之子武定皇后兄少有美譽清操過人門地高華深以自負常有宰輔之望與王忱齊名謝安常曰王恭人地可以爲將來伯舅嘗從父自會稽至都王忱訪之見恭所坐六尺簟忱謂其有餘因求焉恭輒以送之遂坐薦上忱聞而大驚恭曰吾平生無長物起家佐著作郎歎曰仕宦不爲宰相才志何足以騁因以疾辭太元中累遷丹陽尹中書令會稽王道子嘗集朝士置酒於東府尚書令謝石因醉爲委巷之歌恭正色曰居端右之重集藩王之第而肆淫聲欲令群下

何所取則時淮陵内史虞珧子妻裴氏有服食之術道子悦之引與賓客談論恭抗言曰夫開宰相之坐而有失行婦人道子甚愧之後烈宗擢時望以爲藩屏以恭爲都督青兖等州諸軍事平北將軍兖青二州刺史假節鎮京口尋改前將軍帝即位會稽王執政寵任王國寶委以機權恭每正色直言道子深憚而忿之及赴山陵罷朝歎曰榱棟雖新便有黍離之歎矣時王緒與國寶謀欲因恭入覲相王伏兵殺恭説於道子道子亦以恭不可和協王緒之説遂行於是國難始結或勸恭因入朝以兵誅國寶而庾楷黨於國寶士馬甚盛恭憚之不敢發恭遂還鎮臨别謂道

是果臨荆州自在荆州連年水旱百姓飢饉仲堪常食五椀盤無餘肴飯粒落席間輙拾以噉之雖欲率物亦緣其性眞素也及與桓玄應王恭後不受詔命朝廷憚之然與桓玄素不穆司馬楊佺期與憂欲攻玄玄知遂舉兵攻仲堪仲堪急召佺期赴戰俱爲玄所破追殺之案郭氏家傳從兄顗爲南蠻校尉有疾仲堪往省焉曰只人病可憂邪曰可憂不至滅門弟之病深可憂也

四年春正月乙亥大赦三月彗星見于太微以桓玄爲後將軍荆州刺史夏四月孫恩復寇浹口轉破餘姚使帳下督張猛別攻殺内史謝琰琰字瑗度太傅安之子與從兄玄破苻堅封望蔡公進衛將軍討孫恩鎮會稽爲張猛所破并二子肇峻同見害於塘

路案晉書後劉裕殺恭思王猶張猛送琅子琨琨刺府土食之六月庚辰朔日有蝕之秋七月壬子皇太后李氏崩於含章殿八月壬寅葬簡文太后于脩平陵　后諱陵容出自賤微始簡文為會稽王時有三子及道生廢後獻王早世諸姬絶孕十年無子乃令卜者扈謙筮之曰後房有一女當育二貴男其一終盛晉室時徐貴人美寵帝異之以無子高士許邁者朝呂時望多稱其得道帝從容問焉邁曰呂好山水本無道術斯事豈所能判願陛下當從扈謙之言以存廣接之道帝然之數年乃令善相者遍召諸愛妾示之皆云非其人時后在織坊中形長黑色宮人皆謂之崑崙既至相者驚曰此其人也

帝因召侍寢后嘗夢兩龍枕厀日月入懷意爲吉祥
太宗聞之異焉遂幸生烈宗及會稽文孝王崩時年
五十案后傳后少時善相者云終斃於虎及是見畫虎於屏風撲之因有疾而終 冬十一月以司馬元
顯爲後將軍開府儀同三司都督揚豫徐兖青幽冀
并荆江司雍梁益交廣十六州諸軍事揚州刺史封
其子彥璋爲東海王是月元顯遏吏部尚書車胤自
裁而使譲御史中丞江績爲朋黨績憂卒 江績字
仲元陳留圉人護軍灌之子有志氣累遷南郡相時
荆州刺史殷仲堪舉兵應王恭以要績與殷覬同行
屢言績不從覬慮績及禍於仲堪坐中和解之績曰
大丈夫何至以死相脅江仲元行年六十但未知獲

死耳一坐皆懼仲堪憚其堅正以楊佺期代之朝廷聞徵爲御史中丞司馬元顯專政夜開六門績密啓會稽王時車胤亦言元顯驕縱宜禁制之欲連表奏道子未許元顯聞而謂衆曰江績車胤間我父子遂令責績而害胤　胤字武子南平人父郁爲郡主簿太守王胡之見胤於童幼謂其父曰此兒當大興卿門可使專學及父卒家貧勤學不倦乏油夏月則以練囊盛螢火以照書冬月躬自燃薪草及長風姿美茂機悟敏速桓溫辟爲從事累遷征西長史其時唯吴隱之與胤以寒素博學知名顯於朝廷性多給善於賞會每有盛坐車胤不在皆云無車公不樂謝安

邀集輒開筵待之拜中書侍郎領國子博士除護軍將軍時王國寶諂於會稽王道子諷尚書八座以道子爲丞相加殊禮僞不許曰此成王所以尊周公也今主上當陽非成王之地相王在位豈得爲周公道子乃稱疾不署其事及國寶等疏奏帝大怒而嘉僞公正遷吏部尚書及元顯擅權矜慢遂與江績密言於道子事泄遇害十二月段業燉煌太守李暠背業自稱秦涼二州牧涼公號庚子元年

五年春三月衆星西流經牽牛歷太微紫微夏五月孫恩轉破以東諸郡吳國內史袁山松死之沮渠蒙遜殺段業自號大都督北涼州牧六月甲戌孫恩奄

至丹徒遣軍襲破廣陵京師大震乙亥内外戒嚴百官入居于省詔冠軍將軍高素等守石頭游擊將軍毛邃屯白石輔國將軍劉襲柵斷淮口領軍將軍孔安國入次中堂皇徹鎮北將軍劉牢之使冠軍將軍桓不才及劉裕擊孫恩裕等大破恩於蒜山恩退走劉牢之令子敬宣與劉裕并軍海道窮追再破恩於扈瀆恩遂進入海　恩字靈秀瑯琊人世奉五斗米道道叔父　泰字敬遠好術幼狡詐人多惑之太元末爲新安太守見天下兵起以爲晉祚將終乃扇動百姓會稽道子誅之而恩逃于海島衆聞泰死皆謂蟬蛻登仙爭往海中資給恩恩因聚合亡命志欲爲泰

復讎既破州郡衆數十萬至是討破之案晉書孫恩傳泰師事錢塘杜子恭有祕術嘗就人借得割爪刀其主求之恭曰當即相還至嘉興有魚躍入舟中因破魚得爪刀子其爲神効往往如此子恭死泰傳其術七月以輔國司馬劉裕爲建威將軍癸丑大角星散搖五色

是歲大飢禁酒

六年春正月庚午朔大赦改元元興元年荊州刺史桓玄舉兵反於江陵因孫恩亂託爲勤王發檄京師罪狀司馬元顯案晉書帝紀朝廷初議令司馬元顯西討桓玄以劉牢之爲先鋒玄聞大懼謀保江陵長史卞範之說於玄曰公振威名於天下所司馬元顯口尚乳臭劉牢之又失人情若以兵臨土崩之勢可翹足待也玄信之遂舉兵東下詔以後將軍元顯爲驃

騎大將軍征討大都督廬□討桓玄丙子建牙于東
府持牙者良久乃下以持黃鉞治馬門丁酉以鎮北將
軍劉牢之爲前鋒屯于溧洲二月帝戎服餞元顯于
西池賦詩者九十八人丁巳詔兼侍中齊王柔之以
騶虞幡宣告荊江二州丁卯桓玄至敗王師于姑孰齊
王柔之譙王尚之皆遇害三月劉牢之在溧洲與親
信密議曰桓玄少有雄名今仗全楚之衆懼不能制
又慮平玄後功蓋天下必不爲元顯所容且如何玄
知牢之疑阻遣何穆來說牢之牢之自謂握彊兵才
能筭略足以經綸江表既見譙王等敗遂遣使與玄
交通外生何無忌與劉裕固諫不從已已遣子敬宣

降于玄玄大喜置酒出法書名畫共歡宣觀之玄佐
吏莫不相視笑於坐辛未劉牢之衆進破王師於新
亭大將軍元顯及世子彦璋冠軍將軍毛泰毛邃等並
遇害 元顯字郎君會稽王世子以父故年十六任侍
中累轉中書令時會稽王作相荒醉每爲長夜飲不
悉朝政衆望去之元顯知謀奪其父權諷天子解道子
楊州司徒而道子不之覺元顯領楊州刺史以瑯琊王
德文領司徒既而道子酒解見幕下非楊州執吏方
知去職大怒而無如之何元顯性苛刻生殺自己及孫
恩作亂加録尚書事政無大小一委之時謂道子爲東
録元顯爲西録西府車騎填湊東第門下可設雀羅

東第即今東府城也于時軍旅荐興國用虛竭而元顯聚歛不已富過帝室然復無良師正言不聞謟譽日至或以爲一時英傑或謂風流名士由是自謂無敵天下驕侈日增帝以其有翼亮功加都督十六州諸軍事孫恩破後而桓玄稱兵上流用司馬張法順計發兵南討差池未進而桓玄奄至新亭遂退次國學衆敗於宣陽門使人收之并其六子同斬於市時年二十八〔案晉書義熙中有稱元顯子秀熙避難蠻中而至者太妃請以爲嗣劉裕意其詐而案驗之果散騎郎滕羡奴苟樂也誅之太妃不悟哭之甚慟〕壬申桓玄頓新亭自稱侍中丞相録尚書事假黃鉞羽葆鼓吹遷會稽王道子爲安城王道之國以劉牢之爲會稽内史　牢之字道堅彭城人楚元王交之

後曾祖義父建世有勇毅牢之面紫赤色鬚目驚人而沉毅多計畫謝玄北鎮廣陵舉牢之爲參軍時堅人寇玄以牢之爲前鋒百戰百勝號爲北府兵敵人畏之累以功遷龍驤將軍進平河南城堡皆承風歸順尋爲慕容垂破於鄴東五橋津牢之窘急策馬跳五丈澗獲免轉爲兖州刺史王恭府司馬及王恭舉兵向京師牢之背恭歸朝廷詔以牢之代恭都督兖青冀幽等軍事既而又背國依桓玄玄得志用爲會稽内史牢之怏怏不平欲自班瀆走據江北拒玄諮議參軍劉襲進曰事不可者莫大於反而將軍往年反王兖州近日反司馬郎君今復欲反桓公一人而

三又豈得立也遂趨而出佐吏多散走牢之乃自縊新州長子敬宣至不遑哭奔于高雅之俱投慕容超牢之喪歸至丹徒玄令斲棺斬屍夏四月玄矯詔大赦改元大亨元年庚子出鎮姑孰諷朝廷以誅元顯功別封豫章郡公自稱太尉楊州牧揔百揆以從兄謙爲尚書僕射朝事大政皆諮玄而小事决於謙子弟皆封公又矯詔爲桓温諱姓名同者並改之五月玄欲簡汰沙門非明至理者悉罷之又議令沙門致敬王者廬山惠遠法師諫止之案惠遠集隆安六年桓公遺書於惠遠言沙門令致敬王者惠遠答書論不可致之意又言袈裟非朝會之服鉢盂非廊廟文器軍國沙門之儀竊所未亡遂著沙門不敬王者論五篇一論　二論出家三論求宗不順化四論體不無應五論形盡神不滅皆是五論以明出家之法不合同俗以致敬於王者孫恩復寇臨海臨海

太守辛昺被恩追斬葛悠計恩窮蹙乃赴海自沉妖黨
及妓妾謂之水仙相米然以死者百數孫道覆率餘衆
推恩妹夫盧循爲主十六日以禿髮利鹿孤死弟傉檀嗣
僞位秋八月庚子以尚書令 舍以交冬十月有客星色白
如粉絮在太微西至後月入太微十二月玄酖殺會
稽王司馬道子於安城烈宗即位改封會稽國避位
丞相都督中外諸軍事時烈宗不親萬機與道子長
夜飲酣歌爲務好學浮圖法親暱僧尼並竊弄權所
親皆是小竪官以賄遷朝政謬亂左衛將軍王榮上
疏論得失四事諫之極陳禍福不從委任姦人王國
寶王緒等及王恭稱兵乃殺國寶等以悦于恭變人

趙牙始千秋皆諂使進任之心腹牙爲道子開東第築
山穿池列樹竹木功用鉅萬又使宫人爲酒肆沽賣
水側道子與親昵乘船就之飲宴爲笑樂烈宗嘗幸
其宅謂道子曰府内有山因游矚甚善也然修飾太
過非示天下以儉帝去道子謂牙曰上若知山是板
築爾必死矣牙曰公在牙何敢死道子既恃寵乘酒
多失烈宗稍惡之更得傳平令聞人奭上疏言專恣
任用茹人益不平出王恭郄仲堪王珣等爲外任以
彊王室而潛制道子道子又收心腹由是朋黨競扇
時尚書令陸納望宫闕而歎曰好家居纖兒欲壞之
及帝即位進太傅揚州牧子元顯爲侍中及元顯奪

權公卿皆去道子唯尚書車胤往來問訊元顯聞之使收胤道子大怒曰奴輩欲斷我與士大夫語耶桓玄既乘舋而剋京之嗟元顯衆潰奔入相府問計於道子道子無他言對泣之[illegible]玄奏道子酣縱不孝當棄市詔徙安城立使御史杜竹林竟酖殺之案晉書桓玄常候道子正遇其醉賓客滿坐道子張目謂人曰桓溫晚塗欲作賊云何玄伏地流汗不得起長史謝重舉手板答曰故宣武公黜昏登聖功超伊霍紛紜之議宜裁之聽覽道子頷曰儂知儂知因舉酒屬玄玄乃得起由是玄益不自安切齒於道子也是[illegible][illegible][illegible]虜侵彭城大逆已下無麥禾天下大飢

二年春二月丁卯桓玄[illegible][illegible][illegible][illegible]大將軍夏四月癸巳朔日有蝕之六月加建威將軍劉裕彭城內史秋八月玄又自號相國加九錫備其物諷帝御前殿策

授之封南平宜都等十郡為楚王殷仲文卞範之促成篡奪事冬十一月丁丑玄自加天子禮樂使王謐兼太保奉皇帝璽紱禪位於楚是夜熒惑犯東上相壬午遷帝于永安宮癸未遷太廟神主于琅琊國十二月壬辰玄篡即帝位於姑孰城南九井山百寮陪列妄稱萬歲又不易帝諱昕為文告天於是大赦改元自永始元年國號大楚始登輦儀仗而龍旂竿折癸巳以南康平固縣奉帝為平固王遷居尋陽追尊父温為宣武皇帝廟稱太祖爵子弟宗室為王進封功臣以王謐為武昌公殷仲文為東興公卞範之為臨汝公戊戌入于建康宮逆風迅激旌旗傾偃將

外太極殿御牀忽陷群臣失色郝仲文進曰良由聖德隆重厚地所不能載玄大悦乙巳月奄軒轅第二星辛亥帝蒙塵于尋陽是冬酷寒過甚以爲朝政失在舒緩而桓玄苛酷之應也案劉向云周衰無寒歲秦滅無燠年此之謂也

三年春正月玄築別苑於冶城案地志其城本吴冶鑄之地因名焉王導寢疾作因徙移冶出石頭城西以地爲西園故晉書成帝幸司徒府游觀西園即此興也太興初王導請郭文舉居之爲築臺今見在城内近東北角太元十五年武帝爲江陵沙門法新於中立寺以冶城爲名至是桓玄盡移僧出居太后寺以寺爲苑在今縣城西墻西廢城也廣起樓榭飛閣複道延屬於宮城也戊戌熒惑逆行犯太微西上相二月帝在尋陽庚寅夜濤入石頭漂毀大航殺人其聲動天玄大懼乙卯建威將軍劉裕帥劉毅何無忌孟昶檀憑之等起義兵於丹徒丙辰斬徐州刺史桓脩于京口脩字恭祖溫弟沖

子也尚簡文二女武昌公主及玄篡用爲鎮北將軍徐州刺史以劉裕爲中軍參軍裕起義斬之梟首立以京口不守不悦召左右議或勸出逆待勞使其空行二百里卒遇大衆卞範之桓謙等吾擧乃遣將吴甫之進拒使皇甫敷以精兵三千繼之敗劉裕前軍殺檀憑之　憑之字慶子高平人少有志力閨門雍睦爲世所稱從兄子韶兄弟五人皆幼弱而孤憑之撫養若己所生與劉裕州閭之舊以嘗遠將軍數與裕同東征情好甚密義旗建憑之有私艱墨縗而赴以建武將軍爲前鋒而陷於羅落橋劉裕聞憑之陷急馳進戊午大破吴甫之於江乘而遇皇甫敷於羅

落橋憑之既死裕獨倚大樹歎縱兵圍之前問曰你欲何死裕怒叱之數人馬皆仆裕遂斬歎案三十國春秋云皇甫人馬皆跪倒仰謂裕曰君有天分願以子孫相屬裕殺歎而善待其子孫劫義兵舉也劉裕嘗與何無忌魏詠之同會檀憑之舍時相者晉陵韋叟遍相諸公皆吉而目憑之曰有急兵厄其候不過三日宜深避之不可輕出而果羅落橋之所書也玄聞吴甫之及歎等二軍皆没大懼使桓謙次陵口卞範之次覆舟山各張旗幟已而裕率衆乗勝進破因北風放火煙塵翳天玄衆大潰輕舟南走庚申劉裕入京師鎮東府置留臺具百官以司徒王謐領揚州刺史録尚書事裕都督揚徐等州諸軍事鎮軍將軍徐州刺史文武並假進軍號壬戌焚桓溫神主于宣陽門辛亥桓玄至尋陽逼帝西上丙戌密詔以幽逼於玄萬機虛曠令武陵王

遵依舊典承制居東宮總百揆加王侍中乃大赦謀
反已下惟桓玄一祖不宥劉毅於衆問王謚曰璽綬
何在謐大懼奔曲阿劉裕使孟昶追宥令復位夏四
月武陵王遵稱制行天子事庚寅帝至江陵庚戌輔
國將軍何無忌振武將軍劉道規等進軍躡玄後追
破玄將庾稚何澹之於湓口玄復逼帝東下五月癸
酉冠軍將軍劉毅大破玄於崢嶸洲己卯帝又幸江
陵殷仲文自巴陵奉二后來歸辛巳荆州別駕王康
產南郡太守王騰之奉帝居于南郡壬午益州都護
馮遷斬桓玄於貊盤洲　玄字敬道一名靈寶溫之
孽子也其母馬氏嘗與同輩夜坐月下流星墜銅盆

水中如二寸火珠囧然明淨競以瓢接取馬氏得而
吞之遂有娠生玄及產夜光照室占者奇之故小名
靈寶姊媪每抱詣溫輒易人而後至去其重兼常兒
溫甚愛異之臨終年尚幼弟沖命以爲嗣襲爵封南
郡公及長形皃瓌奇風神疎朗博綜文武常負其才
地以雄豪自處衆憚之年二十三始拜太守鬱鬱不
得志嘗登高望震澤歎曰父爲九州伯兒爲五湖長
遂棄官歸國時議請溫有不臣之迹故折玄弟兄而
爲素官玄自以元勳之門而負謗於世乃上䟽自理
寢不報在荆楚積年優游無事及王國寶用權内外
騷動玄因說荆州殷仲堪舉兵與王恭同奔朝政朝

廷乃殺國寶以謝乃罷兵時會稽王道子秉政以玄爲廣州刺史隆安初王恭又起兵討江州刺史王愉仲堪給玄兵五千人以應恭尋詔玄爲江州刺史玄始得志襲破江陵殺仲堪於冠軍城遂收羅荆雍廣樹腹心兵馬日盛屢上疏求討孫恩朝廷知其志乃内外爲備玄遂舉兵下破王師頻矯詔自改進爵位殺害朝權而擁彊兵出鎮姑孰本無資力好爲大言乃詐表請平姚興又諷朝廷作詔不許衆切笑之謀欲篡奪以爲代謝之際宜有符瑞遂僞去江州甘露降王成基家竹上又以歷代咸有肥遁之士而已世獨無乃徵皇甫謐六世孫希之爲著作郎而密令讓

給其乘輿器用兵刀殷仲文自後至望見玄備帝者之儀歎息曰敬道敗中復振故可也玄挾帝西上至江陵更署置百官以奔敗之後嚴肅法令劉裕使劉道規何無忌等追玄破郭詮之於桑落洲尋令鄱陽太守徐放下說解義軍放對曰劉裕爲唱義主劉毅兄爲陛下所誅並不可說也玄率舟艦將出而劉毅與道規等破之玄衆大潰僅得走追船時益州刺史毛璩弟子脩之爲玄屯騎校尉誘玄入蜀玄從之至枚回璩參軍費恬與毛祐等迎擊之矢若雨有箭子昇輒拔去之馮遷抽刀而前玄曰何人敢殺天子遷曰欲殺天子之賊爾遂斬之時年三十六子昇曰我

是豫章王諸軍莫不見殺遂送江陵斬於市初安帝元興中衡陽有雌雞化爲雄八十日而冠萎及玄建國於楚衡陽屬焉自篡至敗凡八旬矣時又有童謡云長竿巷巷長竿今年殺郎君明年斬諸桓毅等傳玄首梟於大桁　卞範之字敬祖濟陰宛句人也識悟聰敏桓玄爲江州刺史範之爲長史委以心膂玄將篡位範之爲侍中其禪詔文皆範之辭也後進尚書僕射玄平斬於江陵癸巳乘輿反正于江陵甲申詔曰蕞爾兇篡盜逆自古有之朕不能式遏杜漸以至播越賴鎮軍將軍裕英略奮發忠勇絶世冠軍將軍毅等誠心宿著協同嘉謀義旗既振士庶効節社稷再安四

海齊慶其大赦天下凡諸遇脅一無所問戊寅奉神主入于太廟閏月己丑桓玄楊武將軍桓振又陷江陵劉毅何無忌退守尋陽帝復蒙塵于賊營秋七月戊申永安皇后何氏崩八月癸酉祔葬穆章皇后于永平陵　后諱法倪廬江潛人也父準后無子哀帝立稱穆皇后居永安宮桓玄簒位移居入司徒府路經太廟后停輿慟哭玄聞怒曰天下禪代常理何預婦人之事乃降爲零陵縣君與帝西上劉裕平桓玄迎后還屬戎華之後與百姓同其豐儉年六十六崩在位凡四十八年　準字幼道高尚寡欲州府交辟不起時兄充勸令仕準曰第五之名何減驃騎準兄

弟中第五故有此言克居宰輔散帶衛門不及人事年四十七卒升平初追贈金紫光禄大夫封晉興縣侯子悛以父志表讓不受冬十月盧循寇陷廣州執刺史吴隱之而表朝廷以隱之黨附桓玄宜加顯戮詔不許

四年春正月帝在江陵南陽太守魯宗之起義兵襲破襄陽進逼江陵桓振以帝次于江津辛卯宗之破振將温楷于柞溪進次紀南爲振所敗桓振復襲江陵荆州刺史司馬休之奔于襄陽建威將軍劉懷肅等討振戰于沙橋振中流矢廣武將軍唐興臨陣斬振振字道全奮威將軍石虔子少果鋭無行玄篡以爲

江夏相揚武將軍及玄敗挾帝上江陵振率兵隨之玄死後遂逼帝於行在諸桓從之將欲肆逆桓謙止之乃命進辭以楚祚不終百姓之心復歸於晉謙奉璽綬以琅琊王德文領徐州刺史振自爲都督八州諸軍事鎮西將軍荆州刺史多選腹心爲帝左右以帝居江陵遂爲玄舉哀立喪庭僞謚武悼皇帝既而歎曰公昔不早用我故見此敗若使公在我爲前鋒天下不足定今獨作此安歸乎遂肆意酒色多所殘害尋而魯宗之劉懷肅等破振軍於沙橋振時醉見殺於陣何澹之桓謙等走投姚興　謙字敬祖溫弟沖次子詳正有器望桓玄用事累遷侍中衛將軍開

府録尚書事與卞範之拒義軍於蔣山敗隨玄之江陵及桓振作亂逼帝謙每保護乘輿及振敗謙奔後秦案晉書後譙縱反據蜀遣使稱藩於姚興聞桓謙在秦請謙共順流東討劉裕興問謙謙因言臣門素著恩荊楚今與縱東下百姓必駭動興曰水小不容大舟若縱才力足以濟事亦不假君爲鱗羽宜自求多福謙因請行遣謙至蜀人十多歸之縱乃置謙於龍格使人守之謙泣曰秦王神矣後與縱將譙道福俱下至江陵人應投者二萬爲荊州刺史劉道規破斬之丁酉乘輿反正與瑯琊王德文幸劉道規舟戊戌詔曰逆臣桓玄乘釁肆亂誣罔天人篡據極位幸天祚社稷義旗載捷狡徒沮潰朕獲反正斯寔宗廟之靈勤王之勳豈朕一人獨享斯祐思與億兆幸茲更始其大赦天下改元爲義熙元年唯玄振一祖不在原例其賜百姓爵二級鰥寡孤獨穀人五斛二月丁巳留臺備法駕乘輿迎帝於江陵是

月益州刺史毛璩使將軍譙縱侯暉等討時延祖於白帝城暉等因梁州兵不樂東征遂謀衆立縱爲主以叛還攻璩弟於涪克之進破城都王三月甲午帝至自江陵百官望拜于新亭乙未群臣詣闕請罪詔慰曰此非諸卿之過也庚子詔曰朕以寡昧遭家不造逆臣桓玄乘釁縱慝窮凶恣虐滔天泯夏誣罔人神肆其篡乱祖宗之基既湮七廟之饗斯殄若墜淵谷未足斯譬皇麻有晋固縱英輔鎮軍將軍青徐二州刺史裕忠誠天發神武命世義聲一唱二溟波卷英風振路宸居清翳冠軍將軍毅輔国將軍無忌振武將軍道規舟旗遄邁而元凶傳首迴戈疊揮則荆

漢霧廓俾宣元之祚永固於嵩岱而宗庸命德聖哲攸先鎮軍可進位侍中車騎將軍録尚書事毅進號左將軍無忌右將軍會稽内史道規輔國將軍荆州刺史戊戌劉裕何無忌等抗表遜位詔不許加裕都督中外諸軍事夏四月戊辰劉裕旋鎮京口帝餞于東堂壬申以盧循爲平越中郎將廣州刺史循遣使遺劉裕益智粽子裕答以續命湯五月癸未詔禁絹扇及樗蒱秋七月庚辰太白比晝見於翼軫是歲涼王李暠奉表稱藩

二年夏四月無錫獻白龜冬十月論匡復功進封劉裕豫章公邑万戶劉毅南平公五千戶何無忌安城

公劉道規華容公追封檀憑之曲江公各三千戶孟昶臨汝公劉蕃安陸公諸葛長民新淦公魏詠之江陵公各二千五百戶餘封賞並有差

三年春二月劉裕入朝誅東陽太守殷仲文及弟叔文道叔等三人仲文陳郡人南蠻校尉覬之弟有美才容皃從兄仲堪薦於會稽王道子累遷至新安太守妻即桓玄姊也聞玄平京邑棄郡投玄玄將篡九錫文仲文辭也及玄篡位總領詔命以元勳爲玄侍中極奢侈家累千金及玄敗因奉二后歸義還尚書郎帝反正仲文以素來自解不行劉蕃引爲長史輩因是進疑不得志居常怏怏有不滿心因月朔與

衆至大司馬府內[illegible]嘗乃攬[illegible]讀之嘆曰此語婁婁生意盡矣[illegible]遷之為[illegible]太守亦不平終於何無忌至郡不詔無忌以為戮已[illegible]所[illegible]下獄送令冰辭引仲文兄弟[illegible]以剛黨[illegible]至因收之并桓胤卞承之等同下獄伏誅[illegible]仲文初在[illegible]照鏡不見其面數日遇禍[illegible]晉書云殷仲文讀書半袁豹而文才不減班固言其文天分多而見書少[illegible]己丑大赦除[illegible]六月辛卯熒惑犯辰星在翼是月後秦姚興[illegible]僭稱天王于朔方國號夏秋九月彭[illegible]三職而歸作歸去來一首以叙其志冬十二月[illegible]禿髮傉檀[illegible]涼王位於洛都後燕高雲殺慕容熙雲僭位尋為龍驤將軍朱繇之戍壽陽婢炊飯忽有群鳥集竈競來啄噉婢

驅遂不去有獵狗咋殺兩烏餘烏因共啄殺狗又噉其肉唯骨在

四年春正月甲辰詔劉裕爲楊州刺史自丹徒入居東府輔政庚申侍中太保武陵王遵薨　遵字茂遠元帝孫年十二襲封武陵受拜流涕桓温死後右將軍桓伊造遵遵大怒曰何故通桓氏左右對曰桓伊與桓温疏屬無嫌也遵曰我聞人姓木邊便欲殺之況諸桓乎夏四月丙午進孟昶尚書左僕射仍領吏部尚書冬十月雷大風拔樹

五年春正月辛卯尋陽地震二月南燕慕容超寇淮北執我平陽太守劉千載濟南太守趙元三月乙亥

大雪平地數尺劉裕表伐南燕甲午建牙誡嚴四月帝餞裕於西堂己巳舟師發京邑自淮入泗五月次下邳捨舟步進所向無前六月震太廟丙寅裕大破燕軍於臨朐秋七月姚興將乞伏乾歸僭稱西秦王於苑川九月戊辰後燕離班殺其主高雲雲將馮跋殺班自立爲燕王

六年春正月盧循爲始興太守徐道覆自番禺說循曰本停嶺外豈爲子孫實以劉裕難與爲敵今頓兵燕城下未有還日以我思歸衆掩何劉如反掌耳既剋京師挾天子誅執政改鎮守傾根本劉裕縱還無能爲也循從之二月劉裕剋南燕獲主慕容超歸斬

建康市盡平齊地三月廣州刺史盧循舉兵反過寇南康破廬陵長沙逼江州刺史何無忌死於豫章無忌東海郯人也少有大志忠亮任氣人有不稱其心者輒形於言色起家爲太學博士時鎮東將軍劉牢之即其舅也在京口每有大事常與參議之元顯子彦璋封東海王以無忌爲國中尉及桓玄害彦璋於市無忌慟哭而出時人義焉玄既簒逆劉毅家居京口與無忌素善焉言及興復之事無忌曰桓氏彊盛其可圖乎毅曰天下自有所歸雖彊易弱正患事主難得耳無忌曰天下草澤中非無英雄也毅曰唯有劉下邳無忌笑而不答還以告裕裕初爲劉牢之參

軍與無忌相親結至是因密共圖玄遂要殺毅等同舉義兵襲破京口案三十國春秋義起衆令無忌作檄文無忌重燭爲之其母劉牢之姊伺於屏風上見之喜曰我不如東海呂母明矣汝能如此吾讎雪矣玄聞劉裕及無忌等起兵甚懼其黨曰劉裕烏合之衆勢必無成願不爲慮玄曰劉裕勇冠三軍當今無敵劉毅家無儋石之儲樗蒲一擲百萬何無忌劉牢之甥酷似其舅三人共舉大事何謂無成玄敗後武陵王承制以無忌爲輔國將軍與劉道規追桓玄大破玄將何澹之義熙初遷都督荆江二州刺史進鎮南將軍盧循作寇使徐道覆順流而下舟艦皆重樓彊弩無忌拒之爲循所敗無忌厲聲曰取我節來躬執節以苦戰遂握節而死詔贈司空

以輕鋭而没朝野痛之　三月　日四月劉裕自廣固留左將軍劉敬宣爲青州刺史癸未裕至京師甲申劉毅表南征發自姑孰大風折上不戊子衛將軍劉毅與盧循戰于桑落洲王師敗績丙辰尚書左僕射臨汝公孟昶懼賊盛不敵上表曰中軍北伐衆並不同贊成此役唯臣而已今狂寇乘間宗廟危逼臣之罪也臣請引分以謝天下封表畢歸自殺　昶字彦遠平昌人爲桓弘兖州主簿劉邁與昶不善每譖於桓玄昶懼乃與劉裕等同謀起義尅日共劉毅率六十人入廣陵城斬桓弘即日以其衆過江會劉裕於京口累遷位丹陽尹尚書左僕射及盧循寇逼何無忌劉毅相

次敗而劉裕北伐新還恐不能敵與諸葛長民議權奉帝過江避賊劉裕不許曰今兵雖少猶可拒戰大丈夫終不能草間求活昶策其弗剋請前死以謝朝廷裕怒曰卿且用一戰死復何晚昶遂上表自縊而死案宋書列女傳昶初起義謂其妻周氏曰劉邁毀我於相王便一生淪陷決當作賊卿幸可早離絕脫得富貴相迎不晚也周氏曰此非妾所離自君二親在堂欲建非常之謀豈婦人所敢諫事之不成當於奚官奉養大家義無歸志昶愴然久之不言而起妻追昶還坐曰觀君舉止非謀及婦人不過欲得財物耳指抱所生女示昶曰此兒可賣亦當不惜況貨財耶遂傾資產以給軍事又語姒覬妻云昨夜夢殊爲不佳在於赤色先不宜也有此物可悉藏之覬妻大懼以爲然所有絳贈悉斂付之周氏乃置帳中潛制軍服軍儀獲舉周有力焉己未大赦以劉裕爲太尉乙丑內外戒嚴詔太尉裕出屯石頭從南岸居民渡淮北發材板柵石頭使築柤浦藥園建尉三壘以大司馬琅琊王德文都督宮城諸軍事屯中堂皇冠軍

軍劉毅宣屯北郊輔國將軍孟懷玉屯丹陽郡建
武將軍王仲德屯越城廣武將軍劉懷默屯建陽門
六月循軍次三山先鋒度新林劉裕登石頭城而望
籌之曰賊若新亭直上須避之如迴泊蔡洲此成擒
耳循將徐道覆請於新亭焚舟而戰循曰不然我大
軍未至而孟昶自殺觀其形勢不戰而破不如按甲
蔡洲以待之初劉裕望見船向新亭有懼色及見迴
泊蔡洲喜曰賊落吾下也使寧遠將軍索邈領鮮卑
紫虎班突騎千餘匹皆被練五色自淮南岸燿兵至
于新亭循軍聚而觀之憚於陸戰乃引艦攻石頭柵
城神弩亂發引退設伏於南岸列陣裕率毅諸葛長

民拒戰縛以大筏因風逼之大破循軍於江中循遁走案三十國春秋時有童謡云官家養蘆化作荻蘆生不止自成積又曰蘆荻迮迮逐水流東風吹耳起郵能入石頭丙寅震太廟鴟吻秋七月詔解嚴持水軍於東府庚申遣將軍孫季高潛自東洛浮海取廣州甲子使河間内史蒯恩王仲德爲前鋒追盧循劉裕自總大軍繼之盧循上寇荆州軍敗走尋陽冬十二月壬辰裕率諸將大破盧循於豫章無錫人年八歲一旦暴長八尺鬚鬢蔚然三日而死

七年正月乙未劉裕還軍京師進大將軍加班劒二十人二月壬午右將軍劉藩追斬徐道覆于始興循走交阯　循字子先小名元龍范陽人司空從事中

郎諶之曾孫雙眸冏徹瞳子四轉善草隸書沙門惠遠見而謂之曰君雖體涉風素而志存不執孫恩死後統衆入東陽劉裕討之循走泛海因奔廣州襲破刺史吴隱之自行州事號南平將軍遣使貢獻朝廷以新定桓氏中外多虞未遑討伐因乃假盧循征虜將軍廣州刺史義熙中劉裕伐慕容超循姊夫徐道覆說循舉兵度嶺掩襲京邑既聞劉裕還衆懼勸循還軍上據荆湘以割天下之半循自新亭上軍循又不聽道覆歎曰我爲盧公所誤也事必無成使我得遇英雄主驅馳天下不足定也及劉裕破循循單舸走還欲保廣州而孫季高潛以浮海襲陷番禺收其

家執其父母等循既度嶺聞廣州已平遂進交阯至
龍編夏四月交阯刺史杜慧度訴而敗之循勢屈知
不免先鴆其妻子及妓妾數十人而捨其樂從死者
遂自投水而死慧度取其屍斬之傳首京師梟於大航
八年春三月甲寅山陰地陷四尺有聲如雷夏五月
乞伏公府殺乞伏乾歸乾歸子熾盤誅公府僭即僞
位秋七月庚子征西大將軍劉道規卒 道規字道則
太尉裕少弟性倜儻平桓玄累以功封華容公都督
荊益江雍等六州諸軍事荊州刺史蜀譙縱使大將
軍譙道福與桓謙下寇江陵江陵吏卒皆桓氏義舊
咸懷異心道規乃會將吏告之曰桓謙今在近畿風

聞爾等頗懷去就之計吾東來文武足以濟事若有去者本不相禁因夜開城門達曉不閉衆咸憚服莫有去者所得飛書不視皆焚之將士大安及徐道覆率衆二萬奄至破冢人情感禁書之恩皆無二志賊平進征西大將軍卒時年四十四八月戊申月犯泣星庚戌皇后王氏崩於徽音殿九月葬僖皇后于休平陵　后諱神愛瑯琊人父獻之以太元二十一年納爲太子妃帝即位立爲皇后后在位十五年年十二十九崩無子　獻之字子敬羲之之第七子少有盛名而高邁不羈雖閑居終日容止不怠風流爲一時之冠甞共兄徽之操之詣謝安二兄多言俗事獻之唯寒暄

而已既出客問安王氏兄弟優劣安曰小者佳客問其故安曰吉人之辭寡躁人之辭多故知之每與徽之同在一室忽火發徽之走出不遑取履獻之神色恬然徐呼左右扶出夜卧齋中而有偷人入室盜物都盡獻之徐曰青氊是我家舊物可特置之群偷驚走少工草隸書并丹青七八歲時學書父密從後掣其筆不得歎曰此兒後當復有大名嘗書壁爲方丈字羲之甚以爲能時觀者日數百人桓温曾使書扇筆誤落因畫作烏駮牸牛特妙起家爲州主簿數轉祕書丞選尚新安公主遷謝安衛將軍府長史太元中新起太極殿欲使獻之題牓而難言之因説魏使韋

仲將懸虛櫈書陵雲臺額事以謂獻之獻之揣知其旨乃正色曰仲將魏之大臣寧有此事使其若此有以知魏德之不長安遂不之逼安又問曰君書何如家公答曰固當不如安曰外論不爾答曰人那得知論者以義之草隸江左中朝莫有及者獻之書骨力遠不及父而頗有媚趣尋除建威將軍吴興太守徵拜中書令謝安薨後議贈同異獻之上疏稱安功德忠誠實大晉雋輔烈宗乃加殊禮獻之後遇疾家人爲上章道家法令自首過良久對曰不知餘事唯憶與郗家離婚耳前妻即郗曇女也卒於官安僖皇后立贈侍中無子以兄靜之爲嗣位至義興太守案獻之列傳晉

經吳聞顧辟彊有名園先不相識乘平肩輿徑入時辟彊方集賓友獻之遊歷傍若無人辟彊勃然數之曰傲主人非禮也以貴驕士非道也失是二者不足齒之傖耳便驅出門獻之傲如也不以介意焉 乙卯太尉劉裕害右將軍兖州刺史劉藩尚書左僕射謝混 混字叔源太保安之孫尚書僕射琰之子少有美譽善屬文初孝武為晉陵公主求壻謂王珣曰但如劉真長王子敬便足對曰謝混雖不及真長不減子敬帝曰足矣未幾帝崩袁山松欲以女妻之珣曰卿莫近禁臠案中興書初元帝出鎮建鄴屬永嘉喪亂天下分離公私窘罄每得一㹠為珍膳項上一臠尤美輒將薦帝群下未嘗敢食于時呼為禁臠或云鶵炙也故珣以為謔 混竟尚公主桓玄得志嘗欲以安宅為營混曰邵伯之仁猶惠及甘棠文靖之德更不保五畝之宅耶玄聞慚而止後累遷中書令左僕射領選部時劉裕拜太尉既拜朝賢

畢集混後來衣冠傾縱有傲慢之容裕不平乃謂曰謝僕射今日何謂傍若無人混對曰明公將隆伊周之禮方使四海開衿謝混何人而敢獨異乎乃以手披撥其衿領悉解散裕大悅之至是黨劉毅見殺案晉書劉裕將受禪具大閱禮謝晦謂高祖曰陛下應天受命登壇自恨不得謝益壽奉璽紱裕曰吾甚恨使後生不得見其風流益壽混小字也庚辰劉裕表罪劉毅包藏禍心今上御名逆南夏以藩混助亂志肆姦宄己田裕將討毅於江陵以參軍王鎮惡爲前驅

毅字希樂彭城沛人少有大志不修家人產業桓弘在兗州辟爲中軍參軍及桓玄簒位毅與劉裕魏詠之等起義兵併復晉室以功拜撫軍將軍初毅丁憂在家義旗將興遂墨經從事既而上表乞終喪

禮不許進爲都督楊豫二州之淮南歷陽安豊堂邑
等五郡諸軍事初桓玄於南州起齋悉畫盤龍於其
上號盤龍齋毅小字盤龍至此乃居之及盧循反乘
虛而進毅將南征劉裕乃遣毅從弟藩送書往上毅
毅大怒曰我以一時之功相推耳汝便謂我不及劉
裕耶遂投書於地率軍發自姑孰爲循所敗於桑落
僅而獲免深不自安劉裕使慰諭之及循平後知物
情不在己請解軍府出鎭裕表爲荆州刺史旣至江
陵聚兵萬餘乃告疾篤表請藩爲副裕知其貳於己
故誅藩混率衆西討使王鎭惡破之毅單騎而走去
江陵北二十里自縊於牛牧寺經宿居人以告乃斬

屍於市。毅性剛猛，好陵傲不遜。每讀史至藺相如屈於廉頗，歎其不可能也。曾於東府聚摴蒱大擲，一判應至數百萬。時餘人並黑犢，毅次擲得雉，大喜，褰衣繞牀叫，謂同坐曰：「非不能盧，不事此耳。」裕惡之，因挼五木久之，曰：「老兄試爲卿答。」既而四子俱黑，其一子旋轉未定，裕厲吒之，即成盧焉。毅意殊不快，然素黑，其面如鐵色焉。既而曰：「亦知公不能以此見借。」既西出藩，因欲圖裕。時丞相參軍胡藩知毅終不爲下，因隨裕出江寧餞毅於坐，密勸裕殺毅，裕不納。至是謂藩曰：「前從卿言，無今日之舉也。」辛亥，以司馬休之爲平西將軍、荊州刺史。冬十一月乙酉，裕至江陵，誅郗

僧施毅黨竟僧施高平人太尉鑒曾孫少有文辭宅
於青溪每清風美景泛舟溪中諷一曲作詩一首謝益
壽聞之曰青溪中曾復何窮盡年加裕太傅揚州
牧劒履上殿入朝不趨贊拜不名是月沮渠蒙遜僭
號河西王於姑臧十二月以西陽太守朱齡石爲建
威將軍益州刺史率蘭陵太守蒯恩臧喜等舟師二
萬伐蜀分荊州十郡置湘州東陽人黄氏生女不育
埋之數日於土中啼取養之遂活是歲於石頭東城
内起高樓加累入於雲霄連堞帶於積水署曰入漢樓
九年春二月盜開故尚書卞壼墓剖棺見屍殭鬚髮
蒼面白如生人兩手拳爪甲穿達手背詔給錢十萬

修復之三月丙寅太尉劉裕殺前將軍諸葛長民及弟輔國將軍黎民從弟寧朔將軍秀之於東府初裕西討劉毅也以長民監太尉府留後事長民驕縱貪侈不卹政務既聞劉毅被誅謂所親曰昔年醢彭越前年殺韓信禍其至矣因謀欲爲亂遂問劉穆之曰人間論者謂我與太尉不平其故何也穆之曰相公西征老母弱弟委之將軍何謂不平長民弟黎民輕狡好利固勸因裕未還以圖之長民猶豫未發既而歎曰貧賤常思富貴富貴必履危機今日欲爲丹徒布衣豈可得也時裕深疑之駱驛繼遣輜重兼行而下前剋至日百司於道候之輒差其期既而輕舟徑

進潜入東府長民驚出迎之既入坐進語素所未盡皆説焉長民悦乃使壯士丁旿於幕後潜人拉殺之時人爲之語曰莫跋扈付丁旿黎民驍勇絶人與捕者苦戰而死　長明字長之瑯琊陽都人有文武幹用然不持行無鄉曲之譽初爲桓玄參軍後與劉裕謀斥晉室累遷晉陽太守盧循之逼勸劉裕權移天子過江裕不從循平轉豫州刺史領淮南太守尋加前將軍案晉書長民傳初長民富貴時多有異每卧夜中輒驚起推良與人相敵毛脩之曾見問其故長民曰見一物甚黑而有分脚不分明奇健非我無以制之又屋中柱及椽桶間悉見有蛇頭令人以刀懸斫應刃隱藏隨復却出又擣衣杵相與語如人聲不可解又於壁中見巨手長七八尺臂大數圍令斫之豁然不見未幾被誅　戊寅劉裕奏請依庚戌土斷帝從之夏四月壬戌罷臨沂湖熟皇后脂澤田四十頃以賜貧

人施湖池之禁秋七月朱齡石克成都斬譙縱益州平縱巴西南充人也少謹慎好學蜀人愛之起家累遷平西府參軍毛璩爲益州刺史縱與侯暉東伐時延祖白帝暉等因梁州兵不樂東征遂與巴西陳昧謀立縱爲主迴兵圖璩破益州自號秦涼二州刺史以義熙元年二月僭號蜀主於成都遣使稱藩於姚興乞師以討劉裕是年裕定劉毅上至荆州使朱齡石與寧朔將軍臧喜等率衆自江陵討縱日夜進軍大破侯暉於平模縱聞暉敗走馬出奔投譙道福於涪道福怒曰大丈夫居如此功業安可棄哉人誰不死何懼之甚因以劒投之中其馬鞍縱去之乃自縊

其僞尚書令馬耽封倉庫府以待王師初縱之走也先如其墓縱女年數歲謂縱曰走如不免死只取辱耳一等死死於先人墓可也縱不從冬十月論平齊及破盧循功封劉裕諸子皆爲郡公餘各有差光禄大夫吴隱之字處默濮陽鄄城人也魏侍中質六代孫美姿容善談論弱冠而介立年十餘歲丁父母憂號泣行人爲之流涕每至臨時常有雙鶴叫及祥練之夕復有群鴈集庭時人以爲孝感所至嘗食鹹葅以其味甘掇而棄之與太常韓康伯隣居伯母殷浩姊賢明每聞隱之哭聲輟飡投筯爲之悲泣既而謂康伯曰若居銓衡當舉如此輩人及康伯爲吏部尚

書隱之乃歷階清級解褐輔國功曹遷尚書郎出爲晉陵太守在郡清儉妻自負薪入爲中書侍郎烈宗即位欲用爲黄門侍郎以隱之貌類文帝乃止轉祕書監御史中丞居官禄賜皆頒親族冬月無被嘗澣衣披絮勤苦同於貧下廣州近海出珍異前後刺史多黷貨賄朝廷欲革嶺南之弊隆安中以隱之爲龍驤將軍廣州刺史未至二十里地名石門有水曰貪泉飲者懷無厭之欲隱之至語其親人曰不見可欲使心不亂乃至貪泉所酌飲之因賦詩曰古人傳此水一飲直千金若使夷齊飲終當不易心及在州清操食不過菜乾魚始終不易帳下人進魚每去骨存

肉隱之覺其用意去其魚不食及盧循寇逼攻繫百餘日因陷爲循所得劉裕與循書令遣之乃方得還裝無餘資小宅數畝地籬垣仄陋内外茅屋六間不容妻子尋拜度支尚書太常卿以蓬爲屏風不坐氈席所得俸禄纔留身糧餘分親族貧者恒自布衣以老請致仕許之授光禄大夫加金章紫綬錢十萬米三百斛（案晉書初隱之爲謝石主簿隱之將嫁女石知其貧素令移廚以助其經營使者至方見婢牽犬賣此外蕭然無辦後至自廣州妻劉氏有沉香一斤隱之見遂棄官亭之水子延之亦清操官至鄱陽太守）十二月高句麗倭國及西南夷銅頭太師並獻方物是歲移秣陵縣於鬬場柏社之地（案圖經在今縣東南八里鬬場村名也）

十年六月西秦乞伏熾盤滅南涼禿髮傉檀爲左南

公秋九月丁巳日有蝕之冬城東府案圖經今縣城東七里清溪橋東南臨淮水周三里九十步今太宗舊第後爲會稽文孝王道子宅謝安薨道子領揚州刺史於此理事時人呼爲東府至是築城以東府爲名其城東北角有靈秀山即道子宅内嬖曰趙牙所築也

十一年春正月荆州刺史司馬休之雍州刺史魯宗之並舉兵内向以討劉裕爲名辛卯左將軍府參軍司馬道賜害北青州刺史劉敬宣道賜自立爲齊王據廣固以應司馬休之　敬宣字萬壽鎮北將軍牢之子少有孝行累遷宣寧朔將軍驃騎府參軍時桓玄今上御名逆逼京師父牢之出鎮將謀同玄敬宣苦諫不止遂質於玄及牢之反謀襲玄敬宣奔南燕劉裕定京邑手書招之敬宣馳還拜輔國參軍晉陵太守尋

轉江州刺史隨討慕容超遷征虜將軍鎮北青州至是遇殺案宋書劉毅少時曾爲敬宣寧朔參軍時人皆以雄傑許之敬宣謂不然曰此子外寬而内忌自伐而尚人若一旦遭遇亦當陵上取禍耳毅聞恨之後毅爲荆州刺史謂敬宣曰吾忝西任欲屈卿爲長史豈有意乎敬宣大懼白高祖高祖曰但使老兄平安無慮耳庚午大赦裕自表西伐三月大破司馬休之於江陵宗之於襄陽初魯宗之自負才氣常恐不爲執政所容欲謀不法乃自爲讖曰魚登日輔帝室司馬休之聞而招焉時劉裕又使召宗之宗之怒曰劉公遇我如三歲小兒往年殺韓彭無厭反我乃執裕使送江陵而同舉兵夏四月劉裕追破司馬休之魯宗之等於襄陽休之與魯軌俱奔後秦五月甲午詔平蜀功封劉裕子義隆彭城公朱齡石豐城公己酉霍山崩出銅鍾

六枚秋七月京師大水壞太廟八月以劉穆之為尚
書左僕射
十二年春正月後秦姚泓使魯軌寇襄陽二月詔劉
裕中外大都督加羽葆鼓吹置左右長史司馬官秋
七月裕與琅琊王德文伐後秦以冠軍檀道濟王鎮
惡等為前鋒造許洛中兵參軍沈林子等以舟師道
石門寧遠將軍嚴綱朱超石等開鉅野秦之屯戍皆
望風奔散冬十月丙寅尅洛陽秦將姚洸降表修五
陵置守備威儀巳丑使兼司空高密王恢之修謁五
陵十一月北涼沮渠蒙遜使上女請率河西戎旅為
前驅劾力

十三年春三月大軍進破秦將姚紹于潼關四月徵
魏遣軍十萬救秦劉裕使朱齡石敗魏將鵞青于河
曲斬青裨將阿薄干六月癸亥林邑獻馴象白鸚鵡
秋七月劉裕率檀道濟王鎮惡等入關別遣鎮惡舟
師泝河入渭破姚泓收其彝器歸京師斬泓於建康
市遷姚宗於江左[illegible]春秋王鎮惡既破秦軍於橫門泓奔石橋[illegible]月降劉裕裕送泓於建康斬之建康百里内草木燋死又安、晉書劉裕[illegible]入洛[illegible]平長安盡收漢魏儀服樂器土圭指南車記里鼓秦漢大鐘蟠螭等 冬十一月左僕
射劉穆之卒 穆之字道和一名道民東莞莒人也
漢齊王肥之後世居京口好學博覽多通嘗與劉裕
俱泛海忽值大風驚懼俯視船下見二白龍夾舫既
而至一山山峯聳秀樹木繁密意甚悦之及劉裕司

桓玄剋京城急須一主簿何無忌舉穆之穆之負囊壞布帷爲袴往見裕裕曰能自屈吾事濟矣從平京邑諸大處分皆倉卒立定並穆之所建也斟酌矯正旬日風俗頓改及楊州刺史王謐薨時劉裕在京口劉毅孟昶甚不欲裕入輔穆之密言於裕曰楊州根本所係若忽假他便受制於人也劉孟諸葛等與公同起事必不爲公後勢理豈得居讓自弱裕從之由是入輔政穆之好賓游廣布視聽朝野同異莫不必知巨細一白於裕故裕聽察聰明皆由穆之力出征則幕府謀策留鎮權掌後事舉動一委任之劉裕素不閑書穆之勸令縱筆爲大字一字徑尺無嫌大既

足有所包亦其名且美裕從之每紙不過四五字凡所薦達不納不止每曰我雖不及荀令君舉善然不舉不善性能尺牘嘗於裕坐與朱齡石共答書自旦至日中穆之得百函齡石得八十函而穆之應答不廢累遷太尉司馬丹陽尹諸葛長民死後事無大小內外一決穆之及北征留府內總朝政外供軍旅決斷如流事無擁滯賓客輻湊求訴百端遠近諮禀盈堦滿室目覽辭訟手答牋疏耳行聽受口並酬對不相參涉悉皆贍舉裁有閑暇手自寫書尋覽篇章校定墳籍食必方丈未嘗獨食案穆之列傳少時家貧誕節嗜酒食其妻江嗣女也常乞食妻家多見辱不以為恥其妻每禁不令往江氏後有慶會屬令勿來穆之又往食訖從今檳榔江氏兄弟戲之曰檳榔消食君乃常飢何須此也其妻乃截髮市餚為設兄

弟以餉穆之及穆之爲丹陽尹召妻兄家令廚人以金柈貯檳榔一斛與之卒時年五十八劉裕在長安聞之舉軍驚慟表贈司徒追封南昌侯十二月劉裕還自長安

十四年春正月辛巳大赦青州刺史沈田子害龍驤將軍王鎮惡于長安鎮惡北海劇人祖猛爲秦符堅相父休河東太守鎮惡以五月五日生家人以俗忌欲令出繼疏宗猛見奇之曰此非常兒興吾門矣故名鎮惡年未弱冠以符氏亂流寓客居荆州意略縱橫而無弓馬性果決能斷劉裕征廣固或薦之召爲青州從事隨破盧循劉毅累以功封漢壽子將從北征臨出謂劉穆之曰不定咸陽誓不濟江而還也入賊力戰無不剋捷揔衆軍泝渭所乘皆蒙艟小艦行

艑者皆在艦内見艦泝流而進艦外不見人北土素不解舟皆驚愕爲神既至食畢棄艑登岸誓衆而進士卒爭先遂定長安撫慰百姓號令嚴肅迎劉裕於灞上裕勞之曰成吾灞業者真卿也鎮惡曰此明公之威諸將之力鎮惡何功之有裕笑曰卿學馮異耶既而還軍以鎮惡本號領安西司馬佐桂陽公義真鎮長安赫連勃勃來寇遣中軍叅軍沈田子拒之不進鎮惡曰公以十歲兒付吾等西權彊兵不進寇何由平田子怒反相圖鎮惡出軍北地爲田子所殺時年四十六同死者兄弟七人劉裕表贈右將軍子靈嗣夏六月以劉裕爲相國進封宋公加九錫之命冬

十月赫連勃勃寇長安敗王師於青泥雍州刺史朱齡石焚長安宮殿奔于潼關勃勃追破齡石死之齡石字伯兒沛郡人也家世爲將齡石少好習武常使舅卧聽事下剪紙方寸帖舅枕自以刀子懸擲相去八九丈百發百中起家爲桓脩參軍歸劉裕從征桓玄啓劉裕曰世荷桓氏重恩不忍白刃向之裕義之累遷西陽太守以元帥平蜀封侯尋代義真鎮關中死時年四十弟超石同没于青泥是月赫連勃勃僭帝位於長安十二月戊寅帝崩于東堂明年正月庚申葬休平陵鍾山之陽今縣城東北十五里不起墳帝年十五即位立二十三年年三十七謚曰安

帝少不惠口不能言雖寒暑之變無以辨也凡所動止皆非己出故桓玄之篡以此獲全初有讖云昌明之後有二帝劉裕將欲禪代乃密使王韶之縊帝而立恭帝以應之

恭皇帝

恭皇帝諱德文安帝母弟也初封琅琊王歷中軍將軍領司徒録尚書事[illegible]桓玄執政遷太宰侍中袞冕之服玄篡位以帝爲石陽縣公與安帝俱之尋陽玄敗西奔脅上江陵及桓振陷江陵躍馬奮戈直到帝下瞋目謂帝曰臣門戶何負國家而屠滅若是帝乃下牀爲振曰此言豈我兄弟意也振乃下拜復爲琅琊

瑯琊王領大司馬劉裕北伐上疏請率所莅啓行戎路修敬山陵朝廷許之乃與劉裕俱發有司以即戎不得奉辭陵廟又上疏曰臣推轂閫外將華寒暑不獲展情延遂私心罔極伏願天慈特垂聽許使臣微誠粗申即路無所恨也十四年歸京師冬十一月戊寅安帝崩劉裕矯稱遺詔曰惟我有晉誕膺明命業隆九有光宅四海朕以不德屬當多難幸賴宰輔拯茲六合方憑阿衡惟新洪業而遘疾大漸將遂不興仰惟祖宗靈命親賢是荷咨爾大司馬瑯琊王體自先皇明德光懋屬惟儲貳衆望攸集其君臨晉邦奉係宗祀是日即皇帝位改元爲元熙元年

元年春正月壬辰詔以山陵未厝不朝會癸巳立妃褚氏爲皇后　后諱靈媛河南陽翟人義興太守爽之女生海鹽富陽二公主甲午徵劉裕還朝戊戌有星孛于太微西藩夏五月丙戌秋八月進劉裕爲宋王移鎮壽陽九月裕自解揚州牧冬十二月己卯太史奏黑龍四見于東方是歲建安人陽道無頭正平本下作女人形體是歲省揚州府禁防參軍移秣陵縣於其地在宮城南八里一百步小長干巷案地志在今瓦官寺東北百餘步西出是

二年夏四月詔徵宋王入輔加殊禮六月壬戌劉裕至京師傅亮承裕密旨諷帝禪位草詔以請帝書之

帝欣然謂左右曰桓玄之時天命已去重爲劉公所延將二十載今日之事本所甘心乃書赤紙爲詔甲子帝遜位于瑯琊瑯琊弟祕書監徐廣獨哀感涕泗交流謝晦見之謂曰徐公將無小過乎廣收淚而言曰君爲宋朝佐命吾乃晉室遺老憂喜之事固不同時乃歔欷因辭衰老乞歸桑梓　廣字野民東莞姑幕人侍中邈之弟也世好學至廣尤爲精純百家數術無不研覽起家爲祕書郎遷中軍長史大將軍文學祭酒義熙初奉詔撰車服儀注轉員外散騎常侍領著作撰國史經一十二年勒成晉紀四十六卷遷祕書監封樂城侯初桓玄之篡安帝出宮廣既陪列悲慟

左右及宋受禪不勝哀感遂去職卒於家時年七十四秋七月宋封帝爲零陵王居于秣陵行晉正朔車騎服色一如舊典有其文而不備其禮降后褚氏爲零陵王妃帝自是之後深慮禍及褚后常在帝側飲食所資皆出褚后故宋人莫得伺其隙永初二年九月丁丑裕使后兄叔度請后有間兵人踰墻入弑帝于内房帝年三十四即位立二年年三十六見弑謚恭帝葬沖平陵在蔣山之陽安帝同處帝幼時性頗忍急自在藩國曾令善射者射馬爲戲既而有人云馬者國姓而自殺之不 帝亦悟之其後深信浮圖道鑄貨千萬造丈 親於瓦官寺迎之步行

十許里安帝既不惠帝每侍左右消息溫凉寢食之節以恭謹聞於時初王子年著讖云帝諱昌明運當極在中一期延其息諸馬渡江百年中當值卯金折其鋒至是果爲劉氏所代自東晉子孫相承四代十一帝起戊寅終于己未凡一百二年並都臺城之建康宮始元帝初過江稱晉王置宗廟使郭璞筮之云享二百年自元帝稱晉王元年丁丑歲至禪宋之年庚申歲實一百四年而丁丑尚繫於西晉庚申終入于宋年唯一百二年郭言二百盡倒其言爾初秦望氣者云五百年後金陵有天子氣故秦皇東遊以厭之塹北山改爲秣陵及孫權稱號自謂當之孫盛以

爲始皇逮乎孫氏五百三十七年晉其曆數猶爲秦
也及元皇之過江也乃五百二十六年真人之應其
在此矣

案東晉元帝即位太興元年至唐至德元年
合四百四十年

建康實録卷第十

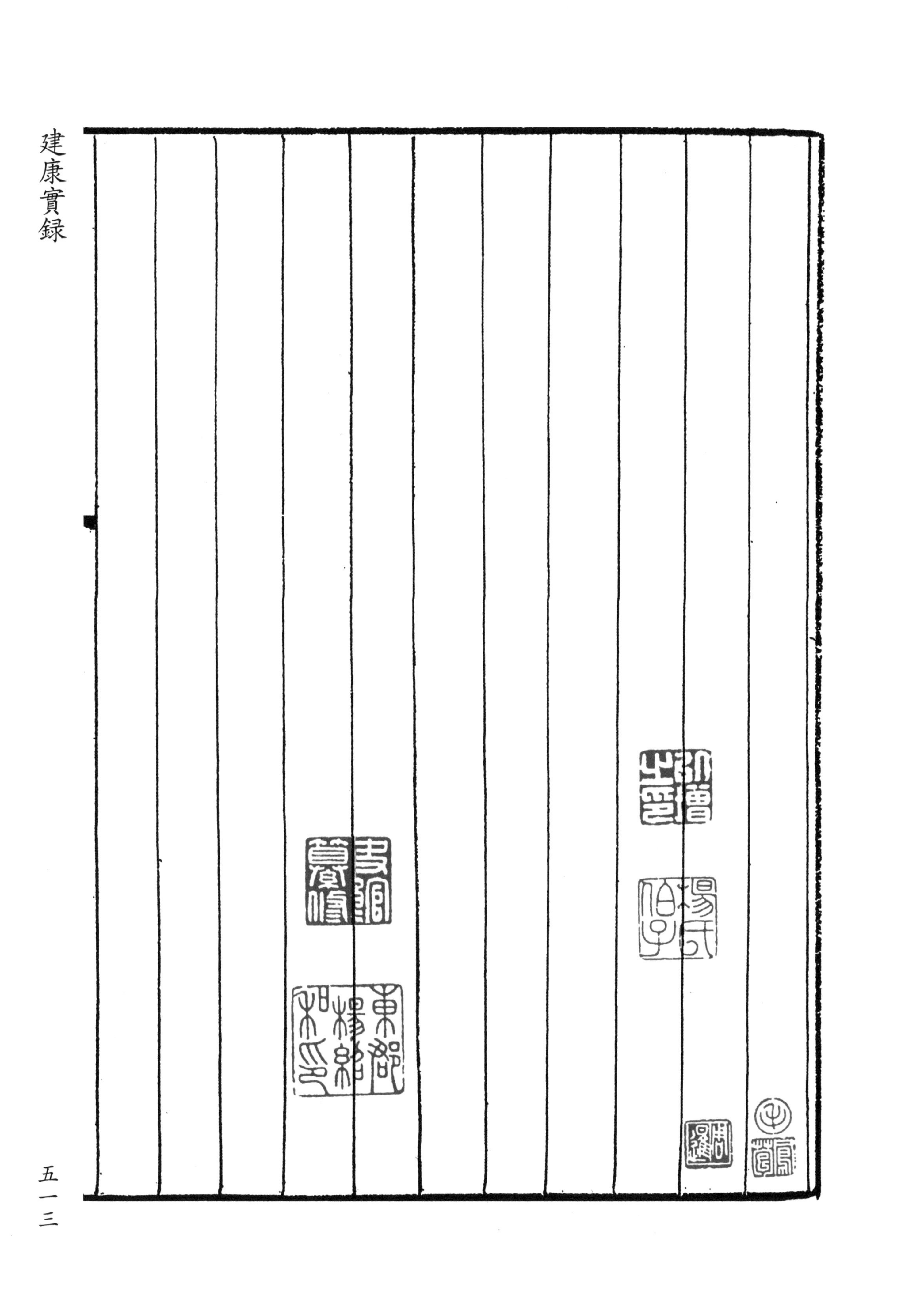

秦史所謂幽阿丹徒隴有天子氣者也時有孔子恭若善占墓帝嘗與經墓問之曰此墓何如子恭曰非常地也帝由是益自負行止時見兩小龍附翼之樵漁山澤間侶亦或覩焉困於貧賤不修廉隅小節時人莫能識唯琅邪王謐獨深敬重之帝嘗負刁逵社錢三萬經時無以還之遂被逵執謐密以己錢代償以此得釋嘗於下邳舍逆旅會一沙門謂帝曰江表方亂能安之者其在君乎既而忽失僧所在帝驚而異之晉隆安三年冬十一月妖賊孫恩寇會稽殺內史王凝之三吳亦應賊所在蜂起遣衛將軍謝琰前將軍劉牢之東討請帝為參軍事自丹徒往盡平定

郡縣四年春牢之還鎮丹徒以謝琰鎮山陰五月恩又入山陰琰戰死冬十一月牢之又東討帝衆嚴肅百姓賴之五年春孫恩又寇海鹽帝翼之而進築壘於海鹽故治與賊相拒城内兵少戎備不足帝選敢死士百人去介胄持短兵突賊兵賊棄甲走收其器仗皆以給兵士戰雖連勝終慮賊衆我寡乃一夜偃旗卧鼓若已宵遁旦使一童子開門賊問主將安在曰已走矣信之無備帝會將士出其不意復攻賊恩乃大敗邑潰高祖追之海鹽令鮑陋遣子嗣之以吴兵一隊爲前驅帝曰吴人不習戰今賊方盛若前軍失利必喪我師翌日將戰帝夜設伏兵四至皆立旗幟

鼓賊言四面有兵一時走散嗣之追奔深入爲賊所敗帝且戰且退死傷略盡懼不免至初戰地令左右解死人衣但示閑暇賊言有伏兵以誘我乃不敢進帝乃得徐歸夏四月恩浮海入江至京口戰卒十萬舟船千餘自丹徒至于建業百姓荷擔而至時劉牢之尚在山陰帝與四百人晨夜兼行與賊俱會京口恩率大衆登山帝至逆擊破之投山赴水者不可勝數恩以棚棧自韋僅得免猶恃其衆欲犄京師進及白石聞牢之還京口遂退散歸秋八月以帝爲建威將軍下邳太守冬十一月又追破孫恩於扈瀆恩走臨海元興元年春荊州刺史桓玄舉兵東下揚州

刺史司馬元顯南討以劉牢之爲前鋒次栗洲帝以
參軍從事屢諫牢之令擊玄牢之不從使其子敬宣
詣玄請和入京師牢之鎮廣陵怏怏曰人情去矣牢
之竟自縊於新洲玄以從兄脩爲撫軍大將軍鎮京
口帝爲中軍參軍太守如故孫恩投水死餘衆推恩
妹夫盧循爲主元興一年春正月玄使帝討孫恩餘黨
帝大破盧循於東陽追之永嘉循逸入海六月進帝
彭城內史冬十二月桓玄簒位司徒王謐爲丹陽尹卞
範之爲鎮軍將軍謝混爲侍中遷天子於尋陽明年
春帝隨桓脩入朝玄妻劉氏謂玄曰昨見劉德輿龍
行虎步視瞻不凡恐非人下者也宜早爲其所玄曰

方欲北清中原非劉裕莫足使若關隴平定徐思其宜三年二月丁酉帝還丹徒潛謀匡復乙卯帝因遊獵會何無忌魏詠之檀憑之劉毅毅弟藩檀韶韶弟祗孟昶昶弟懷玉劉道規諸葛長民同謀者二十七人願從者百十人丙辰平旦城門開馳入稱有詔遂擒桓脩斬之以徇脩弟弘青州刺史鎮廣陵道規為弘中兵參軍孟昶為主簿昶勸弘其日出獵未明開門昶道規毅等率壯士五六十人直入弘正噉粥稱有詔晉帝已復正斬桓玄首訖遂斬弘收其衆濟江義軍將剋京城初王元德率扈興等亦預參議謀是日陰據石頭毅兄邁有寵於桓玄玄以為襄陽太守尚在

建業帝使陳留人周安穆告之使爲内應玄天文已著而土木之工不息此而不乘宜復何待邁甚懼安穆慮事發馳歸是夜玄與邁書曰北府人情去何卿近見劉裕何所道邁得書謂玄已知其謀晨起白之玄驚封邁爲重安侯又以不執安穆故殺之乃誅元德等召群臣廷論衛將軍揚州刺史桓謙請北拒玄曰不然此兵輕猾皆出萬死若我偏師失利則更成其氣令不如屯兵覆舟使其空行二百里地無所措手卒遇大衆莫不振懾我按甲堅陣勿與爭鋒彼請戰不得勢將自走此謂不戰而屈人兵者也謙固諫不然乃遣其將吳甫之皇甫敷等相繼拒義軍先是帝

造游擊將軍何詹之左右見壽光耀滿室以告詹之
詹之以告玄玄不以爲意及聞義兵起方懼或曰裕
等甚弱陛下何慮之深玄曰劉裕足爲一世之雄劉
毅家無檐石之儲樗蒲一擲百萬何無忌劉牢之外
甥酷似舅共舉大事何謂無成時推帝揔徐州府事
孟昶爲長史居守檀憑之爲司馬劉穆之爲府主簿
帝率二州之衆一千七百人進及竹里移檄京師三
月戊午逆破皇甫敷等於羅落橋進敗桓謙於覆
舟山玄出自西掖門棄馬石頭城輕舟南逸王謐率
百辟推高祖領揚州帝固讓以王謐爲揚州刺史留
臺朝廷肅然各守職王謐命尚書[illegible]爲使持節都

督徐兗青冀幽并八州諸軍事鎮軍將軍徐州刺史鎮石頭劉毅冠軍將軍青州刺史廣陵相何無忌輔國將軍琅琊內史魏詠之建威將軍豫州刺史鎮歷陽孟昶建武將軍丹陽尹劉道規振武將軍先率兵千人追躡桓玄

裴子野曰桓敬通有文武奇才志雪餘耻校動離亂之中掩天下而不血刃既而嘯命六合規謀凌取未及踰年坐盜社稷自以名高漢祖事捷魏晉思專其侈而莫已知王謐以民望鎮領王綏謝混以後進光耀諸從兄弟方州連郡民駭其速而服其強無畏矣高祖是時殊方一疋夫也無千百之衆糾合同盟雷

聲三州曾未及旬蕩清京邑號令群后長驅江漢摧亡楚於已拔拯衰晉於已顛自義軒已來用兵之速未始有也自非雄略蓋世天命至止焉能若此者乎於是民知攸暨而王迹興

刁逵為桓玄西中郎將鎮歷陽玄敗逵歸請罪初逵與宋高祖故數窘高祖王謐嘗救脫之既而族滅刁氏

裴子野曰刁逵玄之爪牙王謐楚之上相論逆則王重定罪則逵輕稚遠以舊德録萬機長民以宿憾夷七族以為晉政偏頗甚矣且神龍伏於罟網漁者安知其靈化霸王匿於人庶庸夫何以悟其英雄茍在不悟則驕之者衆可勝紀乎是知宋高祖之非弘亮

也同盟多貳宜乎哉
丁卯帝遷鎮南府桓温神主于宣陽作晉王于太
廟命劉穆之斟酌憲章旬日而典禮畢舉既以之嚴
簡又躬自儉素貴賤莫敢犯者夏四月戊子帝推晉
武陵王遵爲大將軍承制居東宫詔教大赦天
子爲從父以孔靖爲會稽太守帝表征盧循謂李恭
議欲往會稽收其兵討桓玄靖以千里之外難用急
未若畿内動可集事帝然之至江陵復置群官增
法峻刑遣何澹之庾頤助郭銓湓口主一衆以劉毅
爲西討都督統何無忌等四千人發京師庚戌入破
澹之於桑落洲是月劉敬宣自鮮卑來歸五月桓歆

檥歷陽魏詠之破之追敗於芍陂歆走渡淮癸酉劉毅等追及桓玄戰于崢嶸洲破之玄走巳卯桓玄自江陵逃漢中荆州別駕王廣產南郡相王騰之奉天子入南郡時益州刺史毛璩遣從孫祐之與費恬送弟喪下璩弟子脩之時為玄校尉引入蜀至枚回洲益州督護馮遷斬玄於貊盤洲傳首京師玄從弟謙走荒中桓振逃于華容尋而振又襲陷江陵追謚玄為武悼皇帝迎璽紱於天子稱楚祚不終百姓之心復歸于晉丙午劉毅何無忌追及桓振毅等敗績六月丁未退屯尋陽使弘懲請罪於是免毅青州刺史無忌瑯瑯太守

裴子野曰善乎宋高之能法也不先峥嵘遽議靈溪之罰使擾攘之時無苟免之志恩不及私黨法不屈勳民使知攸憲示之以整不亦可乎故能使功著而費不煩威申而將不拔終靜四方用此道也

十一月桓振遣馮該守夏口東岸桓仙客守偃月壘孟山圖守魯山連艦夾江以待劉毅十二月壬戌毅三城進剋巴陵是冬盧循盜據廣州以其將徐道覆守始興郡義熙元年正月己丑毅次于馬頭桓振挾天子出營江津癸巳衆軍進次中夏大破桓謙等振走猶川譙逃長安天子反正戊戌劉毅言於天子令大赦天下可改元是為義熙元年二月甲子天子發

自江陵何無忌翊衛劉毅停夏口是月益州民譙縱殺刺史毛璩于成都三月桓振又襲荆州襄陽太守劉懷肅討之大破振於沙橋臨陣斬振振勇冠三軍每一合戰瞋目横矛衆不敢逼時醉中流矢乃擒之甲午天子至自江陵庚午詔進帝侍中車騎將軍都督中外諸軍事録尚書帝固讓抗表辭歸藩是月旋鎮京口夏六月宥桓胤子新安胤祖冲克讓於晉故也秋九月戊戌以征北將軍魏詠之爲荆州刺史頃時殷仲堪爲荆州刺史詠之爲其客不出十年踐其位談者偉之十月以劉藩爲輔國將軍青州刺史鎮廣陵義熙三年二月帝入朝乙卯旋鎮丹徒秋七月

加孟昶吏部尚書八月遣冠軍將軍劉敬宣毛脩之
率衆五千伐蜀國子博士周祗上書諫於帝曰自義
旗之建所征必克可謂天人交助和順之徵也今大
難既夷君臣俱泰此誠漸無事宜大寧治民然蜀賊
宜平六合宜一非不然也古人有言天時不如地利
地利不如人和今往伐蜀萬有餘里泝流天險動經
時歲來往艱阻雨雪連降驅三州三吴之人而投三
巴三蜀之土其中疾病死亡豈可稱計且泝萬里所
在無儲若連兵不解運漕不繼雖韓白之將何以成
功今言可征者皆云彼親離衆叛愚謂不然以一介
之匹夫而能致今日之事若衆心離散亦何以至此

官所遣兵皆烏合應募之人必無千人一心有前無退者矣夫爲治國先言其內而治其外先安其近而懷其遠頃狂狡不息誅戮相繼未可謂人和也天險如彼未可謂地利也帝不從明年敬宣至黄武果無功而還中流接得毛璩喪而及家口歸之冬十二月戊子司徒王謐薨孟昶使尚書右丞皮沈言於帝以謝混爲楊州刺史劉穆之說帝曰古有挾天子而令諸侯今其時也如公勳德豈可爲守藩將者乎劉毅諸人與公俱起布衣以取富貴位有先後一時相推非有委體心腹宿昔定分也楊州治本豈可假人大事草創用王謐爲神州王綏爲分陝以安當時之心

耳豈是經遠大計理盡於此哉一失權柄雖悔無及今答玄已往於辭實害宜報昶玄須入朝量之大旨可見帝納焉四年春正月詔高祖入輔中前命且爲楊州刺史録尚書事解兗州以劉藩爲刺史四月丙寅進孟昶爲尚書左僕射五年春正月乙未夫人臧氏薨

僞燕王慕容超大掠淮北孟昶曰師往必克公其行四月己巳帝抗表北伐舟師發自京師從淮入泗次于下邳捨舟步進燕將公孫五樓說慕容超曰吳兵輕銳難與爭鋒請斷大峴使不得入上策也堅壁清野芟夷穀麥中策也據城待戰下策也超曰引使過

峴我出鐵騎蹴之成擒耳何遽清野自取蹙弱初謀是役諫者曰賊若不出嚴守大峴不則堅壁廣固守而不出軍無資何能自返帝曰不然鮮卑性貪略不及遠既幸其勝且愛其穀謂我孤軍將不能久必將引我且出輕戰師一入峴吾何患焉及師踰峴虜軍未出帝喜曰天賛我也衆曰未見敵帝何悦焉帝曰師既過險士有必死之志餘糧栖畝無遺之憂虜隋吾計勝可必矣六月燕主令賀賴盧等拒臨朐去城四十里先據巨蔑水超曰吾軍得水即難敗也高祖遣先鋒孟龍符爭先據之大軍有車四千兩分兩翼方軌徐行車悉張幔御者執矟輕騎爲游軍軍

令嚴肅相戒以整未及臨朐賊至遂大戰超自往臨朐留寡弱居守悉令士卒前拒官軍大戰向日昃戰猶酣帝命參軍檀韶胡蕃等曰虜之精兵悉於是矣必留寡弱居守子以潛軍而翕其後往必剋城多易旗幟此乃韓信所以剋趙也且吾前去兵海道往必聲之韶等鼓行而登曰海軍至超棄城走軍鬪城陷陣恐而動帝親鼓擊之臨陣斬大將段暉獲超豹尾玉璽等歸于京師超等奔廣固衆軍逼之剋其大城超嬰小城於是設長圍守之館穀於青土傳江淮轉輸撫納降附隨才任使華夷響悅牛酒日至秋七月加帝北青冀二州刺史或薦北海王鎮惡召入與語

悦因留宿旦日辟爲青州從事初超使尚書郎張綱乞師於姚興綱歸太山守申宣獲之送帝帝知綱有巧思令造攻具超黨初未知乗城曰汝非張綱無能爲也及知綱爲軍所獲超大懼求割大峴獻馬千疋稱藩以和帝不許姚興既不能救使使來言曰今率步騎十萬屯于洛陽晉人若不退將渉淮左帝謂曰爾爲我報姚興我定青州將過函谷虜能自送今其時也參軍劉穆之遽入曰此言不足威敵容能怒彼若鮮卑未拔西羌人至公何以待之帝曰此兵機也非子所及羌若來救不有先聲今遣誑言是自疆也晉師不出日久矣羌見伐齊始將内懼自保不暇何

能救之九[illegible]進帝太尉十二月張綱治攻具成飛樓懸梯大幔板屋衝冠以牛皮火石不能害攻城之士得肆力焉時劉毅遣上黨太守趙恢千餘人來援帝夜潛遣軍益會之明旦恢衆五千方道而至每晉使將到輒復如之去者數十來者數千虜謂我師方益愈恐六年春二月夜有烏如蒼鵝飛入帝帳坐者咸愕胡藩獨賀曰蒼者胡也鵝者我也虜將歸我之徵也既旦悉衆攻城城陷慕容超踰堞走追騎獲焉送京師斬於建康市徐道覆以帝北伐也自往番禺說盧循令襲京師是月盧循舉兵過嶺寇諸郡何無忌起尋陽之師南救諸鎮鎮南將軍劉閭進說無忌曰盧循

有大志所經必不傷人其三吳舊賊百戰餘勇始興溪子拳捷善鬭未易輕也將軍且留屯豫章徵兵城守分軍石頭彼若圍城攻守者百倍告我而下畏吾躡其背比爾相持已數十日荆豫兵可以大至而合戰亦未晚也若以此軍輕進獨剋殆難濟乎無忌不聽戰敗握節而死之贈侍中司空謚忠肅公帝發自廣固將鎮下邳以經營司雍盧循寇逼朝廷徵還次山陽聞無忌敗卷甲兼行與數十人造江山上問行人知賊未到喜濟于京口夏四月乙未至京師戒嚴息甲劉毅表南征帝止之毅不從果敗於桑落洲衆皆没毅登岸走免盧循聞帝之歸恐欲以董兵分擊陵

西取荆雍道覆遣乘勝乃下賊衆十餘萬舳艫且千里樓船百餘隻敗軍歸尤言其盛丙辰尚書僕射孟昶以賊内逼曰臣之罪也是夜飲藥自殺

裴子野曰劉毅北伐先求南征非有料於勝敗大懼以威之不立古人度德而居相時而動故能舉無悔吝定覇取威若毅爲之不量力也竟則以甚何以能振夫左道佐民幻俠調誕足以動衆不足以濟功何哉國之將亡必隆妖孽不有悖主則有亂臣若天欲蕩覆斯疾使之不殄盡亂極凶然後王者興焉故其始也若夜火之集飛蟲雖死不悔及其末也如朝陽之照積雪一旦消除故有彊若盧循猛如徐道覆

基於邪蠱何以從彥遠之議遷都爲不知矣從之以死婦人哉昔有懼弱而自沉租之徒也

丙寅劉毅歸自桑落洲者十三人詔還節鉞降爲後將軍戊午帝移鎮石頭守乙丑賊大至帝籌之曰賊若新亭直上且將避之若回泊蔡洲成擒耳六月進帝太尉中書監加授黃鉞餘如故辭秋七月諸軍大破盧循循自蔡洲退奔尋陽遣王仲德追之帝歸東府治水軍使建威將軍孫處率衆三千自海路襲番禺戒之曰我十二月必破妖寇卿亦足至番禺先傾其巢窟使奔散之日無所歸初盧循既下使苟林寇江陵桓謙譙道福率蜀兵爲應謙及枝江荆人皆譙

舊也並懷二心刺史劉道規會衆夜開城門衆莫有去者冬十月高祖率劉番檀韶等舟師南伐盧循留别將范崇戍南陵王仲德破之十一月孫處至番禺攻陷其城循父嘏奔始興處撫其人以守十二月己卯朔大軍次大雷築壘循揚聲不攻雷池中流而進帝分牛騎登西岸率水軍與戰參軍庾樂生乘艦在後斬以厲衆士卒乃爭破賊賊泊西岸步騎飛炬焚其舟水軍乘流逼之賊退走豫栅左里甲申大軍至左里將戰帝麾之麾竿折幡沉于水衆咸懼帝笑曰昔覆舟之役亦如此今勝必矣乃大破循軍士卒皆降盧循單舸走徐道覆留始興帝自左里旋師天子

遣侍中黄門勞師于行所七年春正月乙未振旅而歸京師進大將軍揚州牧給班劒二十人三月循走番禺既無所止乃走愛州徐道覆自始興戮其妻子而後自殺歎曰我不信英雄主爲盧公所誤夏五月交州刺史杜慧度斬盧循於龍編及父子函七首于京師梟於大航八年四月以劉毅爲衛軍將軍開府儀同三司荆州刺史毅改易官守請丹陽尹郗僧施爲南蠻校尉將有異志州病甚表請劉藩省疾高祖知之自收其黨謝混獄死而表西伐藩妻毅之妹也帝將圖毅而收之以諸葛長民爲豫州刺史留監府事劉穆之居東府長史貽書劉敬宣曰盤龍狼戾專

恣自取夷滅世路剋清異端將盡富貴之事相與共
之敬宣懼以牋示帝盤龍劉毅也元興中敬宣曾言
盤龍自伐一旦遭遇必凌上取禍故長民見伐毅以
敬宣言感動宣欲與謀高祖乃引爲諭也故敬宣以
示帝甲申大軍次南州以參軍王鎮惡爲前鋒冬十
月鎮惡及豫章口拒江陵二十里捨舟步進誡守船
者江津遇衛軍朱顯之乃戰船人嚴鼓大發大破城
内其夜毅自北門走出自縊死十一月乙卯大軍至
江陵下書勞百姓曰夫弘獎拯民必存闊恕捨網羅
綱去煩易理九年春以西陵太守朱齡石爲益州刺
史帥寧朔將臧熹及下邳太守劉鍾等衆二萬自江

陵伐蜀初謀元帥難其人齡石資名素淺帝違衆拔之授麾下之半臧熹夫人弟也位出其下亦隸焉誡石曰劉敬宣往至黃武無功而退今者師出應道青衣賊判由其不意復從内水如是涪城之戍必有重兵若道黃武正墮其計令軍自外水取成都疑兵向黃武此制敵之策也書函署曰到白帝發之諸將雖行未知所趨乙丑帝至自江陵初諸葛長民貪淫驕横帝每優容之劉毅既誅長民謂所親曰昔年醢彭越今年殺韓信禍其至矣欲謀爲亂又常謂人曰貧賤常思富貴富貴之後身履危機今日欲爲丹陽布衣不可得也及帝西歸甚慮之輔國將軍王誕求先

下帝曰長民似有疑心卿詎宜便去誕曰長民蒙公垂盼令輕身單下必當無慮乃可少安其意高祖笑曰卿勇過賁育矣於是先遣帝乃至期尅日奄至東府而誅長民兄弟等是時民多遠本僑雜者衆帝上疏曰臣聞先王制治九土披序分疆畫境各安其居在昔盛世民無遷業故有井田之制三代以降秦革斯政漢遂不改富彊兼并於是為弊然九服不擾所託咸舊在漢西京大遷田景之族以實關中即以三輔為鄉閭不復係之於齊楚自永嘉播越爰托淮海朝有匡復之算民無思本之心經略之圖日不暇給是寧民雖治猶有未遑及大司馬桓溫以民為政本

傷治爲深故庚戌土斷以一其業于時財阜民豐實由於此自兹迄今彌歷年載畫一之制漸用頹弛離居流寓閭伍不脩王化所以未純民瘼所以猶在自負荷重任恥責實深自非改調解張無以濟治夫人情滯常難與慮始所謂父母之邦爲桑梓者戒以生焉終焉愛敬所託今所居里也墳隴成行敬恭之誠豈不與事而至請準庚戌土斷之科庶存所弘稍與事著然後率之以仁義鼓之以威風超大江而跨黄河撫九州而復舊土則返本之制乃速申於當年於是依界土斷從之上又令豪彊不得固其湖澤稅民爲利是月朱齡石次白帝乃發書言衆軍悉由外

出藏壽自中水取廣漢使羸弱乘高艦十餘造廣武
譙縱果遣道福董兵守涪城六月癸未朱齡石次平
模距成都二百里譙縱遣大將侯暉僕射譙詵等至
平模夾岸連城層樓重柵衆未能攻朱齡石謂鍾曰
天方暑熱賊今固險攻之難拔只困我師吾欲蓄銳
息兵伺隙而進卿謂何如鍾曰不然前揚聲言衆軍
由內水故譙道福不敢捨涪出其不意侯暉之徒已
破膽矣暉之阻兵非堅壘也因其懼而攻之其勢必
剋剋平模則鼓行而前成都不能守必矣若緩兵相
持虛實將見涪兵復來難爲敵也若進不能戰退無
所資二萬人同爲蜀子虜耳石從之攻皆剋斬侯暉

進次成都秋七月戊辰譙縱將家出奔其尚書馬耽封倉庫以待王師壬申朱齡石入成都縱之走也如其墓乃自縊死齡石戮其屍傳首京師十年夏五月乙酉夜河間王司馬國璠帥百餘人踰廣陵城登廳事太守檀祗驚出箭及其股祗語士衆曰賊以暗來非多也行五鼓必散矣賊聞鼓果遽而走於是悉降祗是歲城東府築燕府舍十一年春正月盜殺左將軍北青州刺史劉敬宣初敬宣夜飲之夕有芒履長三尺墮其食盤須臾難作初謝混負地矜才罕所容好雖劉穆之不能下也遇敬宣而盡歡或以譏混混曰孔文舉禮太史義末下豈有非之邪平西録事韓延

之司馬休之故吏也帝招以位延之報書曰司馬公體國忠貞款誠待物今得罪宰相加之以討能無辭乎帝上無款懷之士閫外無自信諸侯良可恥也伐人之君啗人以利五尺童子孰不知君之心請以藏兵游於地下耳帝省書歎左右曰事人當如此初雍州刺史魯宗之負力好亂懼不容於時胥爲讖曰魚登日輔帝室司馬休之聞乃引焉是月荊州刺史司馬休之雍州刺史魯宗之舉兵內向以討劉裕爲名庚午大赦帝白衣西討三月軍次江津司馬休之阻岸置陣帝欲自登謝晦抱止帝帝抽劍擬晦晦曰天下可無晦不可無公此曹洪所以濟魏武也乃止癸

召胡蕃人來至將斬以勵衆藩謂使者曰正欲擊賊不得奉命因以刀頭穿岸僅劣容脚指乃騰而上岸衆從之大破賊五月雍州刺史趙倫之破魯軌於石城休之來援不戰而走

裴子野曰書曰慮善以動動惟厥時若司馬休之動非其時也天方厭晋罔敢知言已雖欲得無乃違天乎五運無不亡之國爲廢姓受朝賢若三仁且猶顛沛而況豪俠哉昔中原殄寇道盡于時四海爭奔豈徒繫晋得實存乎大義故能遂荒南土七六與也勃然至義熙不異於是矣而宋家支離未忘前害深逆越逸禍將日尋豈戡黎之伐弘少將吝周之徒孔識興廢何其歎歟

進帝太傅楊州牧劒履上殿入朝不趨賛拜不名加前後部羽葆鼓吹置左右長史從事中郎四人論平蜀功以宋齡石爲豳豆城公秋八月甲子以中書侍郎劉穆之爲尚書左僕射領吏部尚書十二年春正月以帝領兖州刺史加平北將軍增都督南秦二十二州諸軍事三月僞秦姚興死子泓新立兄弟相殺關中擾亂乃言於天子戒嚴北伐夏五月盧江霍山崩獲六鍾癸巳詔帝受雍州刺史前後部羽葆鼓吹班劒爲四十人秋八月乙巳大軍進發奉帝弟瑯瑘王德文以行劉義府爲中軍將軍監留府事鎮石頭以劉穆之爲領監軍中軍二府軍司入居東府揔攝内外光禄大夫孔

季恭先告老居家室於是願從以為軍謀祭酒寧州刺史獻帝琥珀枕命搗碎付征士齎金瘡九月軍次彭城以冠軍檀道濟龍驤王鎮惡及龍驤王敬為前驅造許洛寧朔劉遵考中兵沈林子舟師通石門寧朔朱超石寧朔參軍胡蕃趨半城龍驤朱才寧遠竺秀寧遠嚴綱開鉅野皆受督於王仲德北方屯戍緣道降伏十月眾軍會洛陽圍金墉姚洸請降執歸京師洛陽平命脩五陵置守衛十一月癸巳天子使冊帝曰朕以寡昧仰纘洪基賊臣乘釁蕩覆王室越在南鄙遷于九江宗祀絶饗人臣無位提挈群兇寄命江浦則我祖宗之業奄墮于地七百之祚翦焉傾覆若涉

淵海罔知攸濟天未絕晋誕育英輔振厥頽綱再造
區宇興亡繼絶俾昏作明元勳至德朕實攸倚今將
授公典策其敬聽朕命乃者桓玄肆僭滔天泯夏拔
本塞源顛蹶六位庶寮俛眉四方莫恤公精貫日月氣
陵雲漢奮其靈武大殲群慝剋復王室奉歆神祇此公
之大節始於勤王者也授律群后順流長鶩薄伐崢嶸
獻捷南郢大憝折首群逆畢夷三光旋彩舊物反正此
又公之功也出藩入輔弘茲保弼阜財利用繁殖生
民編戶歲滋疆宇日啓導德明刑四海有截此又公之
功也鮮卑負衆僭盜三齊狼噬舊青虎視沂岱介恃遐
阻屢爲邊毒公蒐乘秣馬复入遠逐疆衛撍四臨萬雉

俱潰竊號之虜顯戮司寇拓土千里申威隴漢此又公
之功也盧循妖兇伺隙五嶺乘虚肆逆侵覆江豫旌
拂宸内矢及王城朝野喪沮莫有固志家獻從卜之計
國議遷都之規公秉轅南濟義形于色嶷然内湛視
險若夷妙略奇軍淵謀不世狡寇窮窘喪旗遁跡俾我
畿甸拯於將墜此又公之功也劉毅叛換負釁西夏
凌上罔主肆志姦暴附麗協黨扇蕩王畿公禦槧軌以
刑消之不日大軍電掃神兵風拂罪人斯得荆衡晏
清此又公之功也追奔逐北揚旌江瀆偏旅浮海指
日遄至番禺之功涉血萬頃左里之捷魚潰鳥散元
兇遠迸傳首萬里南海肅清荒服來洎此又公之功

也譙縱恃亂寇竊一隅王化阻關三巴淪溺公指命
偏師授以良圖陵波憑湍致届井絡僭豎伏鑕梁岷
草偃此又公之功也永嘉不競四夷擅威五都傾蕩
園陵幽辱祖宗懷没世之憤遺甿有匪風之思公遠
齊伊宰納隍之仁近同小白滅亡之恥鞠旅陳師赫然
大號分命群帥北徇司雍許鄭風靡鞏洛載清僞牧逆
藩交臂請罪百年榛穢一朝掃滌此又公之功也公有
康宇宙之勳重之以明德爰初發跡則奇謀冠古電
擊強祅則鋒無前對聿寧東畿大造黔首若乃草昧
經綸化融於歲計扶危靜亂道固於包桑辨方正位
納之軌道蠲削煩苛較茲畫一湻風美化盈塞區宇

是以絶域獻琛遐夷納貢王略所亘九服率從雖文
命之東漸西被咎繇之邁子種德何以尚茲朕聞先
王之宰世也庸勳尊賢建侯胙土褒以寵章崇其徽
物所以協輔王室永隆藩屏故曲阜光啓遂荒徐宅
營丘表海四履有聞其在襄王亦賴匡霸又命晉文
備物光錫惟公道冠前賢勳高振古而殊典未飾朕
甚恧焉今進授相國以徐州之彭城沛郡蘭陵下
邳淮陽山陽廣陵兗州之高平魯國泰山十郡封
公爲宋公錫茲玄土苴以白茅爰定爾居用建冢社
昔晉鄭啓藩入作卿士周邵保傅出揔二南内外之
任公實兼之今命使持節兼太尉尚書左僕射晉寧

縣五等男甚授相國印綬宋公璽紱使持節兼司空
散騎常侍尚書陽遂鄉侯泰授宋公茅土金虎符第
一至第五左竹使符第一至第十左相國位無不揔
禮絶朝班居常之名宜與事革其以相國揔百揆去
録尚書之號上送所假節侍中貂蟬中外都督太尉
太傅印綬豫章公印策進揚州刺史爲牧領征西將
軍司豫北徐雍四州刺史如故公綱紀禮度萬國是
式乘介蹈方罔有遷志是用錫公大輅戎輅各一玄
牡二駟公抑末敦本務農重稼釆蘩寔勠稼穡惟阜
是用錫公衮冕之服赤舃副焉公閑邪納正移風改
俗陶鈞品物如樂之和是用錫公軒縣之樂六佾之

舞公宣美王化道揚休烈華夷企踵遠人胥萃是用錫公朱戶以居公官方任能網羅幽滯九皐辭野髦士盈朝是用錫公納陛以登公當軸處中率下以義式遏寇讎清除苛慝是用錫公虎賁之士三百人公明罰恤刑庶獄詳允放命干紀罔有攸縱是用錫公鈇鉞各一公龍驤鳳矯咫尺八紘括囊四海折衝無外是用錫公彤弓一彤矢百玈弓十玈矢千公溫恭孝思致虔禋祀忠肅之志儀形四方是用錫公秬鬯一卣圭瓚副焉宋國丞相已下一遵舊儀欽哉其祗服往命茂對天休簡卹庶邦敬敷顯德以終我高祖之嘉命加宋公遠遊冠相國綠綟位在諸侯王之上

十三年春正月追贈高祖請太常父翹特進左光祿
大夫紱綬軍次陝留城經張良廟下令曰夫盛德不
泯義存典禮微管之歎撫事彌深張子房道亞黃中
照隣殆庶風雲玄感蔚為帝師可改今上御名棟宇修飾丹
青蘋藻行潦以時致薦王鎮惡軍次潼關檀道濟過
蒲坂羌并州刺史尹昭據險道濟攻之未能下沈林
子謂濟曰蒲城堅卒未可下攻之傷衆守之引日王
鎮惡孤軍無依勢危力少潼關天險必爭之地若姚
紹據之則難圖也不如棄蒲坂并力潼關潼關若捷
尹昭不攻自服矣濟從之二月甲戌沈林子檀道濟
王敬等大破姚紹於潼關紹之長史姚伯子屯九原

將憑河津以絶糧道道濟爭赴之斬佰子虜其率或
謂濟曰高裊之以築京觀濟曰不可師入敵境於我
觀義懼之以威力則人自爲守且圍及伐其人何罪
食而遣之於是周泰保壁祿負而至朱齡石率丁旿
等爲却月陣大破拓跋圭等數軍於河北五月戊午
帝次洛陽七月癸未步軍入關八月衆軍破姚泓於
青泥走灞上辛丑大軍次關頭丁未王鎮惡舟師泝
河入渭食畢登岸斥舟誓衆大破姚平等攅門正勸
自平朔門入泓與數百騎奔石橋明日將妻子詣壘
門降泓子年上謂泓曰晉人將逞其欲不如早自引
泓不答其子登橋自投而死於是君臣面縛以請壘

門王鎮惡執泓屬諸吏長安六萬餘戶殷壯麗財寶盈積王師號令嚴整士民悦服租賦日滋九月甲子大軍次灞上王鎮惡道迎帝勞之曰成吾霸業者卿也鎮惡拜曰明公之力鎮惡何功之有帝笑曰卿欲效馮異耶是日帝入長安收其彝器渾天儀土圭指南車記里鼓秦漢鍾魏銅蟠螭等獻于天子其餘珍寶須賜將帥拜漢長陵大會文武於未央殿執姚泓歸詣京師斬于建康市遷姚宗於江東天子使使勞師于咸陽冬十一月進帝爵爲王增國十郡帝讓不受以桂陽公義真行安西將軍雍州刺史鎮京兆以王脩爲長史王鎮惡爲司馬留兵萬人以傅弘

之領之將班師長安父老謂帝曰殘民不見王師百
年於茲矣始覩衣冠人人相賀長安十陵是公家墳
壟千門萬戶是公家府殿捨此欲安歸乎帝爲之憫
然鎮惡五月五日生故名鎮惡嘗客於澠池澠池人
李方厚遇之後入關拔方爲澠池令初謂方曰吾忽
值英雄主取萬戶封侯當厚報卿十一月丁亥尚書
左僕射丹陽尹中軍西華子劉穆之卒贈衛將軍開
府儀同三司以左司馬徐羨之領丹陽尹帝聞穆之
卒哭之慟上疏於天子曰臣聞崇賢旌善王教所先
念功簡勞義深追遠故司勳秉策在勤必書德之休
明沒而彌著故尚書左僕射臣穆之忠規遠畫潛慮

密謀造膝詭辭莫見其際於是重贈侍中司徒南昌侯封一千五百戶謚文宣公穆之既貴食必方丈嘗白帝曰穆之本貧賤贍生多闕比者所資微爲豐泰自此之外無一毫負公帝亦推心委賴如左右手蘭穆之外所知聞無不盡白雖同閭里戲謔道途細事皆具聞帝多識情僞穆之之由也及居東府副上相帝任內則穆之外則謝晦然二人素不相叶及穆之卒謝晦喜形於色自是朝廷大政皆諮受帝小事則決之於徐羨之十二月旋長安自洛入河開汴河以歸十四年正月師次彭城解嚴息甲後沈田子自與王鎮惡爭功且王猛之孫有重望也杖入以比諸葛亮

入關之功又鎮惡為苻堅王猛孫者深憚焉故田子因衆懼襲殺鎮惡於傅弘之營中弘之告義真義真率王智王脩被甲俄而田子率數十人入脩乃執田子專戮斬之自是胡馬憂逼咸陽矣二月嵩山獲玉璧三十二黃金一餅漢中成故縣水崖崩獲鐘十二枚翠縣民宗曜獲嘉禾九穗同穎獻諸天子詔歸于帝帝固辭以中軍將軍劉義符為荆州刺史中軍議郎張節諫曰儲貳至重四海所繫古來冢子在外未有為國福者乃止夏六月庚寅始詔受相國九錫之命引晉使陳備物於庭帝顧寮佐曰孤本布衣始願不及此衆人歛衽將軍王弘率爾而言曰此之謂神物求

十二月戊寅天子崩瑯瑯王德文即位改號元熙元年春正月甲子詔徵帝入輔又申前命進爵爲王以徐州之海陵北東海北譙北梁豫州之新蔡兗州之北陳留汝南潁川滎陽十郡以增宋國庚申葬安帝于休平陵秋八月丁巳遷都壽陽始受王爵赦國內五歲刑以傅亮爲中書令九月帝解揚州牧冬十月以劉義真爲揚州刺史十二月天子命帝冕十有二旒建天子旌旗出警入蹕乘金根車駕六馬備五時副車置旄頭雲罕樂舞八佾設鍾虡宮縣進王太妃爲太后王妃爲王后世子爲太子王子王孫爵命之號一如舊儀二年正月帝上表讓殊禮是月大旱陵郡江濱

自開出古銅禮器十餘物帝獻之天子謙不受歸諸
瑞物藏於相府二年夏四月又徵入輔五月己亥發
自壽陽六月壬辰舟輿泊于石頭達渚恭帝詔曰夫
大造草昧樹之司牧所以闡鈞二極統天成化故大
道之行選賢與能隆替無常期禪代非一族貫之百
王其來尚矣晉道陵遲仍屬多故安皇播越宗嗣墜
泯則我宣元之祚永墜于地顧瞻區宇蕩焉已傾相
國宋王天縱聖德靈武秀出一匡頹運再造區夏固
已興亡繼絶拯淪溺矣故四靈効瑞川岳啓圖玄象
表革命之期華裔注樂推之願代德之符著于幽顯
瞻烏爰止爰集明哲夫豈延康有歸咸熙告謝而已

昔漢德既微魏祖繼其緒黄運不競三后肆其勤
故天之曆數定有攸在敢忘四代之高蹤横作天人
之至望于其遜位別宫敬禪于宋草詔既成請帝書
之帝欣然操筆謂左右曰桓玄之時天命已改重爲
劉公所延二十載今日之事本所甘心甲子遣使奉
策曰咨爾宋王夫玄古權輿攸哉邈矣其詳靡得而
聞爰自書契降逮三五莫不以上聖君四海以止戈
定大業然則帝王者宰物之通器君道者天下之至
公在昔上葉深鑒兹道是以天禄既終唐虞不得傳
其嗣符命來格舜禹不得全其讓所以經緯三才澄
序彝化作範振古垂風萬葉莫尚於兹昔我宗祖欽

明辰居其極而明晦代序盈虧有期翦商兆禍非唯一世惟王體上聖之姿包二儀之德明齊日月道合四時豈伊博施於民濟茲黔庶固已化洽四海道備八蒸圖緯之文既明人神之望已改百工歌於朝庶民誦於野億兆抃蹈傾佇惟新自非百姓樂推天命攸集豈伊在予所得獨專是用仰應皇靈俯順群議敬禪神器授帝位于爾躬天祚告窮天祿永終於戲王其允執其中敬遵典訓副率土之嘉願恢洪業於無窮時膺休祐以答三靈之眷命是日使持節兼太保散騎常侍光祿大夫謝澹兼太尉尚書劉宣範奉皇帝璽綬受終之禮一如唐虞漢魏故事帝奉表陳

讓晉帝已遜于瑯琊王第百辟拜辭祕書監徐廣獨
流涕歔欷謝晦止之廣曰君爲宋朝佐命吾乃晉室
遺老憂喜之事固不同時抗表陳讓表不獲通羣臣
上疏勸進不許太史令駱達奏曰自晉義熙元年至
元熙元年太白晝見經天凡七占曰太白經天民更
主異姓興焉義熙七年五虹見于東方占曰五虹見天
子黜聖人出十三年鎮星入太微有立王徙主之兆元
熙元年冬〻有黑龍四登于天易傳曰冬〻龍見天子亡
社稷大人受命冀州道人釋法稱告其弟子曰嵩高神
言江東有劉將軍漢家苗裔當受天命吾以璧三十
二鎮金一餅與之劉氏卜世之數也後漢建武至建安末

一百九十六年而禪魏魏自黄初至咸熙末四十六年而禪晉晉自太始至今一百五十六年三代揖讓咸窮於六於是群公卿士固請乃從之初漢光武立社于南陽漢末而其樹死劉備有蜀乃應之而興及晉季年舊根復萌至是而茂盛乃受法駕於南郊壇柴燎祭于上帝禮畢嚴駕還宫御太極殿大赦改元

永初元年封晉帝爲零陵王食邑一郡載天子旌旗乘五時副車行晉正朔郊祀天地禮樂皆用晉典上書不言表答表不稱詔營于秣陵封道憐及義慶等五王

二年以義真爲司徒以盜侯射徐羨之爲尚書令聽訟

華林園禊溪祀九月晉零陵王殂帝率百寮臨于
朝堂三日葬以晉禮以梁州胡帥大沮渠蒙遜爲鎮
軍大將軍梁州刺史尚書令司空以太子詹事傅亮
爲僕射上不豫以道濟徐羨之傅亮檀道濟入侍醫
藥群臣請祈禱上不許以義真爲侍中豫州刺史上
瘳封仇池公楊盛爲武都王
三年五月上疾甚召太子誡之曰檀道濟雖有幹略
而無遠志非如兄韶有禦難之氣徐羨之傅亮當無異
圖謝晦數從征伐頗識機變若有異必此人也朝廷
不須復有別府大臣中亦宜有爪牙以備不祥後起
若有少主朝事一委宰相母后不煩臨朝癸亥上崩

于西殿時年六十七葬丹陽建康縣蔣山初寧陵在縣東北二十里周卌三十五步高一丈四尺謚曰武皇帝廟號高祖上清簡寡欲嚴整有法度未嘗視珠玉輿馬之飾後庭無紈綺絲竹之音初朝廷未備音樂殷仲文言之帝曰日不暇給且所不解仲文曰屢聽自然解之帝曰政以解則好之故不習耳寧州嘗獻琥珀枕光色甚麗價盈百金時將北征或曰療金瘡上大悅命碎之分賜諸將平關中得姚興從女有盛寵以之廢事謝晦諫之即時遣出財帛皆在外府内無私藏宋臺建有司奏東西堂施局脚牀銀塗釘上不許用直脚牀釘用鐵廣州嘗獻入筒布一端上惡其精麗勞人即付所司彈太

守以布還之帝素有熱疾并病金瘡末年尤極坐卧常須冷物後有人獻石牀寢之極以爲佳乃歎曰木牀且費而況石乎即令毀之制諸主出適不過二十萬無錦繡金玉性尤簡易甞著連齒木屐好出神武門逍遥左右從者不過數十人時徐羡之住西州甞思羡之便步出西掖門羽儀絡繹追之已出西明門外矣諸子旦問起居入閤脱公服止著裙帽如家人之禮焉帝微時躬於丹徒業農及受命後耨耜之具頗有存者皆命藏之留於後及文帝幸舊宫見而問焉左右以實對帝有慙色有近侍進曰大舜躬耕歷山伯禹親事土木陛下不覩列聖之遺物何以知稼

穡之艱難何以知先帝之至德乎及孝武大明中壞上所居治室於其處起玉燭殿與群臣觀之牀頭有土障壁上挂葛燈籠麻繩拂侍中袁顗稱上儉素之德武帝不答獨言曰田舍翁得此已過矣故能光有天下克成大業盛矣哉

廢帝滎陽王

廢帝諱義符小字車兵武帝長子也晋元熙元年進爲宋王太子武帝受禪立爲皇太子永初三年五月癸亥武帝崩是日太子即皇帝位大赦制服三年六月壬申以尚書僕射傅亮爲中書監尚書令司空徐羨之領軍將軍謝晦及亮輔政以永初四年春正月

巳亥朔大赦改元爲景平元年文武各賜位二等乙
巳虜將達奚印破金墉進圍虎牢毛德祖於城内掘
地深七尺旁穿二道出城外又分爲大道出賊後募
敢死士數百人隨叅軍范通基出自圍外鼓噪斬虜
虜陣擾亂斬首數百級燔其攻具虜雖暫退衆還復
合拓䟦圭又遣平安涉歸寇青州己未詔徵豫章太
守蔡廓爲吏部尚書廓至謂尚書傅隆曰選皆出我
乎隆言執政徐羨之云黄門已下專以委蔡已上衆
叅也廓曰我不能爲徐干木署紙尾遂不就二月丁
丑太皇太后崩遺令曰先皇棄世載五十古不封樹
漢亦異陵今將外營別壙亦無不可十二月大沮渠

蒙遜吐谷渾阿豺遣使貢獻庚辰爵蒙遜爲河西王
以阿豺爲安西將軍封澆河公辛未富陽人孫法光
宗親反自號冠軍大將軍寇山陰山陰令陸劭拒之
戰柯亭賊敗走甲子豫州刺史劉粹遣將軍襲許昌
殺西頴川太守庾龍乙丑虜騎掠高平初虜自河北
之敗請修和親及聞高祖崩因喪來寇河北騷然矣
夏四月檀道濟北征次臨朐虜焚攻具去青州孫琳
爲御史中丞以事忤徐羡之羡之遣琳弟璩自釋琳
曰我觸忤宰相罪止一身差不及爾無忙懼遂劾免
羡之雖不復命朝廷憚之己未虎牢城陷虜執司州
史王德祖歸初虎牢圍急城内無水士馬皆渴皮膚

黑爆人皆患瘡至死無血城潰左右扶德祖使逃德曰義不使城亡而身存與衆俱執七月癸酉尊帝所生張夫人曰皇太后宮曰永樂丁丑以旱故詔赦五歲刑已下罪人冬十月己未有星孛于天指尾貫攝提向大角仲月在尾季月掃天倉而後滅帝既即位多不率禮范泰上封事深言其不道及多言曰王言如絲其出如綸下觀而化疾於影響臣蒙先朝厚遇思竭狂瞽陛下若能留心覽察則臣無恨九泉輔國將軍交州刺史龍編侯杜惠之卒贈左將軍惠之爲刺史也布衣蔬食治國如家歲荒民飢以私禄賦十城門夜不閉道不拾遺海表大治十二月丙寅省寧

州之江陽爲建安郡是歲索虜太守死子壽代立
二年春正月癸巳朔日有蝕之徐羨之傅亮謝晦奏
曰先朝不豫已至大漸車騎將軍義真酣酒日夜不
輟無惡言訕主謗朝并輒匿甲卒請遵武陵王故事
廢爲庶人流于新安郡前吉陽令魏郡張約上書訟
之曰臣雖草介備先黔首少不自量頗爲高荊懾伏
惟高祖武皇帝挺器神武撫運龍躍仰清天步則齊
德有虞俯廓地基則侔功大夏故虔順天人享有萬
國雖靈祚攸長而聖躬不永陛下繼明紹統遐邇一
心藩王義真天姿夙茂素有卓然之美宜在容民擁
瑕宥過訓以之方伏思大宋之興雖叶應符律而開

基造次根條未豐宜廣藩屏使兄弟盛比姻氏伏願上考前代興亡之由中存武皇締今上御名之業下顧蒼生顒顒之望時關内田宵冒死詣闕帷願丹誠一經天聽退就斧鑊無媿地下執政徙約之梁州道追殺之初高祖既締今上御名而副貳未育帝始義熙二年生于京口及封王恣其志欲膂力絶人解音律善騎射於是群小左右多進異端義眞好文愛士而性又浮躁謝晦嘗言於高祖曰陛下春秋既高宜思存萬世神器至重不可使負荷非才高祖曰廬陵何如晦曰臣請觀之晦造義眞義眞盛欲與談晦不甚答還言德輕於才非人主也由是出居于外及羨之等專政王意不悦與前太

子左衛率謝靈運散騎常侍顔延之毀稱過甚故吏范晏戒之義真曰靈運空疎延之隘薄魏文帝云鮮能以名節自立者但情性所得未能忘言於悟賞政與遊耳矣及主無謀定故先黜義真乙未以皇弟義恭爲冠軍將軍南徐刺史丁未大風夫有五色雲占曰天錦有兵高麗國使貢獻發使誅皇弟義真于新安夏五月江州刺史王弘南兗州刺史檀道濟來朝執政諷之乙酉皇太后令曰王室不造天禍未悔先帝創業不永棄世登遐義符長副屬當大位窮荒極悖一至於此大行在殯幸災肆於悖辭嘉容表於在戚至三召樂府鳩集伶官倡優管絃靡不備發珎羞甘膳有

旅平日採擇媵妾產子就宮覲然無怍醜聲四遠迄吾
寸痛心及懿后崩背重加天下親覩與左右執紼歌呼
手推梓宮撫掌笑謔殷省備聞加復日夜媟狎群下
慢戲興造萬計費用萬端帑藏空虛人力殫盡刑罰
苛酷幽囚日增居帝王之位好阜隸之役處萬乘之
尊悅廝養之事親執鞭朴毆擊無辜穿池築觀朝成
暮毁徵發功匠疲極兆民遐邇歎嗟人怨神怒社稷
將墜豈可嗣守洪業君臨萬邦可廢爲營陽王一依
漢昌邑晉海西故事鎮西將軍宜都王仁明夙篤孝
悌自幼及長德業沖粹識心明允宜纂承皇統光臨
億兆主者詳行舊典以時奉迎未亡人嬰此百罹雖

存若隕永悼怯畏撫心崩寒徐傳等將廢帝諷王弘檀道濟求赴國許弘等來朝謝晦移家出鎮軍府將治府舍而實伏甲士出于外屋以謀告中書舍人邢安泰潘盛等為內應夜邀道濟謝晦領兵居前羨之等隨後因東掖門開入自雲龍門盛等先戒宿衛莫有禦者時帝於華林園為列肆親自沽賣又開瀆聚土以象破岡埭與左右引船唱呼以為歡樂夕遊大淵池即龍舟而寢其朝未興兵士進殺二侍人於帝側帝傷指扶出東閤就收璽綬群臣拜送辭于東宮遂幽於吳郡是日赦死罪已下檀道濟入守朝堂六月傳亮率臺迎宜都王于江陵徐羨之使邢安泰殺

滎陽王於金昌亭王有勇力不即受制突走出昌門
追者以門關踣之致殞乃加刑時年十九南郡太守
江夷臨哭盡哀
裴子野曰昔漢武爲衛武太子置博望園延異能之
士而長安闕下音有流血之釁高祖寵樹滎陽恣其
嗜欲群小競進亦有金昌之禍苟不納於義方必異
世而同失古者人君養子能言而師授之辭能行而
傅相之禮其衣服飲食則保節其身三師并輔其志
進退俯仰如值繩準驕奢淫佚無自入矣故以儀形四
海君臨萬國弈世休嘉不隕令問宋失教誨則異於
斯居中則任僕妾處外則近趨走太子皇子有師傅

二職者皆臺録也觀其行止稽其禮法則尊達藏否罔弗由之言不及於禮義識無近於今古謹勅者能訓之以嚚陋愚戇者又誘之以凶慝與置太子太傅而無師保其他職掌率由舊章諸王無輔置師一人多耆大夫領之王臨州則長史行宣通教令又師傅之流甚有專恣獨擅威權由是而言君子勿用老成碩德多見嚴踈是以本枝雖茂而端整實寡嗣君幼主並溺姧回雖惡物醜類天然習則生常其遠矣夫奔擊折軸水戾破舟不以水木而過工匠者何本其所以然也降及太宗舉天下而棄之亦昵比之[illegible]乃宗以此終焉嗚呼有國有家其鑒之矣

先是有龍見西方中天騰上上蔭五色彩雲大史奏西
方有天子氣秋七月丙寅法駕自江陵至行宮傅亮率
百官奉璽紱詣天門上疏伏惟陛下君臨自然聖明在
御孝悌著於邦家風猷宣於藩牧宗廟神靈乃眷西
顧臣奉荷朝列再覩太平行臺至止瞻望城闉不勝
喜悅烏鳥藻之情謹詣閤門拜表以聞王答書使召見
傅亮哭甚哀既而問二王薨故悲感嗚咽左右掩泣莫
能仰視亮流汗不能答既而乃布腹心於鎮西司馬王
華南蠻校尉劉彥之于時擁衆未用命人懷疑懼議者
謂有異圖王華進說曰先帝有大功於天下四海所服
雖嗣主不綱而人望未改徐羨之中才寒士傅亮布衣

衣諸生非有晉室王敦之心明矣畏廬陵嚴斷將妻[illegible]
必不見容陛下寬恩仁慈衆所知也是以越次奉迎
輿以見聽悠悠之論必不然矣羕之亮聰王弘適[illegible]
五人同功孰肯相讓就懷不允勢必一不爾殿下[illegible]
驅六轡以副天人之心耳王曰君復爲吾宋昌[illegible]
華以守甲寅舟輿發自江陵中流有黑龍躍負舟[illegible]
左右失色王顧長史王曇首曰此大禹所以受天命[illegible]
吾何德以堪之八月丙申舟輿入于京師丁酉謁初寧
陵還入中堂百辟奉璽紱勸進至三乃許之

建康實録卷第十一